생각하는
사람들

생각하는 사람들

정영선 장편소설

산지니

차례

1

2

3

4

1

코

금방 해가 질 것처럼 어두웠지만 아직 오후 4시, 주영은 성글대로 성글어진 진눈깨비를 쳐다본 후 좁고 질척거리는 시장 골목으로 들어섰다. 손바닥만 한 TV에 눈을 두거나 졸고 있던 가게 주인들의 눈이 한꺼번에 쏠렸다. 그 때문인지 기름집 앞에서 다리가 약간 꼬였지만 문을 닫은 생선가게를 돌아 나왔다. 칼국수집, 횟집, 순두부집이 이어지고 그 끝에 돼지국밥집이 있었다. 입구 근처의 테이블에 앉아 휴대폰을 보고 있는 **코**의 모습이 보였다.

의자 끄는 소리까지 내며 맞은편에 앉았는데 **코**는 눈인사만 할 뿐 아무 말이 없다. 주영은 컵에 물을 따르고 테이블 위에 냅킨을 깔고 그 위에 수저를 얹었다. 약간 비뚤어진 냅킨을 반듯하게 했다. 별 뜻은 없었다. 그저 **코**의 눈을 피하고 싶을 뿐. 빠르게 훔쳐보니 그는 연신 손으로 코를 만지며 국밥집 식탁 모서리에서 눈을 떼지 않았다. 반대편 테이블에 앉은 남자가 이상하다는 듯이 힐끔거려, 시장 입구에 생긴 낙지전골집 이야기를 해야겠다고 마음을 먹었는데 입이 떨어지지 않았다. 다행히 식당주인이 김이 올라오는 국밥 두 그릇을 가지고 왔다. 깍두기, 부추 무침, 새우젓, 양파 썬 것이 차례로 식탁 위에 차려졌다.

그가 새우젓에서 새우 한 마리를 건져 올렸다. 0.5밀리 샤프로 찍어놓은 듯한, 작은 눈이 붙은 새우였다.

"이거 젓 담는 거 봤어?"

주영은 TV에서 봤다고 했다.

"텔레비전으로 보는 건 보는 게 아니지. 가짜가 얼마나 많은데…."

텔레비전을 보고 있던 국밥집 할머니가 그 말을 들었다는 듯 고개를 돌려 힐끔 쳐다보고 한마디 했다.

"중국산 아이고 국산이요. 싼 맛에 중국 거도 사봤는데 쓴맛이 나서 국밥 맛을 배린다니까…."

귀 밝은 사람을 좋아하지 않는 **코**는 눈을 맞추며 이 보란 듯, 약간 웃었다.

코는 그 이후에도 새우젓 새우의 눈에 대한 이야기를 계속했다. 이 작은 몸에도 눈이 두 개인 것과 온몸이 소금에 절어도 눈만은 삭아 없어지지 않는다는, 의미가 있는 것 같지만 의미 없는 이야기였다. 살아 있는 듯 까맣지만 저 눈이 이미 보지 못한다는 걸 그리고 모를 리가 없었다.

"이런 새우젓의 눈도 조심해야 해."

그는 농담이라는 듯 하하 웃었지만 그 말은 진담일 거라고 생각했다.

국밥에 코를 빠뜨린 채 먹기만 하던 **코**가 잠시 쉬어야겠다는 듯 고개를 들었다.

"그렇게 붙여넣기를 하지 말라고 했는데."

주영은 바로 알아들었지만, 무슨 말인지 모르겠다는 듯 가만히 듣고 있기로만 했다. 종종 그런 때가 있었다. 국밥은 새우젓을 너무 많이 넣었는지 짜고 닝닝했다.

"이 새끼를 그냥…"

코가 양파를 집다가 식탁 위에 떨어뜨렸다.

"누구… 말인데요?"

양파를 집어 밥뚜껑 위에 버리며 주영은 일부러 느리게 물었다.

"개나리19. 약간 의도적인 것 같기도 하고,"

코는 새 양파 한 쪽을 집어 양념장에 찍고 있었다.

아이디 중에 개나리19가 있기는 했지만 누구인지는 알 수 없었다. 알바들은 **코**가 주는 아이디를 사용했기 때문에 한 사람이 받는 아이디도 여러 개였고 그 아이디를 사용하는 사람도 여러 명이었다. 그러니까 그날 그 아이디를 사용하는 사람이 누구인지는 **코**만이 알 수 있었다. 아이디뿐만 아니라 이름도 정확하게 몰랐다. 수당은 본인 명의가 아닌 가족이나 지인의 계좌로 송금되는 것이 원칙이었으니 그들의 본명을 알고 있는 사람도 **코**뿐이었다. **코**의 본명을 아는 사람은 아무도 없었다. 언제부터인가 **코**라고 불렀고 그도 싫어하지 않았다. **코**는 3일 전에 댓글 작업을 중지하고 그 흔적을 모두 없애라고 했다.

"노트북은 다 없앴는데⋯."

주영은 간지럽다는 듯이 목을 긁었다. 불안하고 초조할 때의 버릇이었다. 손톱이 지나간 자리가 붉은 벌레처럼 부어오를 것이었다.

"노트북만 없으면 그 기록이 다 사라지는 줄 알아? PC방이고 도서관이고 카페고 CCTV 천국인데."

코가 숟가락을 내리고 물을 마시며 붉어진 목을 힐끔 쳐다보았다. 그의 눈길이 닿았던 곳이 더 붉게 부풀어 오르는 것 같았다.

"저쪽에서 냄새를 맡고 선관위에 고발을 했어. 출판사 문을 닫는 방법밖에⋯"

노트북의 자료를 없애라고 할 때와 비슷한 어투였다. 섭섭하고 무안하기도 했지만 어쩔 수 없다고 생각했다. 안전부의 정식 직원도 아니었고 계약 기간이 있었던 것도 아니었으니 따질 수도 없었다. 바르게살기운동본부의 소식지 만드는 일을 하다가 누군가가 한 출판사에서 편집할 사람을 급히 구한다고 해서 찾아간 곳이었다.

동대문구 주택가 골목의 4층 건물 중 3층이었다. 바른출판사라는 오래된 간판이 붙어 있을 뿐 문은 잠겨 있었다.

회색의 차갑고 무거운 철문이었다. 노크를 몇 번 하고 문고리를 잡아 흔들어도 아무 반응이 없었다. 벌레 먹은 나뭇잎처럼 페인트칠이 벗겨진 벽에 기대 이십 분을 기다린 후 세 번이나 전화를 했지만 받지 않았다. 아랫입술을 깨물고 돌아서는데 빠른 구두 소리가 울려왔다.

"아, 미안해요. 갑자기 일이 생겨서."

계단을 다 올라온 남자는 코끝을 만지며 말했다. 사장이라 하기엔 너무 젊어 보여 남자를 한 번 더 훑었다. 운동하는 사람처럼 몸이 좋았지만 좋은 사람인지 나쁜 사람인지 느끼한 사람인지는 알 수가 없었다. 청바지, 베이지색 점퍼, 푸른색 뉴발란스 운동화, 한국 사람이라면 누구나 한 벌쯤은 가지고 있는 옷차림이어서 그것으로 뭔가를 알아낼 수도 없었다. 서글서글하고 야무지게 보이는 인상이라 출판사보다는 장사를 하는 게 더 어울릴 것 같기도 했지만 남자는 상대방이 뭐라고 생각하든 관심 없다는 듯이 짧게 인사만 하고 호주머니에서 꺼낸 열쇠로 문을 열었다.

남자가 사무실 안으로 들어오라고 했지만 주영은 못 들은 척했다. 벗겨진 페인트가 묻을까 봐 허리를 꼿꼿이 세우고 있었던 게 어쩐지 자존심이 상했다. 5분쯤 기다리다 문자만 보내고 가야 했었는데, 아무리 일자리가 급하다 해도 그러지 못했던 게, 그 모든 걸 보고 있었던 것 같아 부끄럽기도 했다.

"심주영 씨, 안 잡아먹을 테니 들어와요."

그는 그녀의 속마음을 안다는 듯이, 그리고 오랫동안 불렀던 것처럼 편안하게, 고개를 빼고 불렀다. 그 말에 이끌린 듯 사무실 안으로 들어섰다. 뒤에 알았지만 이미 그는 자신의 어떤 것, 예를 들면 아버지의 경제력이나 할머니의 정치 성향을 정확하게 알고 있었다.

사무실은 오랫동안 비어 있었던지 먼지 냄새가 매캐했다. 그는 도로 쪽 창문을 열고 손으로 의자를 쓸고 난 뒤 앉으라고 했다. 주영은 그렇게까지 하는데 앉아야 하지 않겠냐는 듯, 주변을 두리번거렸다.

"오랫동안 비워두었더니 냉장고가 텅텅 비었어요. 여기 와서 냉장고도 채우고 청소도 하고⋯."

그가 전원도 들어오지 않는 냉장고를 열어 보이며 말했다.

"네?"

놀래서 냉장고 쪽으로 고개가 저절로 돌아갔다.

"뭘 그렇게 놀래요? 그 정도는 해야 월급을 받지."

탕 소리 나게 냉장고 문을 닫고 돌아선 그와 눈이 마주쳤다. 당황해서, 당황스럽다는 느낌이라도 전달해야 할 것 같아 이마를 세게 문질렀다. 남자는 재미있다는 듯이 씩 웃더니 창 쪽으로 눈길을 돌렸다.

"여긴 아무나 올 수 있는 곳이 아니에요. 오고 싶다고 올 수 있는 곳도 아니고. 출판사라고 하지만 책만 만드는 곳도 아니고."

남자는 이상하게 출판사를 소개하며 자신을 보라는 듯이 왼손으로 코끝을 만졌다. 단단하고 부드러워 보이는 손이었다. 손등에 굵은 근육이 있는데도 우락부락하지 않고 매끄러워 보여 한 번 더 쳐다보았다. 남자는 그렇게 볼 줄 알았다는 듯이 다시 웃었다. 주영도 그래야 될 것 같아 따라 웃었다.

그렇게 해서 시작한 일이었다. 책을 만드는 대신 인터넷 댓글을 다는 곳이었다. 2년 전 지방선거부터 1년 전의 국회의원 선거, 이번 대선까지. **코**가 보내는 사람들과 함께 인터넷에서 야당 인사들을 공격하고 빈정대는 일을 맡아 왔다. 방향은 정해져 있었다. 친북 아니면 종북이었다. 처음엔 당연히 못한다고 했다. 이마에 쓰여 있는 것도 아닌데 누가 종북인지 어떻게 아냐고, 그런 일을 해야 한다면 출판사에 다니지 않겠다고 했다. **코**는 피식 웃으며 공식만 알면 식은 죽 먹는 것처럼 쉽다고 했다. 공식이 있다고요? 믿을 수 없다는 듯이(그렇게 하는 게 좋을 것 같아) 눈을 최대한 동그랗게 뜨고 남자를 바라보았다. 아니 그 쉬운 걸 모르다니, 한번 맞춰봐요. 남자가 어디 보자는 듯이 팔짱을 꼈다.

"그런 공식은 들은 적이 없어서 잘 모르겠습니다."

남자는 그 말이 마음에 드는 듯, 표정이 누그러졌다. 그렇지. 그러니까 우리나라 교육이 문제라는 거야. 간단한 걸 어렵게 한다니까. 남자는 혼잣말처럼 중얼거리고 이어서 잘 들으라는 듯 천천히 말했다. 북한을 반대하는 사람을 반대하면 친북이고 그게 더 심하면 종북이라는 것이다.

"알겠어요?"

남자가 눈을 맞추며 물었다.

주영은 무조건 보수당만 지지하는, 보수당 외의 당은 다 빨갱이라는 할머니가 생각났지만 잘 모르겠다고 했다. 분명히 잘 모르겠다고 했는데, 네, 알겠습니다로 들었는지 남자는 다독거리듯 말했다. 걱정할 것 없어요. 모르면 내가 가르쳐줄 거고. 그 말에 설득당한 건 아니었다. 남자가 제시한 한 달 월급은 주영이 이제껏 받은 최고 급여보다 30만 원이 더 많았다. 사무실의 문을 열고 닫고 청소하고 커피를 준비하고, 아르바이트생에게 아이디를 전하고 일급 혹은 주급을 계산하는 정도여서 의아했는데, 얼마 뒤 위험수당이라는 것을 알게 되었다. '심주영'은 출판사에서 사용하는 유일한 실명이었다.

국밥을 반쯤 먹다 **코**는 소주 한 병을 주문했다. 밥만 후루룩 먹고 일어나는 것보다는 백 배 나았다. 안주까지 주문하면 소주는 금방 두 병으로 늘어날 것이고…. 그와 단둘이 술을 마신다는 것만으로도 특별한 관계가 된 것 같았다. 갑자기 그 술을 혼자 다 마시기라도 한 것처럼 몸이 뜨거워졌다.

"수육이라도 시킬까요?"

주방 앞의 메뉴를 보면서 물었다. 꾹꾹 눌렀지만 달뜬 기분이 새나가는 것 같아 이마를 가볍게 두드렸다. **코**는 됐다는 듯 손을 두어 번 흔들고는 식은 국밥을 안주 삼아 소주 두 잔을 **빠르게** 비웠다.

바깥 찻길로 집권당 후보 캠프의 유세차량이 지나갔다. 거리가 들썩일 정도로 큰 소리였지만 쉰 목소리처럼 윙윙거리기만 할 뿐 잘 들리지는 않았다. 이번 대선의 막판 전략처럼 집권당 후보를 알리는 것이 아니라 상대방을 막으려는 것 같았다. 상대만 막으면 이기는 게임이야, **코**가 자주 한 말이 생각났다. 물고 늘어져야 해. 댓글에도 댓글을 달아. 전방 압박을 하란 말이야. 그 말이 마음에 든다는 듯이 코를 킁킁거렸던 **코**의 모습도 떠올랐다.

유세 차량이 보이지 않을 때까지 찻길을 내다보던 **코**가 한잔하라며 술을 권했다. 입만 축인다는 게 반 넘게 마시고 잔을 내렸다. 그는 기다렸다는 듯 이마의 땀을 문지르며 목소리를 낮추었다.

"어디 조용한 데 가 있어. 아무한테도 알리지 말고. 이틀이면 될 거야."

주영은 네? 라고 묻는 대신 남아 있던 술을 비웠다.

"생각나는 데 없어?"

코는 소주병을 거꾸로 세워 탈탈 털었다.

"아직은."

"찾아보고 연락해."

코는 입을 닦은 휴지를 밥그릇 옆에 두고 자리에서 일어났다.

아빠는 TV를 켜둔 채 바둑을 두고 있었다. 저녁도 혼자 드셨는지 뚜껑이 덜 덮인 반찬통과 흘린 음식물 자국으로 식탁이 어지러웠다. 통닭이라도 한 마리 사 올걸. 식탁을 치우는 내내 치킨 생각이 났다.

아빠가 회사를 그만둔 이후로 엄마는 어디에 갇힌 것처럼 화내고 울고 침울하고를 되풀이했다. 화장실에 불을 켜두고 나오기만 해도 아끼는 그릇을 깬 것처럼 화를 냈다. 그리고 그런 일에 화를 낸 자신이 무섭다는 듯 울었다. 퇴직은 아빠가 했는데 엄마가 더 어쩔 줄을 몰라 하는 것 같았다. 아빠는 그런 엄마를 보면서 입이 얼어붙은 듯 아무 말도 하지 않았고 다리가 얼어붙은 듯 꼼짝도 하지 않았다. 엄마와 아빠 중 누구의 두려움이 더 큰지 알 수 없었다.

"엄마 나가셨어요?"

"교회사람 만난다더라."

목소리가 낮고 무거웠다. 다른 말을 하지 않으려고 꾹꾹 누르는 기색이었다. 엄마는 집에 있으면 가슴이 답답하다고 두어 달 전부터 교회에 출근하다시피 했다. 갱년기 때문이라고 했지만 아빠의 퇴직 때문이란 게 더 선명해지는 어설픈 변명이었다. 엄마가 답답하다는 이후로 집은 조금 더 답답해졌다. 누군가 한 사람만 더 답답하다고 하면 가족이 해체될 것 같았다. 출판사 문을 닫았다고 해야 하는데 어떻게 그 말을 꺼낼지, 아빤 여전히 등을 구부리고 한 손으로 바둑돌을 만지며 바둑판을 내려다보고 있었다.

주방 벽에 걸린, 한 페이지에 두 달씩 들어 있는 저축은행 달력에 붉은색 동그라미가 두 개 표시되어 있었다. 내일모레가 금당실 할아버지의 생신이었다. 그다음 달엔 할아버지의 제사가 있었다. 한 분은 아버지의 양부, 한 분은 친부였다.

"내일 금당실에 갔다 올게요."

바둑판을 내려다보고 있던 아빠가 놀란 듯 고개를 들었다.

"회사 안 가고?"

아빠의 목소리가 실직의 공포로 어두워지고 있었다. 실직은 금기어였다. 그리고 아직 실직한 것도 아니었다.

"휴가 냈어요."

원하던 대로, 아니 그 이상으로 목소리가 당당하게 울려
나왔다. 그제야 아빠는 다행이라는 듯이 고개를 더 돌려
눈을 맞추었다.

"아빠는 제사 때 가려고 하는데… 혼자 갈 수 있겠나?"

"읍에서 택시 타고 갈게요."

금당실에 갔다 온 지 사오 년은 된 것 같았지만, 그런 일
쯤 아무것도 아니라는 듯 명랑하게 말했다. 사실 그런 일
은 아무것도 아니긴 했고, 갈 곳을 정하니 마음이 가벼워
지기도 했다.

"생신이니까 빈손으로 가지 말고…."

아빠는 그 말을 하고 바둑알을 쥐었다 놓고 또 쥐고 있었
다. 주영은 방으로 들어서다 생각났다는 듯 고개를 돌렸다.

"혹시 절 찾는 전화가 오면 나갔다고만 하세요. 일 시키
려고 하니까."

아빤 탁, 소리 나게 돌을 놓은 후 알겠다고 했다.

침대에 앉아 **코**에게 문자를 보냈다.

금당실 할머니 댁에 있겠습니다.

금당실?

코가 궁금하다는 듯이 바로 답을 보냈다.

대구 근처에 있어요.

바로 문자를 넣었지만 이번에는 답이 오지 않았다.

"할머니이!"

대답이 없다. 읍내 버스 정류소까지 나오신다는 걸 택시 타고 온다고 말렸는데, 잠시 집을 비우신 걸까. 주영은 떡이 든 작은 종이상자를 왼손으로 옮기며 한 번 더 할머니를 불렀다.

출입문에서 위채까지 할머니의 보폭에 맞춘 듯한 디딤돌이 놓여 있다. 한 개씩 밟기엔 촘촘하고 두 개씩 밟기엔 넓었다. 두 칸씩 두 번 한 칸씩 두 번, 디딤돌을 건너 부엌 앞 노란 비닐장판을 씌운 평상에 닿았다.

오래된 플라스틱 슬리퍼와 녹슨 빨래 건조대, 마루 위의 양은 대접, 할머니의 묵은 살림이 넘어가는 햇빛에 드러났다. 부엌 앞 소쿠리엔 조기처럼 생긴 생선 두 마리가 널려 있었다. 조금씩 식고 있는, 뜨겁지도 따뜻하지도 않는 햇볕이었는데 졸음이 왔다. 그대로 잤으면 좋겠다는 생각으로 하품을 하고 가방 안에서 흰 봉투를 꺼내 떡 상자 안에 넣었다. 오만 원과 십만 원 사이를 갈등하다 십만 원을 넣은 봉투였다.

"아이구 우리 주영이 왔구나? 누가 미역 갖다 먹으라고 해서, 그거 가지고 온다고… 많이 기다렸제?"

돌아보니, 허리가 기역 자로 구부러진 할머니가 출입문 쪽으로 들어오셨다.

"금방 왔어요."

주영이 인사를 하자 할머니는 마른 미역을 손에 들고 허리를 폈다. 펴지지 않는 허리 때문인지 목과 얼굴이 자꾸 길어지는 것 같았다. 할머니와 눈이 마주쳤다. 눈이 물에 헹군 것처럼 맑았다.

"밥 한 그릇 떠놓으면 될 생일에 올 게 뭐 있노?"

주영은 할머니가 자신의 사정을 다 알고 있는 것 같아 고개를 숙이며 떡과 봉투가 든 종이 가방을 내밀었다.

"이거."

할머니가 가방을 받아들고 소리 없이 온몸으로 웃었다. 이번에는 할머니의 웃음이 피부 안으로 스며드는 것 같아 좀 당황스러웠다.

"책 맹그는 데 취직했다더니, 우리 주영이가 할배 생일이라고 선물을 다 사 오고 이 일을 우짜꼬."

할머니가 손을 잡았다. 골이 굵은 대나무 발이 닿는 느낌, 헐거운 것 같은데 쏙 빠지지 않았다. 딱딱하던 손이 조금 따뜻해져 왔다. 할머니가 손등을 쓰다듬었다. 빼고 싶었지만 눈만 돌렸다.

할머니에겐 손녀가 아니라 손자가 있었으면 하는 아쉬움이 늘 느껴졌다. 이 애가 아들이었으면 얼마나 좋을까 하는. 할머니가 직접 그 말을 한 적은 없지만 할머니의 눈에서 늘 그 말을 읽었다. 엄마에게는 훨씬 노골적이었다. 자식이 두 명은 있어야한다고, 으름장을 놨다. 엄마는 낳겠다는 말도 안 낳겠다는 말도 하지 않았는데 그 침묵이 거부라는 것쯤은 어린 그녀도 알 수 있었다.

"어서 방에 들어가 쉬어라. 어제부터 치워도 태는 안 난다만."

할머닌 늘 저 말을 했다. 더 깨끗한 집을 보여주고 싶은데 아쉽다는 듯이. 마룻바닥을 손으로 쓰는 것도 똑같았다. 다른 점이 있다면 오늘은 아빠랑 오지 않았다는 것이다. 아빠는 잠시 서 있다가 웃옷을 벗고 무너진 담을 쌓고 마당가에 돋아나는 풀을 뽑고 나무를 자르고 덜렁거리는 문을 고쳤다. 그때마다 할머니는 아빠의 등에서 무슨 말이 들리는 것처럼 오랫동안 그 모습을 바라보고 있었다. 그 때문일까, 지금도 아빠가 마당 어디에서 집을 둘러보고 있는 것 같았다.

할머니가 어둠으로 젖어가는 마당을 한 바퀴 훑고는 처마 밑의 알전구 스위치를 돌렸다. 그리고는 어두컴컴한 아래채에 누가 듣고 있기라도 한 듯 말을 건넸다. 내일 아침까지 기다릴 것도 없이 오늘 저녁에 해 묵지 머.

할머니와 둘이서 할아버지의 생일상을 받았다. 팥밥, 미역국, 구운 조기, 과일, 떡, 나물. 늘 뒷집 할머니와 같이 먹었는데 오늘 손녀사위를 따라 대전으로 가셨다고 했다.

너무 조용해서 어둠이 짙어지는 소리까지 들리는 것 같았다.

"너 할배가 진짜 좋아하겠다. 우리 주영이가 떡도 사 오고 용돈도 주고."

할머니의 말이 까만 고무판에 새겨놓은 흰 양각처럼 도드라지고 말 사이사이 그 짧은 틈에도 고요함이 스며들었다. 고요함은 할아버지 혹은 할아버지의 부재이다. 북으로 끌려갔다는 할아버지는 아빠를 할머니의 아들로 만들었다.

할머니가 머리를 뗀 손바닥만 한 조기를 주영의 밥그릇 위에 얹었다. 손을 잡고 놓아주지 않을 때의 기분과 비슷했다. 주영은 조금 망설이다 조기의 살을 발라 할머니의 숟가락 위에 얹었다. 처음 해보는 일이라 손이 오그라드는 것 같았다.

"아이구, 야가…"

할머니가 그런 일을 처음 겪은 듯이 당황하셨다. 진작에 그러지 않았던 게 미안하고 후회되었는데 그 느낌조차 낯설어 얼굴을 찌푸렸다.

두 사람이 실컷 먹어도 음식은 절반 넘게 남았다. 설거지를 하고 싶은데 남아 있는 음식을 어떻게 정리해야 할지 엄두가 나지 않아 할머니가 상을 들고 나가는 것을 보고만 있었다.

8시인데도 깊은 밤처럼 어두웠다. 오고 난 후 몇 시간이 지났지만 찾아오는 사람도 걸려오는 전화도 없었다. 할머니의 설거지하는 소리가 어둠 속에 밝힌 등불처럼 주변을 밝혔다. 수돗물이 흐르고 그릇이 부딪히고 아이고, 짧게 놀라기도 하고…. 그 소리들이 스며들어 만든 할머니의 방은 아주 느리게 시간이 흘러가 더 낡을 것도 없어 보였다. 엉덩이가 툭 튀어나온 오래된 TV도, 조각 몇 개가 떨어져 나간 자개장도, 그 옆에 있는 할머니의 앉은뱅이책상도, 그 책상 위의 가족사진들도 할머니에겐 과거이자 현재였다.

"웃목에 이불 깔고 좀 누워라. 보일러 돌려놨으니 따실끼다."

할머니가 부엌에서 고개를 들이밀고 말했다.

이불장 제일 위에 흰 호청을 씌운 이불과 요가 있었다. 요를 펼치자 마을에 들어설 때 맡았던 풀 냄새와 먼지 냄새가 났다. 윗옷만 대충 벗고 요 위에 누웠다. 들 가운데 눕는 기분이었다.

"그런데 내일이 선거인데, 니는 우짜노?"

방에 들어온 할머니가 스웨터와 조끼를 벗으며 쳐다보았다. 몇 년 전 주민등록지를 서울로 옮겼을 때 한나라당 후보를 찍는다고 서울까지 와서 투표를 했던 분이라 안 해도 된다는 말을 할 수가 없었다.

"내일 아침 올라가서 하지 뭐."

어차피 서울로 가서 다른 일자리를 알아봐야겠다는 생

각도 들었다.

"그럴 것 뭐 있나. 니 안 찍는다고 대통령 될 사람이 안 될 것도 아니고. 콩국수 해 먹고 가라. 할미 혼자 해 먹을 수도 없고."

할머니가 자리옷인 듯 한복 속치마를 입고 이불을 깔면서 돌아보았다.

콩국수? 베트남 쌀국수가 먼저 생각났다.

할매가 코를 골아 시끄러울테니 문은 닫고, 할머니가 방 가운데의 미닫이로 된 칸막이를 닫으면서 중얼거렸다.

"쪽파도 있고 깨 볶아 놓은 것도 있고."

할머니는 걱정 없다는 듯이 말하고 문을 마저 닫았다. 주영은 쪽파와 깨가 든 국수가 생각나지 않아 닫힌 방문을 바라보았다.

할머니는 평생 보수당 후보만 찍었다. 잘하건 못하건 무조건 보수당이었다. 보수당이 아닌 당은 빨갱이였다. 빨갱이는 자기편이 아니라면 죽이기까지 하는 사람이었다. 해방 다음 해, 할아버지의 아버지와 형, 막냇동생이 그 사람들 손에 죽고 할아버지는 서울로 도망을 갔다. 그 모든 것이 하룻밤 사이에 일어난 일이라고 했다. 무서운 생각이 들 만도 한데 자주 들어서 그런지 들었던 옛날이야기를 또 듣는 것처럼 나른해지면서 온몸이 수면 속으로 빠져 들어가고 있었다.

잠깐 눈을 감았다 뜬 거 같은데 아침이었다. 높은 목소리로 재잘대는 새소리 사이로 할머니가 아침 준비를 하는 소리가 들렸다. 괜히 와가지고 팔십 넘은 할머니를 고생시킨다 싶었지만 그 말을 하기에도 어색해 주영은 아무 말도 하지 않고 목욕탕으로 갔다. 부엌 옆의 목욕탕은 수도꼭지만 하나 달려 있는데 수도꼭지 밑에 양은 물통과 플라스틱 세숫대야와 물바가지가 있었다. 초등학교, 중학교 때도 사용한 물통과 세숫대야였다. 어떻게 아직까지 깨지거나 구멍이 나지 않았는지 신기했다. 물통에 따신 물 있다, 오래전에 들은 할머니의 말이 기억나 물통을 열었다. 세상에, 3월인데도 물통엔 그때처럼 따뜻한 물이 있었다! 한 바가지를 퍼 올렸을 때 할머니는 그제야 생각났다는 듯 물통에 따신 물이 있다고 했다. 따신 물로 해야 개운하재. 할머니의 말대로 물로만 세수를 했는데도 얼굴이 맨질맨질 했다. 세수를 하고 오니 어젯밤과 거의 비슷한 밥상이 준비되어 있었다.

"아침 설거지는 제가 할게요."

그 말이라도 해야 밥이 넘어갈 것 같았지만 너무 빨리 한 것 같았다. 예상대로 할머니가 숟가락을 놓고 손을 잡았다.

"이 손으로 설거지를 한다고?"

여전히 까끌했다. 손이 아니라 땅 밖으로 나온 나무뿌리 같았다. 어떻게 손이 이렇게 변할 수 있을까, 부드럽지도 매끄럽지도 않은데 따뜻하고 정결했다. 손등과 손가락의 관절이 큰 호두처럼 불거져 있었다. 거칠었지만 아름다웠다. **코**의 손이 생각나 그 손을 처음 볼 때처럼 웃었다.

"손이 얄궂제?"

할머니가 **코**처럼 웃으며 물었다. 주영은 거칠지만 아름답다는 말 대신, 늙으면 다 그렇지 머, 라고 얼버무렸다. 할머니는 그 말로도 충분하다는 듯이 손을 놓고 고사리나물을 집어 올렸다.

"이건 민지할매라고, 도서관에서 같이 공부하는데, 그 할매가 캐 말린 거고…."

할머니는 밥상에 놓인 반찬을 집을 때마다 나물들을 하나하나 소개했다. 토란대는 뒷집 할머니한테 얻은 것이고 조기는 읍내 장에서 샀는데 그 할매 손자가 몇 달 전에 대구에 있는 국립대학에 붙었다고 했다. 생선을 판 할머니와 그 손자 이야기를 듣다 보니 밥을 다 먹었다. 진짜 오래간만에 밥을 다 먹은 것 같았다.

싱크대 옆 플라스틱 소쿠리 안에 몇 개 되지 않는 그릇들을 씻어 엎고 나와 마루에 앉았다. 쌀쌀해서 바로 들어가려고 했는데, 틀어지고 휘어진 담장이 할머니의 굽은 등같아 그대로 앉아 있었다. 감나무 가지에서 날아간 새를 좇다가 방문 소리에 고개를 돌렸다. 외출 준비를 마친 할머니가 붉은 재킷과 검은 치마 차림에 갈색 가방을 들고 방 안에서 나왔다. 회색도 흰색도 아닌 붉은색이었다! 그 붉은색에 놀라 마루에서 벌떡! 일어났다.

"허리만 아니면 오십 대로 보이겠어요."

주영은 놀라움을 감추고 안타깝다는 듯 할머니의 굽은 허리를 쓰다듬었다. 할머니가 허리를 펴면서 목을 뺐다.

"아이구 누굴 닮아서 이리 곱고 맘도 착할꼬⋯. 할매 허리 걱정도 다하고."

할머니의 웃는 얼굴이 겹겹으로 주름졌다. 어색해서 마음에 든 말을 반도 못한 것 같은데 할머니는 반만 들어도 다 들은 것처럼 좋아하셨다. 할머니의 눈길이 목덜미에 닿았다.

"니는 뭐할래? 할미랑 바람 쐬러 가자."

할머니가 콩국수를 먹자고 할 때처럼 눈을 빤히 뜨고 쳐다보았다. 그 순간 할머니의 콩국수가 생각났다. 할머니의 콩국수는 콩가루를 넣어 반죽한 칼국수였다. 콩가루 때문인지 휘젓기만 해도 뚝뚝 부러졌다. 먹을 때마다 무슨 맛인지, 맛이 있는 건지 없는 건지 구별할 수 없었던 것까지 기억났다.

코트를 걸치고 할머니를 따라나섰다. 비가 오는 게 집권당 후보에게 더 유리하다는 **코**의 말이 생각나 하늘을 올려다보았다. 하늘은 흐렸지만 비는 오지 않았다. 꽃망울이 게눈만큼 터진 산수유 꽃들이 군데군데 이어졌는데 선거

와는 아무 관계가 없을 것 같았다.

허리를 구부린 채 목을 뺀 할머니가 팔을 앞뒤로 크게 저으면서 이것저것 이야기를 시작했다. 새처럼 밝은 목소리였다. 금당실의 도서관에서 글쓰기 수업과 영어공부를 무료로 해준다고 했다. 아이 엠 그랜드 마더, 디스 이즈 백. 할머니가 가방을 들어 올리며 웃었다. 마을에 공부하는 동무가 한 명만 더 있어도 1500원씩 내고 택시를 탈 수 있을 텐데 아무도 배우려고 하지 않는다는 것이었다. 산수유꽃 사이로 마늘을 캐는 할머니도 보였다.

"할머니는 마늘 캘 것 없어요?"

"와 없어. 그깟 것 다른 날 하면 되지."

할머니는 시뜻하다는 듯 답하고는 처음 보는 듯 주영을 바라보았다. 할머니의 눈이 입 코 귀 이마를 재듯이 지나간다. 가끔 그런 일이 있긴 했으나 오늘은 더 심한 것 같았다.

"왜 그렇게 쳐다보세요?"

거북해서, 약간 불퉁하게 물었다

"고와서 그러제."

할머니가 웃으면서 얼버무리다 생각난 듯이 물었다.

"남동생 하나 있으면 좋겠제?"

점점 이상했다. 지금 그 말이 무슨 소용이 있다고, 주영은 할머니를 빤히 쳐다보았다.

"아이고 내가 별말을 다 하고 있네."

할머니가 쓸데없는 말을 했다는 듯 얼굴을 찌푸린 후 앞에 가고 있던 사람을 큰 소리로 불렀다.

할머니가 칼국수 반죽을 하고 있을 때 출구 조사가 발표됐다. 여론조사와 달리 집권당 후보가 10%나 앞선단다. 좋아하지도 싫어하지도 않지만 10% 앞서는 데 힘을 보탠 듯한 느낌은 들었다. 개나리19는 이제 해결된 것인지, 주영은 **코** 생각을 하면서 홍두깨로 반죽을 밀고 있는 할머니를 물끄러미 보고 있었다.

역시 할머니의 칼국수는 심심했다. 비린내 난다고 멸치도 넣지 않고 무만 넣었다. 무를 건져낸 물에 썰어둔 칼국수를 넣고 국수가 익으면 냉이를 넣고 한소끔 더 끓였다. 맛은 밋밋했고 국수 가닥은 탄력이 없어 쉽게 부서졌다. 그런데다 냉이는 칼국수와 별로 어울리지 않는 것 같았다. 그래도 잔파와 깨가 듬뿍 든 양념장 때문에 먹을 만했다. 너 아부지도 이거 좋아하는데, 할머니가 아버지 생각을 할 때 주영은 **코** 생각을 했다. 할머니는 더 식기 전에 마을 앞 큰아버지 집에 한 그릇 갖다 주고 와야겠다고 했다. 할머니가 국수를 들고 나간 사이에 **코**에게 전화가 왔다. 쓸데없는 걱정을 너무 많이 해서 고생시켰다며 다음에 밥 한번 먹자고 했다. 밥이요? 꾹꾹 눌렀는데도 달뜬 목소리가 새 나왔다.

안개

코가 구해준 일자리는 지도에도, 내비게이션에도, 도시의 안내도에도 표시되어 있지 않았다. 보안시설이기 때문이라고 했다. **코**는 시외버스 종점에서 73번 버스를 타고 율곡초등학교에서 내려 택시를 타라고 일렀다. 택시비가 삼천 원이라는 것도 잊지 않았다.

선거 며칠 뒤 지하철역 맥도날드에서 **코**를 만났다. 맛있는 밥을 사주고 싶은데 일이 생겼다는 그는 여전히 뉴발란스 운동화에 크로스 가방을 매고 등산용 점퍼를 입은 모습이었다. 배가 고팠다는 듯이 큰 입을 쫙 벌리고 햄버거를 한 입 베어 먹었다. 걱정할 게 없는 평온한 모습이었다. 선거 전과 딴판이었다.

"개나리19는 잘 해결되셨어요?"

주영은 배가 고팠지만 그 앞에서 입을 벌리기가 싫어 감자튀김을 케첩에 찍으며 물었다.

"선거 끝났는데 무슨 문제가 되겠냐. 저쪽이나 이쪽이나 선거 결과가 중요하지. 근데 너 유니원에서 일해볼래. 교사자격증은 있다 했고, 시골이고 계약직이긴 하지만….”

코가 입가에 붙은 햄비기 부스러기를 닦으며 물었다.

“유니원이요?”

새된 목소리로, 그 목소리가 거슬린다는 걸 알면서도 그대로 물었다.

“알바 애들한테 안 들어봤어? 우리 회사에서 나간 후 적응 훈련 받는 곳인데.”

코는 한 번 더 설명을 했다. 유니원은 들어서 알고 있었다. 탈북자들이 안전부에서 신원 확인을 마친 후 3개월 동안 적응 훈련을 받는 곳이었다. 계약직이란 말에 깜짝 놀랐을 뿐이었다. 잘못 들은 게 아닐까, **코**의 얼굴을 한 번 더 쳐다보았다.

“선배한테 부탁해서 겨우 만든 거야. 다음 주 월요일부터….”

코의 말을 다 듣기도 전에 턱 아래에서 뜨거운 기운이 퍼져 올라왔다. 대학을 졸업하고 학원 강사와 아르바이트를 할 때 가장 부러운 것이 계약직이었다. 그런데 **코**가 아이스크림을 주듯 계약직 자리를 건네다니, 농담은 아닌 것 같았다. 고맙다고 덥석 안고 싶은 걸 꾹 참았다. 그 기쁨을 다 보이기엔 그에 대해 알고 있는 게 없었다. 이름조차 몰랐다. 한 번인가 물었는데 어차피 가명이니 의미가 없을 거라고 했다. 그런데 **코**는 자신의 마음까지 알고 있는 것 같았다. 더 정확하게 말하면 상대방의 마음에 자신의 자리를 만들 줄 아는 남자였다.

　율곡초등학교 안내판이 안개 속에 묻혀 있었다. 안개 때문인지 사람들도 거의 보이지 않았다. 농기구 수리점 앞에 녹슨 기계들이 어지럽게 놓여 있었다. 그 좌우로 호프집 약국 중국음식점 슈퍼마켓…. 길 양쪽으로 늘어선 가게들도 굳게 닫혀 있었다. 노래방 옆에 낡은 조립식 건물로 된 택시 사무실이 보였다. 안에서 보고 있었는지 문을 열고 나온 사람이 눈으로 어디로 갈지 물었다.

　"유니… 원…."

　입에 설어 발음하기가 쉽지 않았다. 남자는 고개만 끄덕거리고 운전석 문을 열었다.

　"어디서 왔어요?"

　거울을 통해 뒷좌석을 몇 번이나 살피던 남자가 물었다. 주영은 못 들은 척 창밖을 보았다.

　"거기 아무나 못 들어가는데…."

　왜 아무나 못 들어가는지 묻고 싶었지만 어쩐지 조심스러웠다.

　"거기서 일하나 보네."

　과속 방지턱을 넘어서며 기사가 다시 물었다.

　"네."

처음으로 대답을 했다. 더 물을 말도 없다는 듯이 기사도 더 이상 묻지 않았다. 유난히 높은 턱을 몇 개 넘어서자 붉은 벽돌로 된 건물이 나타났다. 택시비는 **코**의 말대로 삼천 원이었다.

굳게 닫힌 이중철문 앞에서 군복 비슷한 옷을 입은 경비대원이 지키고 있었다. 아무나 못 들어간다는 말을 실감했다.

"무슨 일로 오셨습니까?"

청년은 위협조로 물었다.

"내일부터 출근하라고 해서 …."

그 말이 끝나기도 전에 문이 열렸다. 그는 주민등록증을 맡기고 출입증을 받으라고 했다. 철문 안으로 들어서자 똑같은 철문이 또 있었다. 아무래도 뭔가 잘못된 것 같아 **코**에게 전화를 하려고 가방을 뒤적거리고 있는데 경비대원은 그럴 필요 없다는 듯이, 조금 기다리면 안내할 직원이 내려올 거라고 했다.

직원은 야위고 머리가 긴 여자였다. 높은 구두굽이었는데도 내리막길을 익숙하게 걸어 내려왔다. 타이트한 스커트 아래 종아리가 알 밴 것처럼 통통했다.

"오는데 힘드셨죠? 분위기도 낯설고."

직원은 코앞에 와서야 눈을 맞추고 은행 여직원처럼 인사를 했다.

"네, 좀⋯."

주영은 수용소 같다는 말은 하지 않는 게 좋겠다고 생각했다. 여직원은 말하지 않아도 안다는 듯, 다들 처음에는 수용소 같다고 하는데 조금 있으면 괜찮아진다고 했다. 직원은 그 말만 하고 이제 따라오면 된다는 듯, 왔던 길을 돌아서갔다. 어떻게 이런 곳에 익숙해진단 말이지, 캐리어가 오르막을 오르지 못해 멈춰 설 때마다 주영은 직원의 말을 마음속으로 반박했다.

숙소는 4층 건물의 4층이었다. 기다란 원형 복도를 따라 돌아가며 방이 이어졌다. 안내하던 직원이 출입문 비밀번호를 가르쳐주면서 마음대로 바꾸면 안 되고 바꿀 때는 관리과에 신고를 해야 한다고 세 번인가 말했다.

방 안에는 옷장, TV, 책상, 작은 냉장고, 신발장, 주먹만 한 숫자가 보이는 디지털시계 등이 있었다. 짐 정리를 다 하고 시계를 보니 4시 30분. 배가 고팠다. 하루 종일 먹은 거라곤 식빵 한 조각뿐이라는 사실까지 떠올리자 더 참을 수 없었다. 1층 중앙에 있던 사감실이 생각났다.

현관 쪽으로 길쭉한 창문이 있었다. 현관으로 들어오고 나가는 사람을 지켜보기 위한 창 같았다. 그 창문으로 사람을 찾았지만 아무도 보이지 않고 사무실 안쪽에 또 문이 보였다. 안으로 들어가 살짝 열린 문을 밀자 브라운관이 층층이 쌓여 있었다.

"여기 들어오면 안 됩니다."

갑자기 뒤에서 누군가 야단치듯 밀했다. 머리를 짧게 사르고 몸이 큰 여자였다.

"여기서 뭐 하세요?"

목소리가 더 커졌다.

"매점이 어디 있는지….""

주영은 어깨를 움츠리고 말했다.

"여기서 그걸 물으면 어떻게 해요!"

여자가 주영의 팔을 붙들고 끌어내다시피 했다. 며칠 뒤 알았지만 유니원은 CCTV의 천국이었다.

유니원에 익숙해지는 건 순대를 먹는 것과 비슷했다. 그 지역은 순대가 유명했는데, 그것 외에는 산 아래 자리한 유니원까지 배달해주는 음식이 거의 없었다. 직원들은 무슨 명목으로든, 하다못해 사다리 타기라도 해서 일주일에 두어 번 순대를 배달시켰다. 처음에는 속이 불편하다며 안 먹었지만 세 번째쯤 진하게 우린 녹차나 맥주와 같이 먹었고 다섯 번째쯤 그것들도 없이 그냥 집어 먹었다. 수용소가 아니라, 수용소 같다는 느낌도 조금씩 무뎌갔다. 수용소 같지 않다는 게 아니라 수용소 같은 그곳에 익숙해졌다는 게 더 정확한 표현일 것이었다. 그곳에 있는 사람들은 북한 사람도 남한 사람도 아니었다. 그들은 단지 북한에서 온 사람들이었다. 어쩐지 그물에 걸린 물고기 같기도 하고 하늘을 나는 새 같기도 했지만, 북한에서 왔다는 주홍글씨를 평생 달아야 한다는 점에선 똑같았다. 그들 대부분은, 천국의 문 앞까지 온 듯 감격한 표정이었는데, 고맙습니다와 감사합니다를 하루에 몇 번씩 하는지 자신들도 잘 모르는 것 같았다. 처음에는 그 말을 하는 사람만큼 그 말에 익숙한 직원들이 낯설었는데 차츰, 하루가 다르게 주영도 그 말에 익숙해졌다. 익숙해지는 자신이 낯설다가 낯설어하는 자신이 낯설어지다가, 그 생각마저도 적응과정의 일부였던지 어느 순간부터 떠오르지 않았다.

주영은 상담과 글쓰기 수업을 맡았다. 책상 정리를 하다 팀장이 불러서 사무실 밖으로 나갔다. 그는 어렵고 모르는 것이 있으면 언제나 도와주겠다고 의례적으로 말한 후 자신의 손을 거치지 않고 안전부로 가는 정보가 있어서는 안 된다고 했다. 네? 그런 일은⋯. 귀밑에서 뜨거움이 번져 올라와 말문이 막혔는데, 팀장은 그 말만 들어도 됐다는 듯 벌써 사무실 출입문 쪽으로 걸어가고 있었다. 머리에 바른 왁스 냄새가 지독했다.

모든 수업은 CCTV로 공개되며 수업 내용 역시 검열 받았다. 주영도 상담 내용과 아이들의 글에 설명을 몇 줄 붙여 제출해야 했다. 처음에는 왜 이런 검열을 받아야 하나고 굳은 표정으로 따졌지만 직원은 흔한 질문이라는 듯, 형식적인 기니까 신경 쓸 필요가 없다고 했다. 사람들 말 대로 서너 번 하니까 거북함이 줄어들었다. 후임이 온다면 그녀 역시 곧 익숙해진다거나 형식적인 거니까 신경 쓸 필요가 없다고 말할 수 있을 것 같았다. 수업을 하고 오니 기획과로 전화를 하라는 노란 포스트잇이 붙어 있었다. 무슨 일일까, 불안한 마음에 수화기가 무거웠는데, 기획과의 직원은 전화를 받자마자 다른 사람에게 전화를 넘겼다. **코**였다.

"일이 있어 유니원에 들렀는데 밥 한 끼 얻어먹으려고."

가슴이 철렁 내려앉으면서 빠르게 조절된 메트로놈처럼 심장이 쿵쾅거렸다. 자신의 몸이지만 낯설고 불편했다.

"퇴근하려면 아직 멀었어요."

평소보다 훨씬 퉁명스럽게 대답했다. 유니원에 온 이후로 자주 **코**를 생각했던 감정을 들킬까 봐 두렵기도 했다.

"30분 뒤에 주차장으로 나와. 손님이 왔다고 하고."

코는 그 말만 하고 전화를 끊었다.

그 순간부터 마음 안에서 무수한 꽃망울이 와글와글 피어올랐다. 목구멍을 간질이며 말들이 올라오고 입이 자꾸 벌어지려고 해 꽉 다물고 있어야 했다. 주영은 화장실에 가서 손을 씻고 사무실 밖에 나가 바람을 쐬고 몰래 숙소에 가서 옷을 갈아입고 화장을 고쳤다.

주차장 입구에 **코**의 회색 SUV가 보였다. 언제 세차를 했는지 먼지가 잔뜩 앉은 차창으로 **코**가 머리카락을 쓸어 올리는 게 보였다.

"유니원에도 일이 있으신가 봐요."

조수석에 앉아 원피스 자락을 정리하며 물었다. 주영은 그 모습이 무척 여성적으로 보인다는 것을 알고 있었다.

"너 보려고 왔지. 파업하면 더 바빠질 것 같기도 하고."

속을 알 수 없는 **코**의 농담에 가슴이 다시 쿵쿵거렸다.

"대동노조요?"

안전벨트를 매면서 인터넷에서 본 파업 소식을 떠올렸다. 그는 긍정도 부정도 않고 머리를 긁적였다.

"이 근처에 닭튀김 잘하는 집이 있어. 라면도 진짜 맛있고."

코는 그 집을 잘 안다는 듯이 내비게이션도 켜지 않고 유니원을 빠져나갔다.

술집은 유니원에서 그리 멀지 않았다. **코**의 말대로 닭튀김과 라면 특히 김치가 맛있었다. **코**는 배가 고팠는지 닭튀김을 몇 개나 먹고 소주에 맥주를 섞은 소맥을 여러 잔 마셨다.

"운전은 어떡하려고?"

"대리 부르면 되지."

코는 대수롭지 않게 대답했다. 그리고 북한에서 온 수지

이야기를 시작했다. 그 이야기를 하기 위해 술을 먹었거나 술을 먹으니 그 이야기를 할 수밖에 없다는 듯이. 용기 있고 예쁘고 매력적이고, 그렇게 예쁘게 우는 아이는 첨 봤다, 술잔을 비울 때마다 몇 번이나 중얼거렸다. 여동생 같다, 생각해보니 첫사랑이었다는 말을 여러 번 한 후에 어딘지 모르게 너 좀 닮았다고 했다. 눈은 니가 크고 입술도 두껍고 코는 수지가 더 크고 키는 니가 크고 가슴은, 으음… **코**는 가슴을 비교하다 닭튀김을 떨어뜨렸다. 그리고는 그 말을 잊고 싶다는 듯 술을 빠른 속도로 비웠다. 주영역시 수지라는 아이와 닮았다고 할 때마다 술잔을 비우고 **코**를 바라보았다. 얼마나 자주 **코**를 쳐다보았는지, 술에 취해 알지 못하는 척했다.

누군가 밤새도록 모텔 방 안을 들여다본 것 같아 눈앞이 깜깜했다. 너무 놀라 창가로 가는 다리가 후들거렸는데, 겨우 안개라는 걸 알았다. 지난밤 술집에서 나왔을 때 맞은편에 세워 둔 **코**의 차가 보이지 않을 정도로 안개가 짙었던 것도 기억났다. 술집에서 나온 **코**는 안개 때문에 길을 잃은 듯 당황했지만 늘 그랬듯 뭘 해야 하는지, 어디로 가야 하는지 알고 있었다. 다른 점이 있다면 그날은 그가 어디로 갈지 주영도 알고 있었다는 것이다.

택시를 타고 유니원으로 돌아올 때도 안개는 자욱했다. 마주 오는 차들의 비상등이 안개 속에서 허우적거렸다. 먼저 나왔습니다. 조심해서 올라가세요. 손에 땀이 홍건할 정도로 쓰고 지우고 쓰고 지우기를 반복한 후 보낸 문자였다. 나중에 보자. **코**에게 답이 온 건 두 시간이 지난 뒤였다. 그날 이후로 주영은 안개가 끼기만 하면, 제우스가 만든 한 마리 암소처럼 안개 속에서 버둥거렸다. 안개가 자신의 몸속으로 들어와 알을 슬고 그 알들이 깨어나 또 알을 슬고 먼 곳의 안개를 불러들이는 것 같았다.

언제부터 그러고 있었는지 솜이불처럼 하얗고 두툼한 안개가 창문을 덮고 있었다. 이미 안개에 젖은 마음이 먼저 밖으로 나가고 주영은 천천히 그 뒤를 따랐다. 보안등만이 안개에 숨이 막힌다는 듯 희미한 빛을 내고 있을 뿐 운동장을 둘러싼 이중 철조망과 보안 초소도 보이지 않았다. 산 쪽으로 붙은 스탠드 위에서 사감이 안개에 목이 막힌 듯 고함을 질렀다. 아침 점호 시간이었다.

"각 반장들은 인원 점검하고 보고하세요."

앞쪽에 서 있던 반장들이 줄 안으로, 안개 속으로 사라졌다. 사감은 목구멍 안으로 밀려들어 오는 안개를 뱉어내듯 다시 고함을 질렀다. 유니원에서 지급한 옷만 입어라, 모든 수업은 최선을 다해 배워라, 규정을 준수하라, 여러분을 교육시키는 데 국민의 세금이 얼마나 많이 들었는지 잊지 말라. 어제의 사감과 오늘의 사감은 다른 사람이었다. 어쩌면 내일의 사감도 다를 것이다. 3교대이기 때문이다. 그런데 하는 말은 똑같았다. 나이가 많고 뚱뚱한 사감이든, 머리가 긴 젊은 사감이든 늘 저 말이었다. 녹음기처럼 감정이 없는 것도 똑같았다. 의심 없이 누군가를 길들이는 차가운 모습이었다. 커피를 마시며 잡담할 때와 너무 달랐다. 어제도 멸치를 바삭하게 볶는 방법을 심각하게 듣고 고등학생인 딸의 변비를 걱정하던 사람이었다. 유니원의 규정에도 잘 적응하지 못하면서 어떻게 대한민국 사회에 적응하겠느냐, 훈계는 계속되었다. 그렇게 해야 북한 물이 좀 빠진다는 것이다. 안 그러면 나가서 적응을 못해, 사감은 며칠 전에도 자신의 말이 틀리면 손가락에 장을 지지겠다는 듯이 손을 펼치며 말했다. 그러니까 유니원은 북한 물을 빼는 곳이었다. 북한 물을 빼야 하는 그들은 이제 음악에 맞춰 체조를 하고 있었다. 동작 크게 안 하나, 사감이 고함을 질렀다. 교육생들은 안개 속에서 허우적거리듯 팔다리를 움직였다.

숙소로 돌아가는 그들 중 누군가의 마음은 이미 안개에 젖어있을 것이다. 눈 코 귀 입, 구멍구멍 파고든 안개가 그들이 건넜던 압록강과 두만강의 새벽안개와 밤안개를 불러낼 것이다. 이제 그곳은 지상에 존재하긴 하지만 다시는 돌아갈 수 없는 곳이었다. 진저리를 치며 떠나왔겠지만, 다시는 돌아가고 싶지 않을 거라고 맹세했지만, 그곳을 잊든 잊지 못하든 그들은 영원히 그 안개 속에 갇혀 버둥거릴 것이다.

안개 때문에 직원들의 출근이 늦었다. 기숙사에서 생활하는 사람들만 출근해 있었다. 판교에서 통근을 하는 박 선생이 1교시 10분 전인데 아직도 고속도로 위에 있다고 했다. 팀장이 글쓰기 수업을 2시간 하라고 했다.

청소년반 교실은 세 개였다. 잎새, 꽃잎, 나무. 석 달 동안 아이들은 잎새에서 나무가 되어야 했다. 두 시간 연속 수업을 해야 할 곳은 잎새반, 이주일 전에 입소했으니 아직 유니원의 모든 게 낯선 아이들이었다.

우리나라 아이들 같으면 무슨 일이냐고 물을 텐데 북에서 온 아이들은 수업이 바뀌었는데도 아무 반응이 없었다.

"선생님이 안개 때문에 좀 늦으셔서."

"아."

아이들의 굳은 얼굴이 좀 펴졌다.

"무서운 이야기 해주세요."

제일 앞에 앉은 옥별이가 눈을 동그랗게 뜨고 작게 말했다.

"나도 듣고 싶은데…"

주영의 말이 떨어지기도 전에 미순이가 손을 들었다. 네 살 때 아버지는 돌아가시고(아이들은 사망했다고 표현했다), 후아버지가 너무 지독한 사람이었다고 했다. 학교는 보내주지도 않고 늘 집안일 농사일을 시켰는데 말을 조금이라도 듣지 않으면 엄청 때렸다는 것이다. 그래도 엄마 생각해서 참고 살려고 했는데 장마당에 자전거를 타고 나갔다가 잃어버렸다. 후아버지에게 맞을 생각을 하니 너무 무서워 집에 못 들어가고 아는 언니 집에 며칠 있다가 그대로 압록강을 건넜다고 했다. 눈치가 빨라 손해 볼 짓은 안 할 것 같은데 자전거 하나 땜에 강을 건넜다는 게 믿기지 않았지만, 진짜 이유는 더 믿을 수 없을지도 몰랐다.

"우리 고향에 폐결핵 앓는 사람이 많은데, 약을 구할 수도 없고 다들 앓다가 죽디요. 어느 할아범도 앓고 있었는데 식당에서 가끔 밥을 사 먹었는가 봐요. 일하는 아주마이가 할아범 불쌍해서 반찬 한 가지라도 더 주고 했다는데, 얼마 뒤 할아범이 고맙다고 그 아주마이를 자기 집으로 불렀어요. 선물 주갔다고. 아주마이는 집에 가는 길에 할아범에게 갔더랬습니다. 그런데 할아범이 숨어 있다가 그 아주마이를 죽이고 간을 꺼내 먹고 살도 삶아 먹고. 폐결핵에는 간이 좋다고…."

여우가 사람으로 변해 간을 파먹었다는 이야기에서 여우 대신 폐결핵 걸린 할아버지로 바뀐 것 같았는데, 오소소 소름이 돋으면서 구역질이 났다. 미순이의 이야기가 끝나기도 전에 옥별이가 끼어들었다.

"나도 사람고기 먹었다는 소문 많이 들었습매다. 지금은 안 그렇지만 고난의 행군 때 너무 굶어 정신이 이상해진 사람들이 어린애가 돼지 새끼로 보여…."

"그만!"

연쇄 살인범의 애기보다 더 무서운 이야기였다. 아이들은 선생의 반응이 재미있다는 듯이 소문으로 들은 식인의 이야기를 여기저기서 하기 시작했다. 조금 긴장감은 떨어지지만 이야기는 모두 비슷했다. 식인의 소문을 아무렇지도 않게 듣고 자란 아이들이었다. 그곳이 이 아이들의 고향이었다니, 등줄기가 싸늘하게 식었다.

"이제 그런 말 하면 안 돼."

교탁을 치며 큰소리로 나무라듯 말하자 아이들이 놀란 듯 바라보았다.

"왜 그렇습니까?"

옥별이가 이해 안 된다는 표정으로 물었다. 말문이 막혔다. 식인의 이야기가 떠도는 북한이 안타까운 건지 그곳에서 자란 아이들이 안타까운 건지 혼란스러웠다.

"우리나라에서는 그런 말 아무도 안 하거든."

주영은 글쓰기를 할 A4용지를 준비하면서 겨우 한마디 했다. 아이들이 무슨 말인지 모르겠다는 듯이 멀뚱하게 바라보았다.

"사람이 사람을 잡아먹는 이야기를 재미있다고 하는 게

정상이야?"

A4용지를 세다 말고 목소리를 높였다. 아이들은 그제야 큰 잘못을 했다는 듯 거의 동시에 고개를 숙였다. 뭐가 잘못됐는지 무슨 잘못을 했는지 아는 아이는 아무도 없을 것이었다. 그건 주영도 마찬가지였다. 그저 순간적으로 그 이야기와 그 이야기를 하는 아이들이 어쩐지 끔찍했다.

"가장 보고 싶은 사람에 대한 글쓰기다."

교실 벽이 울릴 정도로 큰 목소리였다. 아이들이 기다렸다는 듯 글쓰기를 시작했다.

30분도 지나지 않아 다 썼다며 글을 가지고 온 아이는 기호였다. 받자마자 책상에 엎드려 허리 한 번 펴지 않더니 벌겋게 달아오른 얼굴로 교탁 위에 종이를 던지듯이 두고 들어갔다. 언 듯 푸르뎅뎅한 얼굴 위로 눈물이 흐르고 있었다. 버릇없이 이게 무슨, 목구멍을 통과하려던 말이 지워졌다. 돌아서는 기호의 발끝에 눈물이 뚝뚝 떨어졌다.

기호의 글은 울면서 하는 말처럼 토막 나 있었다. 길지도 않았다. 격한 감정이 여과되지 않고 그대로 드러났다. 기호는 몇 달 전에 건넜던 차가운 강물 속에서 동생을 찾고 있었다. 물도 강둑도 보이지 않는 깜깜한 밤, 강물이 차가운 줄도 몰랐다고 했다. 강을 건너와 보니 다리가 뻣뻣하게 얼었더라고. 동생이 아직 강물 속에 있다는 건 알았

지만 너무 어두워, 아니 무서워서 다시 들어가지 못했다
고⋯. 상담실에서 다시 만난 기호는 얼굴을 손에 묻고 소
리 내어 울었다.

붉은색 하트

코는 일주일째 집에 들어가지 못했다. 낮에 잠시 들어가 옷만 갈아입고 나오는 형편이었다. 대통령 선거 결과에 불만인 세력들이 대동노조 파업을 지지하면서 집회 규모가 점점 커졌다. 그 뿐만 아니었다. 수면 아래로 가라앉았던 출판사 알바들의 선거 개입 문제가 다시 번질 기미를 보였다. 아직 수당이 입금된 계좌가 드러나지 않아 다행이긴 한데, 누군가 양심선언이나 양심선언을 가장한 배신이라도 할 경우에는 줄초상이 날 것이었다. 선거 직전에도 준혁이라는 놈이 알바 때 썼던 아이디를 모아 진보진영과 거래를 시도한 적이 있었다. 다행히 첩보를 먼저 입수해 막기는 했지만 생각만 해도 끔찍했다. 미친 새끼, 겁대가리 없이. 여기가 어딘 줄 알고. 그는 잊지 않으려는 듯 입술을 앙다물었다.

6시부터 시작된 집회의 보고서가 새벽까지 한 시간 간격으로 올라왔다. 선거 개입에 관한 내용은 없었지만 혹시라도 놓치는 게 있을까 봐 꼼꼼하게 읽었다. 정보원이 올린 보고서를 다 읽고 과장에게 보내는 보고서를 작성하고 나면 점심시간이 지나 있었다. 과장은 여러 곳에서 올린 보고서를 꼼꼼히 읽고 부장에게 보낼 보고서를 작성할 것이다. 세상은 소리 없이, 빈틈없이 전해지는 보고서로 해석되고 판단된다는 것쯤은 그도 알고 있었다.

코는 손을 들어 코끝을 만졌다. 쓰다듬어주는 것 같다. 얼굴에 달린 애완동물이라도 되는 듯하다고, 주위 사람들이 몇 번 이야기를 했다. 그때마다 그는 그랬어? 라고 반문을 하지만 그는 이미 그 사실을 알고 있었다. 그를 키운 건 8할이 그 코였다. 어릴 때부터 코만 잘생겼다는 말을 들었다. 눈도 작고 입술도 얇고 턱도 조금 뾰족했지만 코가 우뚝해서 괜찮겠다는 말을 들었다. 그때마다 어두운 저쪽에서 뭔가 희망이 보이는 것 같았다. 중고등학교 다닐 때도 선생님들의 눈에 뜨일 때는 코 이야기를 할 때였다. 남자는 모름지기 코가 잘생겨야 한다고 했다. 어떤 선생님은 코만 잘생기면 된다고도 했다. 그 말을 다 들은 건 아니지만 코가 고마웠다.

그는 뭔가 안 좋은 일이 있을 때마다 코를 만졌다. 안 좋은 일은 생각보다 많았다. 성적은 늘 안 좋았고 축구할 때마다 아이들에게 욕을 들었고 동사무소에 다니던 아버지는 승진을 못했다. 아버진 한 달에 한 번도 외식을 하지 않았는데 엄마는 그런 아버지가 못마땅했고 아버진 똑같은 반찬이 불만이었다. 늘 냄새나는 진흙 속에 발을 담그고 있는 기분, 질처거리는 구덩이 속으로 빠져드는 느낌, 그는 그때마다 코를 보호해야 한다는 듯, 코에 매달리듯 코를 만졌다.

오늘도 코를 자주 만졌다. 노조 사무실 안으로 경찰 병력을 투입할 계획이라는 것이다. 그전에 불법파업을 주도한 노조 간부들이 그 안에 있는 것을 확인하라고 했다. 위원장과 수석부위원장 사무처장 조직국장 쟁의실장 기획실장이 그 대상이었다. 휴대폰 추적이 가장 쉽지만 그 사람들도 전화기를 두세 개씩 들고 다녔다. 그렇다고 블라인드를 촘촘히 친 사무실 안을 들여다볼 수도 없고. 며칠 동안 모든 건물의 출입문에 형사와 정보원을 깔고 수배령이 내린 노조간부들의 출입을 확인했다. 키와 몸무게, 증명사진과 파업 때 채집한 사진 등이 인쇄된 전단지가 수백 장씩 뿌려졌다. 물론 그 모습대로 출입을 할 사람은 없을 테니까 안경이나 모자, 가발, 겉옷 등을 갈아입었을 때의 사진도 같이 실었다.

17층이 노조 사무실이고 그 외 선박회사, 은행, 언론사 등이 빼곡히 들어서 있는 24층 건물이었다. 하루 유동인구가 수천 명이었다. 수상쩍은 사람들은 일일이 붙잡아 대조를 하고 싶지만 그랬다간 인권침해라고 지랄들을 할 거고. 노조원들 중에 정보를 줄 사람도 만들지 못했다. 만들어

보려고 했지만 위험부담이 너무 컸다. 매일 들어가는 생수와 컵라면, 김밥의 양과 출입하는 사람들의 수를 비교하는 방법밖에 없었다. 드나드는 사람에 비해 지나치게 양이 많다는 건 모든 정보원의 공통적인 생각이었다. 그러나 건물 안에서 농성 중일 것이라고 추측하는 사람의 숫자는 조금씩 달랐다. 20명에서 50명까지, 노조간부들에 대한 의견은 똑같았다. 있는지 없는지 확인할 수 없다. 이런 머저리 같은 것들, **코**는 정보원들이 올린 보고서를 내동댕이치고 과장에게 올릴 보고서를 작성했다. 노조간부들은 건물 안에 있는 것으로 추측한다. '추측한다'를 '확신한다'로 수정하고 있는데 정보과 김 형사에게 문자가 왔다. 파업을 지지하는 댓글의 수가 토론방을 중심으로 갑자기 늘어났다는 것이다. 한 아이디를 여러 사람이 사용하고 한 사람이 여러 개의 아이디를 사용하는 것 같다고 했다. 지난 대선 때 **코**가 사용한 방법이었다. 김 형사는 어젤리아와 붉은 새의 글이 많이 퍼져가고 있다는 것이었다. 어젤리아? 진달래였다. 우리나라에도 많이 피긴 하지만 북한 느낌이 나는 꽃이었다. 그런 이름을 드러내놓고 사용하는 놈은 눈여겨 볼 필요가 있었다. 어젤리아의 글을 확인할 생각으로 포털을 열기 위해 마우스를 잡았는데 B폰에서 문자음이 들렸다. 그는 두 개의 핸드폰을 사용했다. 하나는 업무용이고 하나는 개인용이었다. B폰은 개인적인 일에만 사용했다. 수지에게 가르쳐준 번호는 그 전화였다.

아저씨 오늘도 사과 두 알 먹었어요. 먹을 때마다 아저씨 생각이 나요.

코의 가슴이 철렁 내려앉았다. 기뻐해야 하는데 두근거리기부터 했다. 수지는 우리나라에서 손꼽히는 A대 학생이었다. 북한 아이들은 특별전형으로 우리나라 일반 아이들보다 대학 가기가 수월한 것쯤은 알고 있지만 그래도 A대는 A대였다. 직장에 간혹 그 대학 출신이 있지만 그의 집안엔 아직 아무도 그 대학 출신이 없었다. 몇 달 전 합격 소식을 들었을 땐 축하한다는 말도 겨우 했다.

며칠 전에 학교 갈 때 먹으라고 사과 한 상자를 보냈다. 사과를 먹을 때마다 자신을 떠올릴 수지를 생각하는 것만으로도 이상하게 신이 났다. 그런데 진짜 문자까지 받고 보니 자신의 마음을 들킨 것처럼 얼굴을 붉혔다. 그는 진달래에 대한 생각을 까마득히 잊고 멍하니 앉아 있었다. 붉은 하트 이모티콘을 보내고 싶었지만 겨우 참았다.

처음 본 순간부터 반했다. 그걸 알게 된 것은 6개월이 지난 뒤부터였지만, 아직도 예쁘다고 생각해본 적은 없었다. 못생긴 얼굴도 아니었다. 정확하게 말하면 한 번도 본 적이 없는 얼굴이었다. 외눈꺼풀과 얇은 입술, 가느다란 목, 달걀형 얼굴, 순하고 약해 보이기도 하고 곧고 강해 보이기도 했다. 줄줄 울면서도 양보를 하지 않는 아이였다. 울면서도 울음에 지지 않는 아이였다. 어떨 땐 울음을 앞세워 사람들 속으로 파고들었다. 수십 번도 더 수지의 눈물을 보았지만, 그 눈물을 볼 때마다 가슴 한 구석이 무너지는 것 같았다. 보고 나면 꽤 오랜 시간 그 눈물을 잊을 수 없었다.

수지를 처음 본 것은 그가 처음 발령받은 안전부 인천지사였다. 그는 그곳에서 라오스나 태국에서 들어오는 탈북자들을 신문하는 일을 하고 있었다. 수지도 그때 만난 탈북자였다. 155센티가 안 되어 보이는 키에 몸무게도 43킬로였다. 피곤하지 않냐고 묻자 머리가 아프다 했는데, 핏기 없는 얼굴에 입술조차 하얗게 질려 있었다. 모든 뜨거운 것들을 다 뽑아내고 온 듯한 모습이었다. 백 명이 넘는 탈북자 중 가장 하얀 얼굴이었다. 가지고 있는 물건도 없었다. 전자사전과 옷가지 몇 개가 전부였다. 대부분의 사람들이 가지고 오는 가족사진도 없었다. 그는 그 아이를 독방인 217호로 보냈다. 방 가운데 침대만 있는 방이었다. 창문도 없었다. 자해를 할 만한 어떤 것도 두지 않았다. 그래도 CCTV로 감시를 했다.

아이는 침대에 앉아 소리 없이 눈물만 줄줄 흘렸다. 우는 사람은 많았지만 그렇게 우는 아이는 처음이었다. **코**는 1차 조사원이 보낸 보고서를 다시 읽었다. 평양 출신이고 거기서 중학교 5학년 그러니까 고등학교 2학년을 다니다 졸업장을 돈 주고 산 후 중국 단둥으로 어학연수를 떠난 아이였다. 단둥에서 머문 시간은 일 년 반. 직접적인 탈북 동기는 귀국 조치였다. 간혹 그런 경우가 있었다. 중국이나 러시아 등에서 유학 중인 대학생들이 귀국을 거부하고 탈북하는 것이다. 북한에 돌아간다 해도 문제가 될 행동을 한 사람들이었다. 자본주의 문화에 빠져들어 주체사상을 위반한 경우가 대부분이었다. 그런데 그 아이는 달랐다. 착실하게 단둥시의 한 외국어학원에서 어학연수를 받던 아이였다. 아이는 처벌이 두려운 게 아니라 단지 북한에 가기가 싫었다고 했다. 무슨 다른 속사정이 있을 거라고 생각했다. 아직 나이가 어리긴 하지만 남자문제, 아니면 가정불화 같은 것.

목이 뻐근해져 CCTV에서 눈을 돌릴 때까지 그 아이는 여전히 처음과 마찬가지로 울고 있었다. 맑고 뜨거운 눈물이었다. 차갑고 단단한, 그 어떤 것도 녹일 수 있을 것 같았다. 오랜 시간이 지난 뒤에 알았지만 그건 가장 귀한 것을 버리고 자신의 미래를 선택하기로 한 아이만이 흘릴 수 있는 용기와 두려움의 표현이었다.

아무리 울어도 심문을 피할 수는 없었다. 눈물이 의심스럽다는 직원도 있었다. 평양 출신에 단둥에 유학 나온 아이가 가족을 버리고 온다는 게 이상하다는 당연한 의심도 있었다. 일주일 간격으로 세 명의 조사관이 똑같은 질문을 했다. 조금이라도 다른 점이 있으면 집중심리를 받아야 했다. 그 애는 그 사실을 아는지 모르는지, 자기가 알고 있는 모든 걸 쏟아내었다. 평양에서의 일, 대동강 구역 아파트의 봄 여름 가을 겨울, 인민학교 중학교 다닐 때 선생님들에 대한 것. 그리고 늘 마지막엔 그 시절 있었던 가족들의 이야기로 종이가 얼룩이 졌다. 글이 나오는 것만큼 아이의 몸무게는 조금씩 빠져갔다. 어쩌면 그 아이는 자신의 신원을 확인받기 위해 글을 쓰는 게 아니라 그 모든 기억들을 몸에 새기기 위해 글을 쓰는 것 같았다. 엄마랑 단둥 시내에서 쇼핑한 물건까지 세세하게 기록했다. 직원들은 그 아이가 거의 컴퓨터 수준이라고 놀라워했지만 **코**는 그리운 것을 두고 입국한 아이가 살 수 있는 방법은 그 시절을 기억하는 일뿐일 것이라고 생각했다.

평양 대동강 구역에서 태어났으며 외가가 있는 신의주에 자주 놀러갔다. 단둥을 오가며 무역을 했던 외삼촌을 통해 중국과 한국의 문화를 접하고 중학교에 입학하자마자 중국에 유학 보내달라고 떼를 썼다. 평양에서 교원으로 있던 아버지가 아프면서 생활이 어려워지자 엄마가 외삼촌과 함께 장사를 했다. 수지 역시 중학교 졸업장을 얻자마자 엄마를 따라 단둥으로 나가 외국어학원에 다녔다. 단둥에서 만난 한국 유학생들의 자유와 풍요로움이 부러웠는데 대통령을 공공연히 비난하는 게 가장 부럽고도 놀라웠다. 북한에서는 최고 존엄에 대한 어떤 비난도 용서되지 않았다. 2년짜리 비자였는데 1년 반 만에 귀국 명령이 내려졌다. 엄마는 수입의 반을 냈는데도 더 내라는 걸 거부했더니 밉게 보인 모양이라고 했다. 조선으로 돌아갈 생각을 하니 눈앞이 깜깜했다. 돌아간다면 장군님에 대한 칭송과 지시 사항만 앵무새처럼 되풀이할 것이었다. 이제 다시는 그렇게 살고 싶지 않았다. 중국에서 종종 행방불명된 사람들의 이야기를 들은 적이 있었다. 자신도 그렇게 처리된다면 가족도 무사할 것 같았다. 인권단체에 연락을 해서 태국을 거쳐 한국으로 왔다. 아버지 송유동, 어머니 김연실, 대동강 구역과 중학교의 교장 이름, 학교의 위치 모든 게 정확했다. 아무도 모르게 왔지만 얼굴이 노출될 경우 탈북 사실이 알려질 수 있으므로 신분 노출을 극도로 경계하고 이름을 봄희에서 수지로 바꾸었다.

코는 신문 내용을 정리한 후 안전부를 나가 적응교육을 받아야 할 명단에 수지의 이름을 올렸다. 탈북 이유는 한류 접촉 후 한국문화에 대한 동경이라고 적었다. 그 서류 한 장으로 수지는 탈북자로서의 자격을 받았다. 특별한 일이 없으면 유니원에서 대한민국 국민이 될 것이었다.

과장에게 보고서를 올리고 파지를 정리하고 있을 때 아

내에게서 문자가 왔다.

옷 갖다 줄까?

코는 곧 집에 갈 거라고 적었다가, 옷은 필요 없다고 고쳐 보냈다.

오후 두 시였다. 금요일이네. 혼자 중얼거리며 코끝을 만졌다. 그리고는 수지에게 카톡을 보낼 생각으로 잠시 휴대폰을 보고 있다가 오피스텔 방을 나왔다.

타원형 구조의 건물이었다. 대선 때 작업장 일부가 언론에 노출된 뒤로는 서울의 모든 작업장을 바꾸었다. 이번에는 원형으로 배치된 오피스텔이었다. 일자식보다 신분노출의 위험이 적다고 했다. 직원들에게도 이 오피스텔에 몇 개의 작업실이 있는지 알려주지도 않았다. 몇 번 오피스텔 로비에서 정보기관 소속 같다는 느낌을 주는 사람과 마주친 적이 있었다. 그 사람도 그렇게 생각했는지 눈이 반짝하고 빛이 났다. 그러고는 누가 먼저랄 것도 없이 황급히 눈을 피했다.

엘리베이터는 양쪽으로 하나씩 배치되어 있었다. 그는 습관적으로 가까운 쪽이 아니라 먼 쪽의 엘리베이터를 탔다. 엘리베이터를 기다리는 사람이 많을 때는 아래층이나 위층으로 올라가 사용했다. 물론 오늘처럼 걸어 내려가는 날도 있었다.

그는 천천히 휴대폰을 들고 걸어 내려왔다. 내려오다 보

니 1층이었다. 어떻게 할까, 아내와 아이들이 기다리는 걸
알면서두 집으로 가기는 싫었다. 기분이 가라앉으려고 했
다. 수영이라도 하고 갈까. 가서 땀을 흘리고 난 다음 집에
가서 푹 자면 좋을 것 같기도 했다. 그전에 수지에게 답을
해야 하는데 적당한 말을 찾을 수 없었다. 많이 먹어. 또 사
줄게, 라고 적었다가 지웠다. 그 말로는 자신의 마음을 5%
도 나타내지 못했다. 그럼에도 그 말 외에 어떤 말도 떠올
리지 못하는 게 좀 답답했다. 붉은색 하트 모양의 이모티
콘을 들여다보다가 수지에게 보냈다. 그다음 앗 실수, 라는
문자를 보냈다. 그러고 나니 마음이 가벼워졌다. 진짜 모
든 일을 다 한 기분이었다.

지하철 계단으로 내려서는데 B폰이 울렸다.

"아, 아저씨 하트는 뭐예요?"

공처럼 튀어 오르는 목소리였다. 이 애가 실수가 아니라
는 걸 아는 걸까, 귀밑이 뜨거워지는 게 느껴졌다.

"밖인가 보네."

"네. 아르바이트 구하러 왔어요."

"아르바이트?"

급하게 묻는 바람에 목소리 끝이 갈라졌다.

"그룹홈 나오니까 생활비가 너무 많이 들어요. 아직 십
일이나 남았는데 수급비가 간당간당해요."

수지가 당장 내일이 걱정이라는 듯이 말했다. 몇 번 이런

일이 있었는데 그때마다 **코**는 피붙이가 그러는 것만큼 아니 그 이상으로 가슴이 아팠다.

"공부하기도 힘들 텐데, 어떻게 하려고? 내가 장학금 알아볼게."

코는 망설이지 않고 자기 월급이라도 떼줄 듯이 말했다. 보수단체나 통일 재단에 이야기하면 장학금 정도는 받을 수 있을 것이었다.

"진짜요? 역시 아저씨가 최고예요."

수지가 금방이라도 달려와 안길 것처럼 기뻐했다. 수지의 기쁨이 그의 몸으로 퍼져가고 있었다.

으흐흐, 입에서 이상한 소리가 나서 얼른 입을 다물었다. 자신의 몸 어딘가에 그런 소리가 숨어 있었는지, **코**는 자신이 낯설어 잠시 숨을 골랐다.

"저 진짜 받고 싶은 선물이 있는데."

"선물?"

뜻밖이라서 **코**는 걸음을 멈추었다.

"꼭 들어주셔야 해요. 이제 대학생이니까."

수지는 전에 없이 뜸을 들였다.

코는 전화기를 왼손에서 오른손으로 바꿔 들었다.

"부모님 소식… 대학 합격하면 알아봐 주신다고 하셨는데. 저 진짜 공부 열심히 하고 있어요."

안전부에서 나갈 때 그 말을 한 것 같기도 했다.

"아 그랬지. 아저씨가 알아볼게. 전화번호가 어떻게 되더라."

"025-378-4763, 정확해야 하니까 문자로 넣을게요."

"그렇게 하면 더 좋지. 근데 누굴 찾을까?"

"송유동 씨요. 아버지세요."

수지는 그 말만 하고 재촉하듯 먼저 전화를 끊었다. **코**는 수지가 보낸 문자를 잠시 보고 있었다.

탈북자들이 가장 궁금해하는 것이 북한에 두고 온 가족의 안부이다. 정보원인 탈북자들도 주소나 전화번호를 주면서 가족의 생사를 알고 싶어 했다. 그때마다 **코**는 알아보겠다고 주소나 전화번호를 달라고 했다. 상대방은 그 말만 듣고도 고마워하며 주소와 전화번호를 문자로 보내왔지만 **코**는 한 번도 그 가족들에 대해 알아본 적이 없었다. 전화번호가 바뀌었는지 연락이 안 된다거나 그쪽의 감시가 너무 심해 알아볼 방법이 없다는 대답을 준비해두었을 뿐이다. 수지의 경우도 마찬가지였다. 며칠 있다 전화번호가 바뀌었는지 연락이 안 된다고 하면 될 것이었다. 그런데, 평양이었다. 평양과 아직도 연락을 주고받을 수 있는 사람이라면 어디엔가 쓸모가 있을 것이었다. 그는 선거 때마다 알바로 썼던 탈북자들을 떠올렸다. 정보가 가장 정확한 놈은 개나리19 이준혁이었다. 출판사 댓글 알바를 진보단체에 팔겠다고 한 놈이었다. 늘 대비하고 있던 일이어서 성폭력 혐의로 주저앉히기는 했지만 조건이 맞지 않으면 언제든지 등 뒤에 칼을 꽂을 놈이었다. 미끼를 던져볼까 하다가 그는 고개를 흔들었다. 아무래도 이번에는 좀 조심해야 할 것 같았다. 이준혁 다음으로 떠오르는 친구는 김병욱이었다. 평양 출신으로 청진외국어대학에 다니다가 탈북을 한 친구였다. 표면적으로는 중국어 강사지만 브로커 노릇을 하면서 정보를 팔아 먹고사는 놈이었다.

비상소집이었다. 과장은 한밤중에 모으려다 겨우 참는다며 아침 9시까지 본부 회의실로 모이라고 했다. 건물 안에서 농성 중일 것이라고 보고한 노조 위원장이 내일 명동성당에서 인터뷰를 한다고 폭탄선언을 했다. 귀신이 곡할 노릇이었다. 그렇게 철통같이 감시를 했는데 어떻게 감시를 뚫고 나갈 수 있었다는 말인지, 위원장은 다른 사람보다 머리 한 개쯤 더 있고 얼굴이 길어 변장하기도 쉽지 않았다. 다른 사람도 아니고 위원장이 밖으로 나갔다는 게 **코**는 여전히 믿기지 않았다.

경찰병력을 절반을 빼서 성당 쪽으로 옮긴다고 했다. 윗선의 결정이니 따를 수밖에 없는 일이지만 그는 아직도 위원장이 건물 안에 있다고 확신했다. 경찰병력이 절반 넘게 철수한다면 그 틈을 타서 빠져나올 수는 있을 것이었다. 그렇다면 이건… 정치적 결정이라는 생각이 들었다. 그가 밤을 새워 보고를 하고 감시를 한 일은 그 결정을 유도하기 위한 작전일 뿐이었고 과장이 그렇게 화를 내는 건 그 결정에서 소외되었다는 증거일 것이었다. 그런데 무슨 목적으로 이런 결정을 하는지 도통 알 수가 없었다. 성당으로 간다면 진압하기는 더 어려워질 거고 지지 세력은 확산될 게 뻔한데.

버스 정류소에서는 정문보다는 후문이 더 가까웠다. 겨우 버스 한 대가 출입할 만한 좁은 문이지만 내사 중인 피의자와 내로라하는 거물급들이 비공식적으로 방문하는 곳이었다. 이중문을 통과해 20미터쯤 올라가면 또 하나의 검문소가 나왔다. 그는 호주머니에 있던 출입증을 목에 걸었다. 이곳에서만 사용하는 본명이 적혀 있었다. 남철수. 그리고 1837327NR. 그 자신에 대한 모든 정보가 담겨 있는 비밀번호였다. 마지막 검문소를 통과한 후 그는 오른쪽에 있는 사무실로 들어갔다.

먼저 와 있던 동기가 인사를 했다. 그는 회색 점퍼를 입고 물 빠진 청바지를 입었는데 이 친구는 늘 하얀 와이셔츠에 파스텔 톤의 비싼 넥타이를 매고 금방 세탁소에서 찾아온 듯한 슈트를 입었다. 얼마 전부터 현장을 떠나 언론을 담당하는 친구였다. 파업의 규모나 강도에 비해 언론에서의 관심이 적었던 것이나 혹은 파업에 비판적인 기사가 많이 나가는 것 등이 모두 이 친구의 역할이라는 말이 돌았다. 서울의 유명 대학을 나온 그 친구의 말에 의하면 중요한 건 현실이 아니라 말이라고 했다. 말은 언론과 방송이었다. 그것만 장악하면 아무리 큰 사건도 곧 묻히게 마련이라는 것이다. 신입직원 연수 때 그 친구는 사람들의 마음을 움직이려면 사람들이 원하는 모습이 되어야 하는데 요즘 사람들은 점퍼에 낡은 청바지를 입고 싶어 하지 않기 때문에 자신은 양복을 입을 거라고 했다. 그 말을 들었을 때 **코**는 세상 물정을 모르는 친구라고 생각했다. 하루 종일 현장을 감시하고 부리나케 이동하고 눈에 안 띄게 사람을 만나고 엘리베이터보다 더 빠르게 10층 건물을 올라가야 하고. 그리고 사무소로 돌아가 보고서를 작성해야 하는데 양복이라니. **코**는 그 친구가 양복을 벗거나 안전부를 떠날 것이라고 생각했지만 그의 예상은 둘 다 빗나갔다. 동기 중 가장 승진이 빨랐다.

코는 동기 옆으로 가면서 고개를 숙이고 심호흡을 했다.

"아, 오늘 완전 깨질 것 같은데. 노조 놈들이 빠져나가 기자회견이라니? 투명 인간도 아니고."

일부러 주변 사람이 다 들을 정도로 크게 말했다. 동기는 땅을 내려다보며 날렵해 보이는 구두 끝으로 바닥을 살살 비비면서 웃고 있었다.

"이러다가 지방으로 내려가는 건 아닌지 모르겠다."

코가 한숨을 내쉬었다. 몇 달 전에도 진보단체 대표를 미행하다 발각된 한 직원이 지방으로 좌천되었다. 누군가의 지시로 한 일이었을 텐데도 그것이 발각될 때는 실무자 선에서 마무리를 했다. 노조간부들이 포위망을 뚫고 기자회견까지 한다면 누군가 그 책임을 져야 할 텐데, 어쩐지 자신이 져야 할 것 같아 불안했다.

"그럴 일은 없을 거야…, 멍석이잖아."

친구는 뭔가를 알고 있다는 듯이 한 마디 툭 던지고, 더이상은 말하기가 곤란하다는 듯이 자리를 옮겼다. 멍석? 코는 못 들었다는 듯 되물었지만 동기는 돌아보지 않았다.

동기의 말대로 별일은 없었다. 집회장에서 정권퇴진을 외친 사람과 단체의 명단이 정리되어 내려왔다. 아주 빠르게 채증 분석 작업이 끝난 모양이었다. 전체회의가 끝나고 다시 과별로 회의가 진행되었다. 과장은 달랐다. 노조 지도부의 전략을 미리 파악하지 못한 것과 노조간부가 기자회견을 한다는 사실에 흥분을 숨기지 않았다. 멍청한 니들 때문에 나만 병신 됐다고 험상궂게 굴었다. 그리고 노조간부의 개인정보와 가족관계가 적힌 인쇄물을 나누어 주었다.

"술 처먹고 올린 것까지 다 보고해. 이번에도 시원찮으면 다 각오하고. 나가 봐."

과장이 회의실 문을 꽝 닫고 밖으로 나갔다. 몇 명은 과장을 따라 나가고 몇 명은 현장 사무실로 돌아가야 한다며 서둘러 주차장으로 갔다. 살짝 요의가 느껴졌다. 잠시 뒤면 사라지는 가짜 요의라는 걸 알면서도, **코**는 화장실로 갔다. 돌아오니 회의실은 텅 비어 있었다. 그는 후문으로 나와 택시를 타고 파업현장으로 갔다.

경찰들이 파업 지도부의 사진을 손에 들고 노조 지도부가 농성 중인 건물을 세 겹 네 겹으로 에워싸고 있었다. 아무리 출입하는 사람들의 숫자가 많아도 저렇게 이중 삼중으로 감시를 하는데 빠져나가는 건 쉬운 일이 아닐 것이다. 분명히 내일 새벽 경찰이 포위망을 풀면 그 틈을 타서 빠져나갈 것 같았지만 그 말을 할 수는 없었다. 친구 말대로 멍석을 깔아주는 일이라면 지금 눈앞에 있다 해도 잡아서는 안 될 것 같기도 했다.

맞은편에서 동부서의 김 형사가 손을 들어 인사를 했다. 그쪽으로 천천히 걸어가는데 호주머니의 전화가 울렸다. 아버지였다. **코**는 조금 망설이다 전화를 받았다. 당신 선배가 S병원에 입원하려고 하는데 한 달이나 기다려야 한다고 손을 써달라는 전화였다.

"그걸 제가 어떻게 알아봅니까? 의사도 아니고."

그는 볼멘소리를 했다.

"니가 거기 다니는데 모르는 척하면 이 애비가 욕 들어. 내가 어려울 때 많이 도와준 양반인데."

아직까지 동사무소 사무장이고 몇 년 안 남은 정년까지

그러고 사실 양반이 뭘 그렇게 도움을 받았다고, 목을 타고 빠르게 치밀어 오르는 짜증을 참기 못하고 고함을 질렀다.

"안전부 다닌다고 하지 마라니까, 왜 자꾸 그러세요?"

그리고 바로 전화를 끊었다. 비행기 표 구할 때도, 차 사고를 냈을 때도 아버지는 전화를 했다. 비행기 표든 열차 표든 부탁을 들어줄 수 있을 때는 기분이 좋았다. 기분이 나쁠 때는 지금처럼 들어줄 수 없는 부탁을 할 때였다. S병원 입원실도 한두 사람 건너면 알아볼 수도 있을 것이지만 아버지도 아니고 아버지 선배의 일을 비상근무 중에 알아보고 싶지는 않았다. 더구나 아버지가 말한 선배는 그도 알고 있는 6급으로 퇴직한 공무원이었다. 누구에게 부탁을 할 것인가 하는 것만큼 누구를 부탁하는가도 중요한 일이라고 그는 생각했다.

코의 고향은 야당의 터전이라고 할 수 있는 남도의 한 도시였다. 우리나라 현대사의 가장 아픈 기억인 5·18 때 그는 다행히 다섯 살이었으며 가족 중 누구도 그 사건에서 피해를 겪지 않았다. 동사무소 직원이었던 아버지는 그날도 묵묵히 출근을 했다. 비상계엄령이 확대된 뒤라 동사무소에도 근무 태도를 단속하는 공문이 연일 내려오고 그중에는 반정부 시위에 참여하는 경우 공무원법 위반이라는 규정도 있었을 것이다. 그가 중고등학교 다닐 때 사회과 선생님들 중 몇 분은 5·18 당시 부모님의 경험을 적어서 오라는 숙제를 냈다. 그때마다 아버진 직장일로 바빠서 기억나는 게 없다며 엄마에게 물어보라고 했다.

아버진 늘 무표정하고 말이 없었다. 퇴근 후에도 남의 집에 들어온 것처럼 인조가죽 소파에 앉아 TV를 보고 있다 저녁을 먹고, 다시 TV를 보다 잠이 들었다. 엄마와 마찬가지로 아버지가 가장 많이 하는 말은 돈이 없다, 였다. 돈이 없어 말도 감정 표현도 하지 못하는 듯했다. 아버지가 유일하게 자신의 감정을 드러냈을 때는 그가 안전부에 취직이 되었을 때였는데, 아들 복은 있다더니, 니 코가 내 코를 닮았는데, 코 값을 한다며 좋아하셨다. 물론 **코**는 자신의 코에 대한 모욕이라고 생각했다.

딜모

병욱은 라면 끓일 물을 가스레인지에 얹어두고 관리비 고지서를 다시 보고 있었다. 82000원, 저번 달보다 5만 원 줄었다. 이 정도만 해도 수급비로 관리비 내고 먹고 살 수 있었다. 겨울에는 문풍지를 바르고 뽁뽁이를 붙여도 수급비 절반을 아파트 관리비로 냈다. 양말 신고 오리털 점퍼를 입어도 보일러를 돌리지 않으면 견딜 수 없었다. 공화국의 추위에 비하면 아무것도 아닌데도 이상하게, 자본주의라 그런지 서울이 더 추웠다.

라면 냄비를 들고 와 TV 앞에 앉았다. 요즘 뉴스는 매일 대동노조 파업이었다. 방송국마다 그 뉴스였다. 방송국 수는 많아도 노조를 지지하는 방송국은 거의 보이지 않았다.

민주주의 국가도 별것 없구만.

그는 라면을 식히며 한마디 했다. 아내가 떠난 뒤부터 혼자 중얼거리는 버릇이 생겼다. 그 버릇이 좋지 않다는 걸 알지만 고치고 싶지는 않았다. 그것도 혼자만의 자유라고 여겼다. 대부분 어젯밤에 들은 뉴스들일 뿐 새로운 것은 없었다. 병욱은 귓등으로 들으며 라면을 건져 올리다 말고 TV를 뚫어지게 바라보았다.

노동신문에 총파업을 지지하는 사설이 실렸다는 소식이었다. 반인민적 악정과 파쇼독재로 근로대중을 무참히 짓밟고 남조선을 인간생지옥으로 전변시킨 괴뢰패당의 반인민적, 반민주적 폭거를 로동계급의 이름으로 준렬히 단죄 규탄한다. 텔레비전 화면에 인공기가 펄럭였다. 병욱은 벌떡 일어나다 라면 냄비를 쏟았다. 라면 국물이 쟁반의 손잡이 구멍 속을 통과해 TV 쪽으로 흘러가고 있었다. 아, 안 돼! 물난리라도 난 것처럼 허둥대며 일어나다 이번엔 쟁반을 건드렸다. 쟁반 모서리에 걸쳐 있던 냄비가 엎어졌다. TV 위에 있던 휴지가 보이지 않아 목욕탕의 휴지를 빼 왔다. 그 사이에 라면 국물은 더 얇고 넓게 퍼져 있었다. 국물도 없는 라면은 먹고 말 것도 없었다. 라면 국물을 닦은 휴지만 한 냄비였다.

병욱은 투덜거리며 휴지를 버리고 목욕탕으로 들어갔다. 공화국에 있을 땐 안 닦는 날도 많았는데, 요즘은 물만 마셔도 이를 닦았다. 그래도 입 냄새가 나는 것 같았다. 공기도 음식도 쓰레기 같으니까 어쩔 수 없지, 그는 이를 닦다 말고 거울을 들여다보았다. 오른쪽 입술 위에 치약 거품이 묻어 있었다. 둥글넙적하고 약간 부은 듯한 얼굴에 눈, 코가 묻힌 것 같았다. 이상하게 잘 먹는데도 머리카락이 점점 빠져 정수리 부분이 훤히게 드러냈다. 한국에 온 지 2년 만의 일이었다. 몸무게는 15킬로 늘었다. 불거졌던 광대뼈와 볼 옆으로 번졌던 버짐, 꺼멓게 썩었던 치아만 없으면 괜찮게 보일 것 같았는데, 광대뼈가 보이지 않을 정도로 살이 찌니 더 이상해졌다. 못 사는 사람일수록 뚱뚱할 확률이 높다는 통계를 어디선가 본 것도 같았다. 남조선은 살고 못 살고와 뚱뚱하고 날씬한 문제에 너무 민감했다. 한 마디로 좀 이상했다.

김철성이라는 공화국의 이름을 떠올리며 왼손으로 축 늘어진 볼살을 집었다 놓고 칫솔질을 계속했다. 혓바닥까지 닦은 후 면도를 했다. 마음 같아선 목덜미의 잔털도 밀고 싶은데 혼자서는 무리였다. 귀 뒤와 콧구멍까지 꼼꼼하게 씻고 난 뒤 목욕탕에서 나왔다. 늘 입고 다니던 등산 점퍼 대신 파란 줄무늬가 있는 양복을 입었다. 봄에 입기에는 좀 더웠지만 송수지를 처음 만나는 날이라 덜 뚱뚱해 보이는 옷을 골라 입고 서둘러 집을 나왔다.

주유소 사장 아들의 중국어 과외부터 끝내야 했다. 일주일에 세 번 가고 40만 원이라 다른 일보다 괜찮은 편이었다. 아르바이트를 하던 주유소 주변에 중국 국적의 조선족이 많이 살고 있었는데 간혹 기름을 다 넣고 기름 값으로 시비를 걸 때가 있었다. 대부분 다른 주유소에서는 1리터에 얼마인데 여기는 왜 이렇게 비싸냐, 이 주유소도 그 가격으로 해달라고 떼를 썼다. 주유소 입구에 크게 써 붙인 기름 값을 보고도 그런 말을 하니 억지 중의 억지였다. 그때 병욱이 나서서 몇 번 해결한 적이 있었다. 그는 북한에서 중국어를 배웠고 중국에 출장 나왔다가 남한으로 탈북한 걸로 자신을 소개했다. 사장은 힐끔 쳐다보더니, 한국에서 빌어먹어도 북한보다는 낫다는데 잘 왔다, 라며 어깨를 툭 쳤다. 그다음 날 아들에게 중국어를 좀 가르쳐달라고 했다. 북한에서 왔다고 하면 안 배우겠다고 할지 모르니 조선족으로 하자고 했다.

사장의 집은 분당, 천당 아래 분당이라며 자랑질을 했다. 지하철역에서 5분 거리라 웃돈을 오천만 원이나 주고 산 아파트라는 것이다. 사장도 사장의 아내도 그 아들놈도 지하철을 타지 않는데 지하철역에서 5분 거리가 왜 중요한지 알 수 없었다. 어쨌든 지하철에서 5분 거리에 있는 아파트 덕을 보는 건 병욱 자신이었다.

과외 선생이 온다는 것을 알고 있었을 텐데 아파트는 정신없이 어지러웠다. 현관에는 신발이 헝클어져 있었고 좁지 않은 거실엔 운동기구, 리모컨, 과자 먹던 것, 수건, 골프채 등 별의별 게 널브러져 있었다.

"아줌마가 며칠 못 와서 집이 엉망이야."

거실 소파에 앉아 있던 사장의 부인은 살이 눈처럼 쌓인

가슴을 드러내고 열 손가락에 매니큐어를 바르다 아주 잠시 그의 양복에 눈길을 주었다.

병욱은 어지러운 거실을 가로질러 사장 아들인 현민의 방으로 갔다. 그 방은 더 개판이었다. 쿰쿰한 냄새까지 났다. 그 자식은 북한 사람에게 배우는 중국어 따위에는 별 관심이 없었지만, 니가 중국에 가면 수학과 영어는 잘할 테니까 걱정할 게 없다는 말에는 조금 기뻐했다. 중국이 많이 발전하기는 해도 아직 한국 따라오려면 멀었다는 말도 덤으로 해주었다. 그건 안전부에서 들은 이야기이지 그 자신의 생각이 아니었다.

90분 수업인데 한 시간 수업을 하고 30분은 단어 시험을 쳤다. 그렇게 얼렁뚱땅해서 받는 40만 원은 전부 저금을 했는데 이번 달까지 모으면 400만 원이 넘을 것이었다. 모두 중국 돈으로 바꾸어 공화국에 가져갈 생각이었다. 한국 정부에서 주는 기초생활수급비 40만 원과 단둥의 김 주임이 보내주는 활동비 50만 원으로 아파트 관리비 내고 나면 빠듯하긴 하지만 먹고살 수는 있었다. 남조선에서 자신을 단련시킬 건 가난밖에 없었다.

주유소 사장의 말대로 남조선은 공화국에 비하면 천국이긴 했다. 그런데 불쑥불쑥 화가 났다. 왕궁 같은 백화점과 끝도 없이 이어지는 가게를 지나갈 때마다 그랬다. 공화국에 있을 때와는 다른 공포였다. 쓸쓸하다가 화가 나기도 했다. 처음엔 탈북자라서 그런가 했는데 그게 아니었다. 한국은 사람을 쓸쓸하게 하는 뭔가가 있었다. 모든 게 허용되어 있는 것 같지만 기초수급자인 그에게 허용된 건 마트의 할인 물건과 변두리 술집, 자판기 커피와 5천 원 이하의 국밥 등이었다. 조선에서도 모든 게 다 허용된 건 아니지만 벽은 늘 눈에 보였다. 여긴 투명한 유리벽에 둘러싸인 기분이었고 무시와 차별이라는 습기는 시간과 장소를 가리지 않고 몸 안으로 스며들었다. 입고 자고 먹는 모든 것이 차별의 결과라는 생각이 들었다. 그런데다 그는 공화국, 북한 사람이었다. 공화국 사람은 스파게티를 잘 먹어도 이상하다고 하고, 잘못 먹어도 이상하다고 했다. 주유소 사장 아들인 현민이처럼 더럽고, 더럽게 먹고, 머리에 똥만 찬 놈도 병욱이 북한에서 온 걸 안 이후로는 태도가 달라졌다. 중국어를 배울 사람이 없어 북한 사람에게 배우겠냐는 것이다. 그만두고 다른 주유소에서 한 달인가 일을 하고 있었는데 다시 사장이 과외를 해달라고 했다. 아들이 중국어 학원을 다니다가 며칠 만에 그만두었다는 것이다. 그때 10만 원 올려 40만 원으로 한 게 남조선에 와서 제일 잘한 일 같았다.

단어시험을 치고 있을 때 전화가 왔다. 지난 대선 때 댓글 일을 해주었던 안전부의 **코**였다. 공부는 안 하는 놈이 수업시간에 웬 전화라는 듯 얼굴을 찡그렸다. 병욱은 몸을 돌려 전화를 받았다.

"지금 전화 받을 수 있나?"

"네, 괜찮습니다."

병욱은 전화기를 들고 밖으로 나갔다.

"이건 개인적인 부탁이니 어디 알리지 말고. 전화번호 하나 알아봐."

"네. 알겠습니다."

대답을 하자마자 전화를 끊고 문자가 왔다

025-378-4763. 세대주 확인 바람.

평양에 있는 전화번호를 알아봐 달라는 사람은 처음이었다. 누구 부탁인지 묻고 싶었지만 참기로 했다. 괜한 관심을 보이는 건 상대방의 경계를 살 가능성이 충분했다. 되도록 오로지 돈에 관심이 있는 척해야 했다. 그는 깜빡 잊었다며 비용이 30만 원이라는 문자를 보냈다. 평양은 위험수당이 있다는 말도 잊지 않았다. 10초 정도 전화기를 들고 답을 기다렸지만 **코**는 아무 답이 없었다. 답이 오지 않을 줄 알면서도 조금 더 기다렸다. 평양 전화번호만으로 대동강변이 눈에 선했다. 그 물과 바람이 오랫동안 그리웠다. 이제 조금만 더 기다리면 갈 수 있다, 그는 스스로를 다독였다.

현민은 단어공부를 하지 않고 폰 게임을 하고 있었다. 그는 버럭 소리를 지르려다 말고 잠시 건너편 아파트를 바라보았다. 20분 남은 과외시간이 2시간처럼 길었다. 몰래 훔쳐본 송수지를 직접 만날 생각에 가슴이 두근거렸는데, 긴장 반, 기대 반이었다.

대동강무역 김 주임에게서 온 송수지의 자료는 본명이 봄희라는 것과 지금 사는 곳의 주소와 사진뿐이었다. 누구나 다 아는 북한에서의 고향도 몰랐다. 탈북 경위도 없었다. 무연고라서 유니원 출소 후 수녀님이 운영하시는 그룹홈에서 고등학교를 다녔는데 처음에는 성적이 안 좋았지만 차츰 빠른 속도로 성적이 향상되었고 결국 명문대에 입학을 했다는 것이다. 어머니 김연실, 혜산의 농장에서 만났다고 하면서 접근, 조선으로 데리고 오라는 지령이었다. 어릴 때부터 반미의식을 가열차게 단련한 혁명 일꾼이라는 것이 이유였고 아버지는 송경산이었다.

병욱은, 이미 귀국 신청을 했고 이 임무는 탈북자들의 동태 파악이라는 본래의 임무와도 거리가 있다고 볼멘소리를 했다. 김 주임은 귀국이 한 달 정도 남은 사람을 찾다 보니 그렇게 됐다며, 이번 건이 마지막이라고 했다. 너무 자료가 빈약하여 추가 자료를 요구했지만 13국에서 온 자료는 그게 다라고 했다.

13국이요? 그는 목구멍까지 올라오는 질문을 겨우 참았다. 13국은 상해직할시 무역총괄국이었다. 지리적으로 단둥이 공화국과 가깝지만 실제로 외화벌이가 가장 활발한 곳은 상하이였다. 그곳에서 왜 이런 명령을 내리는지 궁금했지만 물을 수는 없었다. 생각나는 대로 질문했다가 그 질문 때문에 사상을 의심받을 수도 있었다. 전화를 끊으려는데 김 주임이 대동강무역 책임동무가 원래 13국 국장이었다고 했다.

"그게 무슨 말입니까?"

병욱은 불쑥 물어놓고 놀라서 입을 다물었다. 또 필요 없는 질문을 한 것이다.

"평양시당 간부의 집안인데 무슨 일이 있는지 좌천되었다고 하더라고. 모른 척해."

김 주임은 괜한 말을 했다는 듯 급하게 전화를 끊었다. 대동강무역 책임자 동무가 13국 국장이어서 13국에서 이 자료를 보냈다는 말인가, 병욱은 어긋난 말 사이에 끼인 듯 전화기를 내려다보고 있었다.

지난 주 병욱은 송수지의 아파트에서 몰래 그 아이를 훔쳐보았다.

하얗고 야위고 작은 아이였다. 하늘색 운동화에 달라붙는 청바지, 허벅지까지 내려오는 남방을 입었다. 긴 머리를 뒤에서 묶고 네모난 가방을 메고 이어폰을 꽂은 채 빠른 걸음으로 아파트를 빠져나가고 있었다. 옆으로 긴 눈이 인상적이었다. 이때까지 그가 본 어떤 탈북인보다 낯설었다. 얼굴만 확인하려고 했는데 그애를 따라 지하철을 탔다. 환승역에서 내리지 않고 수지를 따라 대학교 안으로 들어갔다. 인문대학 표지판 쪽으로 걷고 있는데 키가 180센티는 되어 보이는 남학생이 수지에게 다가왔다. 그 애가 오빠라고 부르며 활짝 웃었다. 오빠라고 불린 남자가, 오늘 발표해야 하는데 큰일이라고, 엄살을 떨었다. 누가 보아도 수지에게 호감이 있는 표정이었다.

"말만 좀 천천히 하면 최고예요."

그 애가 대수롭지 않게 말했다.

"진짜?"

남학생의 얼굴이 환해졌다.

"그럼요, 난 도서관에서 책 찾아야 해요."

그 애가 도서관 쪽으로 사라진 뒤에도 병욱은 그 자리에 멍하니 서 있었다. 종달새처럼 손에 잡히지 않고 이곳저곳 날아다닐 것 같았다. 공화국 에미나이 맞나, 그는 고개를 갸웃거렸다.

전화를 한 건 그날 저녁이었다. 대동강무역회사에서 보내온 전화번호가 맞는지 사실을 확인해야 할 필요도 있었다. 벨이 여러 번 울렸는데도 수지는 전화를 받지 않았다. 못 받을 수도 있고 모르는 번호라서 받지 않을 수도 있고, 내일 한 번 더 해야겠다고 생각했는데 전화가 왔다.

"전화 주셨는데 제가 못 받아가지고…."

맑고 또렷하고 부드러운, 북한 애라는 게 믿기지 않아 끊으려다가 겨우 한마디 했다.

"송수지 학생 맞나요?"

"네, 그런데요?"

경계심이 가득한 목소리였지만 여전히 맑고 부드러웠다.

"나도 북한서 왔는데, 전해줄 말이 있어서….

"누구신데….

관심과 두려움이 섞인 목소리였다.

"고향 소식인데 전화로 하기는 그렇고 만나서 하는 게 낫겠지. 나도 학생을 한번 보고 싶고."

수지는 지금 바로 만나자고 했지만 그는 어쩐지 뜨거운 음식을 먹는 기분이 들어 일주일 뒤에 보자고 했다. 그날이 오늘이었다.

수지는 아파트 입구에서 보자고 했지만 지하철역에서 그 애를 기다렸다 따라가기로 했다. 얼마 기다리지 않아 지하철이 닿았는지 사람들이 우르르 올라왔다. 승차권 발매기 뒤에서 수지를 찾았지만 보이지 않아 다음 지하철로 오려나 보다 생각하고 있을 때, 이어폰을 끼고 천천히 걷고 있는 수지가 보였다. 창백한 얼굴에 눈만 반짝였다. 무슨 소리를 듣든, 누구를 만나든 오직 이 순간만을 기다린 듯한 느낌이었다. 지하도를 빠져나와 아파트 쪽으로 걸어간 수지는 약속 장소인 버스 정류소 벤치에 앉았다. 병욱은 조금 떨어진 곳에서 양복을 고쳐 입고 머리를 정리하고 목소리를 조금 가다듬었다.

"송수지 학생 맞네?"

되도록이면 북한 어투를 사용하는 걸로 했다.

"맞습니다만 무슨 일로 저를…"

수지는 귀에서 이어폰을 빼면서 자리에서 일어났다. 경계심과 두려움이 가득했지만 병욱에게서 눈을 떼지는 않았다. 병욱은 누군가의 부탁을 받았다고 운을 뗀 뒤 망설이지 않고 김연실이라는 이름을 댔다. 수지의 눈이 단숨에 계란만큼 커지더니 물이 넘치는 웅덩이처럼 흔들렸다. 곧 파르르 떨리는 손가락으로 눈물이 쏟아졌다. 예상은 했지만 이렇게 눈물을 쏟아낼 줄은 몰랐다. 지나가는 사람들이 돌아볼 정도였다.

"지금 뭐라 하셨어요?"

목소리가 너무 떨려 알아듣기도 힘이 들었다.

"어디 가서 차라도 할까?"

병욱은 좌우를 훑어보는 척했지만 이미 아래쪽에 있는 커피숍을 확인해두었다. 수지는 허겁지겁 손등으로 눈물을 훔치고 그의 뒤를 따라왔다.

커피숍 제일 안쪽 테이블에 아이를 앉게 했다. 앉자마자 아이는 다시 턱밑까지 눈물을 흘렸디.

"대주세요. 우리 엄마 어디에 있는지."

대달라는 말은 북한 말이었다. 서울에서 대이닌 깃처럼 서울말을 하던 아이가 급하니까 북한 말이 튀어나왔다.

"내가 누군지 묻지도 않네? 난 청진외국어대학교를 마치고…."

그제야 아이는 눈을 들어 병욱을 바라보았다. 울었는데도 눈이 빨갛지 않고 더 맑아진 것 같았다.

"한잔 마시고 천천히 이야기하자. 머 마실래?"

수지는 물을 마시겠다고 했다. 병욱 역시 아무것도 마시고 싶지 않았지만 커피 한 잔을 주문하고 물 한 컵을 부탁했다. 커피를 기다리며 돌아보니 수지는 휴지로 눈두덩을 눌러 눈물을 틀어막고 있었다.

"물이라도 좀 마셔."

사실인지 아닌지 알 수 없지만 그는 자신이 알고 있는 이야기를 할 수밖에 없다고 생각했다.

"북한에서 김연실이라는 분을 만났는데 너를 찾아 안부를 전해달라고 하더라고. 이제 겨우 찾은 것 같네."

병욱은 수지의 얼굴 변화를 확인해가면서 천천히 준비한 말을 이었다.

"어디서 봤어요? 울 엄마?"

수지는 엄마의 소식을 듣기 위해 애써 눈물을 참는 표정이었다.

"혜산의 농장에서 만났다."

"그럼 추방되신 거예요? 아빠와 오빠는요? 농장에서 뭐 하신데요. 한 번도 그런 데 사신 적이 없는데 나 때문에…."

수지는 다시 줄줄 눈물을 흘렸다. 눈에서 얼굴 아래쪽으로 작은 물줄기가 생긴 것 같았다. 한 마디만 더하면 엉엉 대성통곡을 할 것 같아 가만 있다가 카운터에 가서 휴지를 가지고 왔다.

"죄송해요. 자꾸 눈물이 나서."

수지는 눈물을 참으려고 입술을 깨물었다.

"계속 이야기해주세요."

"험한 일을 하신 건 아니고 사무직에 계셨다. 너 걱정을 많이 하시더라."

"아빠는요?"

"나는 뵌 적은 없는데, 조금 아프시다고 한 것 같았다."

병욱은 대충 얼버무렸다. 대동강무역에서 온 자료는 그게 다였다. 그 정도 이야기하고 귀국을 유도하라고 했다.

"저 때문에…."

수지가 눈물 때문에 말끝을 흐렸다. 주위 사람들이 힐끔 쳐다보았다.

그는 까마득히 잊고 있었던 부모님들 생각에 머리를 돌렸다. 남조선 혈압 야을 먹은 아버지만 아니었으면 지금쯤 그도 대학을 졸업하고 해외인력국에서 일을 하고 있을지 몰랐다. 가끔 아버지 생각은 했지만 원망이었지 보고 싶다는 생각은 하지 않았다. 그는 남조선에 온 이후로 한 번도 아버지의 안부를 물은 적이 없다는 사실을 길게 생각하고 싶지 않아 커피를 마셨다.

"어린 나이에 혼자 왜 남조선에 왔나?"

커피 잔을 내리며 불쑥 묻자 눈을 감고 눈물을 닦던 수지가 한숨을 푹 쉬었다.

"그 얘긴 너무 많이 들어가지고."

수지가 질문을 피해 갔다. 이 아이도 혹시 파견된 건 아닐까, 갑자기 든 생각에 고개를 들었다. 수지는 여전히 눈물을 닦고 있었다. 파견되었다면 김 주임은 왜 그 이야기를 해주지 않는 걸까, 여러 가지 생각이 꼬리를 물었지만 울고 있는 아이에게 물을 내용은 아니었다. 병욱은 잠시 물잔을 멍하니 내려다보았다.

"아저씬 왜 오셨어요? 청진외국어대학까지 나오셨으면서."

언제 눈물을 그쳤는지, 수지가 물었다.

병욱은 못 들은 척 약간 미간을 찌푸렸지만 수지는 대답을 기다린다는 듯 병욱의 눈을 들여다보았다.

"혁명하러 왔디."

마음속에 묻어두었던 말이라 너무 낮게 깔린 데다 힘이 많이 들어갔다. 자신이 들어도 목소리가 이상했다. 그렇다고 다시 할 수는 없어 그는 입을 꾹 다물고 수지를 지켜보았다. 수지는 잘못 들었다는 듯 조금 놀란 표정을 짓더니 쿡쿡 웃기 시작했다. 조금씩 웃음이 커졌다. 그러더니 도저히 참을 수 없다는 듯이 와하하 크게 웃었다.

"대박이에요. 영화에 나와도 되겠어요."

수지가 눈물을 찍어내고 있었다. 혁명이 희극이 되다니, 착잡하고 당황스러웠다. 수지 앞에서 라면을 쏟은 기분이었다.

수제만두의 비밀

새 터미널은 허허벌판에 있어 휑뎅그렁했다. 그 옆의 8층짜리 쇼핑몰이 완공될 때까지 기다려야 할 것 같았다. 쇼핑몰은 어마어마하게 컸다. 이 도시에서 가장 큰 건물이라고 했다. 쇼핑몰은 커서 그런지 더디게 올라갔다. 남편은 아침저녁으로 굼벵이 새끼들이라고 욕을 했다. 진짜 마음 같아서는 금향 씨도 공사를 도와주고 싶었다. 인부와 장비가 눈에 띄게 줄어들더니 어느 날 아무도 보이지 않았다. 시공사가 부도났다는 것이다. 급전을 구해서라도 공사를 시작할 거라 했는데 몇 달째 방치되고 있었다. 골조만 올라온 건물은 흉물스러웠다. 그 때문인지 사람들은 대합실의 찬 의자에서 기다리며 편의점의 두유로 끼니를 때웠다.

서울로 가는 버스가 10분에 한 대꼴로 있다는 게 장사에 별 도움이 되지 않다는 걸 안 것도 장사가 되지 않고 나서였다. 10분은 화장실에 들러 소변을 보기에도 빠듯한 시간이었다. 인천 수원 천안으로 가는 버스는 사십 분이나 한 시간 넘는 간격이었는데, 그곳으로 가는 사람들도 밥 먹기를 잊은 듯 대합실의 딱딱한 의자에 앉아 시간을 때웠다. 그들 중 한두 사람이 식당 안으로 들어왔다. 손님들은 벽에 붙은 스무 가지가 넘는 메뉴판을 골똘히 보고 있다가 제일 앞에 적힌 김밥을 주문하거나 라면을 달라고 했다. 그 정도는 메뉴판에 없는 설렁탕이나 선지국밥을 찾는 사람들에 비해선 양반이긴 했다. 손님이 그대로 돌아간 후 메뉴판 밑엔 돈까스와 설렁탕 등의 새 메뉴가 추가되기도 했다. 가장 많이 팔리는 건 만두였다. 출입문 옆에 빨간 글씨로 수제만두라고 붙여놓기도 했다.

식당에 오자마자 금향 씨는 양파와 파를 다듬었다. 동그란 양파를 반으로 썰고 그 반을 채로 썬 후 다지기 시작하면, 코가 따끔거리고 눈도 매웠다. 곧 눈물이 났다. 그 양파와 파 다진 것을 도매상에서 사 온 만두소에 넣고 만두를 빚고는 수제만두라고 했다. 그렇게 하면 만두째 받아와 파는 것보다는 이익이 많이 남았다.

금향 씨는 양파를 다듬다 말고 앞치마 호주머니에서 전화기를 꺼냈다. 어쩐지 망설여져서 코를 두어 번 홀쩍거렸지만 곧 번호를 찾아 통화버튼을 눌렀다. 재단 교육지원센터입니다. 늘 받던 여자가 아니고 남자라서 침을 한번 삼켰다. NK(North Korea) 코디네이터 말인데요. 금향 씨는 북한 말이 표 나지 않게 목소리를 조금 높였다. 북한에서 교원이었던 사람이 하는 것 아닌가요? 남자는 맞다고 했다. 교원도 아닌 사람이 코디네이터를 해서 애들 교육을 위해서 신고하려고…, 남자는 그 코디 이름이 뭐냐고 물었다. 이진숙이라고…. 잠깐만 기다리세요. 남자의 짧은 대답 뒤에 컴퓨터 자판 두들기는 소리가 났다. 남포사범 졸업하고 북한에서 2년간 교원이었다고 경력 난에 적혀 있어요. 남자는 천천히 말했다. 아이고. 말로 하는 거라면 나는 김일성대 나왔다고 할게요. 금향 씨는 불쑥 화를 냈다. 그래보지 그랬어요? 조롱조라는 게 느껴졌다. 이진숙은 나랑 같이 자랐는데 고급중학교도 안 나온 애라니까요. 금향 씨는 확신에 찬 어조로 말했다. 물론 전혀 사실이 아니었는데, 그럴수록 더 세게 이야기해야 한다는 걸 알고 있었다. 여기는 조사하는 데가 아니라 위에서 내려오는 데로 배치하는 곳이에요. 왜 자꾸 북한 사람끼리 서로 못살게 헐뜯어요? 남자는 답답하다는 듯이 한숨을 내쉬었다. 헐뜯는 게 아니라 사실을 말하는 거예요. 금향 씨도 답답하다는 듯이 가슴까지 쳤다. 남자는 더 이상 듣기 싫다는 듯, 그런 말은 안전부로 하세요. 자꾸 이러면 이 번호 안전부로 넘깁니다, 하고 전화를 끊었다.

"입만 열면 안전부네."

금향 씨는 그 남자가 옆에 있기라도 한 것처럼 눈을 흘기고는 전화기를 테이블 위에 던졌다. 사실 그녀도 너무 세게 거짓말을 해서 전화를 끊고 싶었다.

다시 장갑을 끼고 양파를 다지기 시작했다. 몇 개 하지도 않았는데 눈이 따끔거렸다. 고개를 들어야 했는데 이진숙이 생각한다고 고개를 숙이고 있었던 것이다. 양파가 아직 소쿠리에 반 넘게 남았지만 도마 위에 칼을 던지고 장갑을 벗었다. 한번 가보자. 그년 안 보면 되지. 금향 씨는 굳은 결심을 한 듯 입을 앙다물고 주방으로 들어갔다. 어딜 가려고 하면 양파 냄새 때문에 오랫동안 손을 씻어야 했다.

금향 씨는 김치만두와 고기만두 한 통씩을 들고 식당을 나섰다. 아들과 같은 교복을 입은 아이들이 바다 속의 물고기처럼 떼를 지어 몰려다녔다. 저 많은 아이들이 다니는 학교를 왜 못 다니는지, 고등학교 졸업도 못하고 어떻게 살려고 그러는지, 숨이 턱턱 막혀왔다. 담임을 만나러 학교에 가는 게 조선에서 보안서에 들어서는 기분이었다.

선생님은 자그마한 키에 백옥 같은 얼굴을 가지고 있었다. 반짝반짝 빛도 났다. 규칙적으로 피부 관리를 받아야 저렇게 된다는 것 정도는 금향 씨도 이제 알고 있었다.

"여기 앉으세요."

부드럽고 높은 서울말이었다.

"렌지에 2분만 데워 드시면 됩니다. 이건 김치만두고…"

금향 씨는 씻는다고 씻었지만 양파 냄새가 날까 봐 황급히 두 손을 거두었다. 얼굴의 기미와 주름도 신경 쓰여 고개를 반쯤 숙였다.

"잘 먹겠습니다. 어머니."

선생님은 반갑지 않은 듯 딱딱하게 말하고 만두가 든 비닐봉지를 조금 밀쳤다. 금향 씨는 아직 소개도 못한 고기만두를 물끄러미 바라보았다.

"창주가 아직 적응을 잘하지 못하는 것 같네요. 교육청에서 파견한 탈북학생 전담상담사가 있는데… 만나보겠습니까?"

"아닙니다. 담임이 중요하지. 상담사가 뭘 안다고…."

금향 씨는 준비해두었던 말을 얼른 했다. 그 상담사가 이진숙이라는 건 이미 알고 있었다. 다른 사람은 몰라도 진숙이에게 상담을 받고 싶진 않았다. 공장에서 휴대폰 케이스 만들던 애가 무슨 도술을 부려 상담사가 되었는지 알 수가 없었다.

"그래도 북한에서 온 분들이 더 편하실 텐데… 담임이라 해봤자 맡은 지 몇 달 되지도 않고. 창주랑 단둘이 사시는가요? 창주는 새아빠가 있다 하던데, 주민등록등본에는 어머니와 단둘이 사는 걸로 되어 있고…."

담임은 그것부터 알아야겠다는 듯 서류를 뒤적이며 물었다.

"아직 문건으로 정리를 못해서…."

몇 번 했던 대답이었는데도 이상하게 귀밑에서 얼굴 쪽으로 열이 번져갔다.

"네에, 새아빠랑은 별 문제가 없습니까?"

선생의 눈이 이마 위에 닿았다. 금향 씨는 선생과 눈이 마주치기 싫어 고개를 돌렸다.

"괜찮습니다."

금향 씨는 겨우 대답했다. 아들 문제가 아니라 자신의 문제로 불려온 것 같은 느낌이었다. 금향 씨의 기분을 눈치챘는지 선생님은 마른기침을 가볍게 한 후 말을 이었다.

"창주는 지각도 자주 하고 수업시간에 많이 엎드려 잡니다. 그렇게 하면 고생해서 온 보람이 없지 않냐고 몇 번 타일렀는데도 별로 달라지는 게 없네요."

금향 씨는 입이 바싹 말랐다. 죄송합니다. 잘 타이르겠습니다, 라고 한 마디쯤 해야 할 것 같은데 투박한 무산 말이 나올 것 같아 아무 말도 하지 않았다.

"어머니도 마찬가지지만 창주는 자신이 얼마나 중요한 존재인지 잘 모르는 것 같아요."

"네?"

갑자기 다른 이야기를 하는 것 같아 금향 씨는 자신도 모르게 되물었다.

"어머니와 창주, 북한에서 오신 모든 분들은 분단의 상징이면서 동시에 분단의 벽을 허문 첨병 역할을 하신 거잖아요. 그런 역사적 의미를 잊으면 안 되는데."

아, 또 저 소리. 금향 씨는 못미덥하다는 듯이 미산을 찌푸렸다. 안전부에서도 듣고 유니원을 방문한 장관과 차관, 국회의원, 총리에게도 들은 말이었다. 그 말을 들을 때마다 가슴이 답답했다. 뭔가 오해가 있는 것 같았다. 분단의 상징이라는 말 하지 말고 차별이나 하지 마세요. 우리는 그저 민족 하나 믿고 왔는데, 거지취급이나 하고. 목구멍에서 올라오는 말을 겨우 참았다.

선생님의 말은 이랬다. 창주가 착하기는 한데 적응을 잘 못하는 것 같다, 머리가 나쁜 건 아닌데 학습 능력은 떨어지는 편이다. 그러니 아침부터 저녁까지 앉아 있는 것이 얼마나 고통스럽겠냐, 한국 애들도 적응하지 못하고 그만두는 경우가 많다, 너무 서두르지 말고 창주가 스스로 마음을 정하도록 시간을 주는 게 나을 것 같다.

대부분의 남한 사람들처럼 선생님은 무척 친절했다. 친절한 말일수록 나쁜 소식이었다. 창주를 학교에 다니지 말게 하라는 말이었다. 고맙다고 인사까지 하고 나왔는데 교무실을 나서고 보니 그런 뜻이었다. 머리도 괜찮고 심성도 바른 것 같다며 칭찬하는 듯이 말해놓고 학교에 오지 마라는 건 무슨 뜻일까, 실내화를 벗는 순간 머리 뒤가 뜨뜻해졌다.

한 달 동안 창주가 한 말은 두 가지였다. 같은 반 애들이 말씨가 이상하다며 놀려서 힘이 들었고 키 큰 아이들 때문에 칠판이 보이지 않는다 해도 자리를 바꾸어 주지 않아 제일 뒤에 앉아 있었다고 했다. 적응 못한다고만 했지, 적응할 수 있게 도와준 게 뭔지 물어보지를 못했다. 그만둘 때 그만두더라도 속 시원하게 따지기라도 해야 하는데, 학교에서 은근히 탈북한 애들을 싫어한다는 소문이 공공연했다. 학습 능력도 떨어지고 문화 차이도 커서 수업 분위기를 망친다는 것이다. 미국에서 살다 온 아이에게도 문화적 차이가 난다고 할 건지 물어보려고 했는데 그것도 묻지 못했다. 웃는 얼굴과 상냥하고 친절한 말씨에 속은 기분이었다. 금향 씨는 교문 위 하늘에 뜬 해를 바라보며 얼굴을 잔뜩 찌푸렸다. 누구에게 물어볼 데도 없고. 한국에 온지 십 년이 넘어도 남한 친구는 한 명도 없었다. 처음에는 사귀어볼까도 했는데, 세 번을 못 만나고 연락이 끊겼다. 툭하면 우리와 다르다며 정색을 하는데, 이젠 사귀고 싶은 마음도 없었다. 북한서 온 친구들은 여러 명이지만 이런 문제에 대해선 다들 아는 게 없었다. 그나마 상담사라고 온 게 진숙이니. 휴. 큰 숨을 내쉰 금향 씨는 천천히 발걸음을 뗐다.

학교에서 돌아온 금향 씨는 다시 냉장고에서 파와 양파를 꺼냈다. 양파를 반으로 썰기만 했는데 눈물이 나왔다. 눈이 부옇게 흐려지자 미끄럽고 동글동글한 양파에서 칼

날이 미끄러져 하마터면 손을 벨 뻔했다.

가게 앞을 서성이던 중년 남자가 가게 안으로 들어와 순두부찌개를 주문했다. 뚝배기를 가스불 위에 올리고 반찬을 담고 있는데 요란한 사이렌 소리가 들렸다. 며칠 전부터 예고한 재난대피 훈련, 매표소 직원이 식당 문을 열고어서 나가라고 고함을 질렀다.

"제일 안전한 식당 두고 피신은 무슨…?"

금향 씨는 목을 빼고 비어 있는 터미널 안을 못마땅하다는 듯이 바라보았다.

"이 아주머니가. 폭탄 떨어지면 어쩌려고."

직원이 눈을 동그랗게 뜨고 겁을 주자 물 한 모금을 마신 손님이 쏜살같이 밖으로 나갔다.

고층건물에서 화재가 났다며 빨리 피신을 하라는 요란한 방송이 귀가 따갑도록 사방에서 들렸지만 금향 씨는 천천히 걸었다. 한국에서의 훈련이라는 게 이미 가짜라는 걸알고 있는 듯한 표정이었다.

대피훈련을 전하는 아나운서의 목소리만 다급할 뿐, 불이 나든 지진이 나든 대포가 떨어지든 도무지 안전해 보이지 않는 1층 주차장에 모인 사람들은 다들 휴대폰에 코를박고 있었다. 대피처도, 대피해 온 사람들의 모습도 긴급상황과 어울리지 않았다. 이런 걸 볼 때마다 금향 씨는 한국을 이해할 수 없었다. 이렇게 잘사는 나라가 재난 훈련을 애들 장난처럼 했다. 요란하게 방송만 할 뿐 뭘 어쩌라는 건지 알 수가 없었다. 산속에 파둔 갱도에서 한 시간 이상 숨을 죽이고 있던 북한의 훈련이 생각났다.

이러고 있느니 창주에게 전화라도 할 건데, 급하게 나온다고 휴대폰을 가지고 오지 않았다. 담임을 만나러 가기 전에 전화를 했지만 아들은 전화를 받지 않았다. 어젯밤에도 친구 집에서 자고 며칠 만에 돌아왔는데도, 피곤하다는 말만 하고 방으로 들어가 버렸다. 사이가 점점 나빠졌다. 몇 년 만에 북에서 온 자식들과 같이 못 살겠다고 기숙사가 있는 대안학교로 보내는 게 이해가 되었다. 축구를 하고 싶은데 받아주는 데도 없고 학교 공부는 따라갈 수가 없다고 하니, 이렇게 하려고 데려고 온 게 아닌데 가슴이 답답했다. 만날 날을 손꼽아 기다린 아들인데 뭐가 잘못됐는지, 오고 난 다음부터 하루라도 마음 편한 날이 없었다. 금향 씨가 주차장 밖을 내다보며 한숨을 내쉬고 있을 때 훈련종료 방송이 나왔다.

간간이 오던 손님들도 민방위 훈련 탓인지 뜸해졌다. TV 드라마 재방송을 귀로 들으면서 만두를 빚고 있는데 문이 열렸다. 허리가 기역자로 구부러진 할머니가 안으로 들어와 목을 세우고 식당 안 이곳저곳을 둘러보았다.

"여기 앉으세요."

금향 씨는 밀가루가 조금 묻은 손을 털면서 가게 안쪽 자리를 권했다. 할머니는 뭇 일하는 사람처럼 금향 씨의 얼굴을 쳐다보았다. 메뉴판을 가리키며 저쪽을 보고 고르라고 하자, 할머니는 슬쩍 눈을 돌리더니 된장찌개를 주문했다.

주방으로 걸어가는 금향 씨의 등에 할머니의 눈길이 떨어지지 않았다. 아까부터 느꼈지만, 기분 나쁜 눈은 아니었다. 익은 대추처럼 탁하면서도 맑았다. 단정하게 뒤로 빗은 머리와 밝은 얼굴색도 오랫동안 물불을 가리며 산 사람 같긴 했는데, 뭔가 느낌이 이상했다. 금향 씨는 준비해 둔 밑반찬을 담다 할머니를 돌아보았다.

"저 할머니 혹시⋯."

할머니가 웃을 듯 말 듯 금향 씨를 바라보았다.

"혹시 아버지 함자가 심자 기자 호자이신가⋯."

"아니 그럼⋯!"

금향 씨는 반쯤 담긴 콩나물 접시를 들고 주방에서 나왔다. 한국에 아버지의 아내가 살고 있다는 것은 안전부 합동신문센터에 와서 알았다. 전화를 한 곳은 유니원이었다. 안전부와 달리 유니원엔 공중전화가 많았다. 빨간 공중전화 부스가 햇볕을 받아 반짝거릴 때 이끌리듯 수화기를 잡았다. 연길에서 같이 일하던 사람들과 통화를 했다. 자주 하고 보니 할 말도 없었다. 그날도 햇볕을 쐬면서 전화기를 보고 있는데 마음 한구석이 간지러웠다. 누군가 오랫동안 전화기를 붙들고 있었는데 그 옆 칸은 비어 있었다. 금향 씨는 그날 안전부에서 알려준 번호로 전화를 했다.

"권보드란 할머니 되시지요."

금향 씨는 나이 든 할머니가 너무 놀랄까 봐 조심스럽게 물었다.

"맞소만, 누구요?"

할머니가 대뜸 물었다. 뭐라고 답을 해야 할지 몰라 숨이 턱 막혔다. 괜히 전화를 했다 싶기도 했다.

"북한에서 왔소?"

할머니가 다시 물었다. 나중 알았지만 몇 달 전에 이미 안전부의 확인 전화를 받았다고 했다.

"맞습매다. 아버지가 북에 오시기 전에…."

"맞소. 내가 그 사람의 아내였소."

할머니는 오랫동안 기다렸던 것처럼 반갑게 말했다. 그리고 조심스럽게 물었다.

"혹시 간첩은 아니시오? 그것만 아니면 괜찮소."

한국 사람들은 북한서 온 사람들을 간첩으로 생각할 수도 있다고 했다. 그때마다 기분 나빠하지 말고 무조건 배가 고파서 왔다고 하라고 했다. 배가 고파온 건 아니지만 그렇게 하면 이런저런 이유가 다 묻혀 좋긴 했다.

"아이구 잘 왔네, 북한의 김정은이라는 인간이 무기 만

든다고 돈 다 쓰고 사람들도 굶기고….”

이런 말을 들을 때마다 이렇게 해야 할지 난감했다. 틀린 말은 아니지만 다 맞는 말도 아니었다. 아무 대답이 없자 할머니가 조심스럽게 물었다.

“그 양반 딸인데 내가 얼굴을 한번 봐야지. 안 그렇소?”

그 말이 고마워 금향 씨는 유니원을 나가면 전화를 만들어서 다시 연락드리겠다고 했다.

그 후로 서너 번 전화를 했다. 한 번은 유니원을 나가서 휴대폰을 만들자마자 했고 한 번은 이곳으로 식당을 옮긴다고 자랑삼아 전화를 했고 창주가 왔을 때 했다. 창주가 오고 난 다음엔 할머니가 두 번 정도 전화를 했다. 얼굴을 한번 봐야 하는데 촌이라서 오라 하기가 미안하다고, 미안하다는데 가고 싶다고 할 수도 없고, 몇 마디를 하는데도 뻑뻑한 기계를 돌리는 것처럼 힘이 들어 끊기 바빴다.

“아직 점심도 못 드셨을 텐데.”

할머니의 팔을 잡자 붉은 자켓 안으로 막대기 같은 뼈가 잡혔다. 굽은 허리를 보면 어딘가 아플 것 같은데 단단한 느낌이었다. 공화국 식대로 말하자면 주체적이고 혁명적인 모습이었다.

얼굴 한번 보자는 말을 하긴 했지만 이렇게 찾아올 줄 몰랐다. 뭐라고 불러야 할지, 어머니라고도 할머니라고도 하지 못할 것 같았다. 머리를 뒤로 빗고 허리가 많이 굽었지만 붉은 재킷 때문인지, 이상하게 나이를 짐작할 수 없었다.

할머니는 앉으라는 자리에 앉지 않고 계산대 옆 만두피가 놓인 테이블에 앉았다.

"젊었을 때는 만두도 무진장 만들었는데."

할머니는 만두피를 왼손바닥에 올리더니 익숙한 솜씨로 만두를 만들었다. 잠시 사이에 예쁜 주름을 단 만두가 쟁반에 가지런하게 늘어졌다.

"진짜 잘 만드시네요."

금향 씨가 주방에서 고개를 빼고 인사를 했다.

"잘 만들긴, 남 하는 만큼 하는 걸 가지고. 아들이 있다고 했는데."

할머니는 고개를 들어 금향 씨의 눈 속에 아들이 있는 듯 빤히 들여다보았다.

"학교도 안 다니고 애를 먹이네요."

아무에게도 하지 않은 창주 이야기가 방귀 새듯이 나와 금향 씨는 당황스러웠다.

"아이구, 이 나라에 온 지 얼마나 됐다고."

할머니는 옆에 손자가 있는 듯 주변을 돌아보며 안타까워했는데, 그 모습을 보니 금향 씨의 마음이 조금 편안해졌다.

"볼 차자고 왔는데 볼 찰 때가 없어서 맥이 다 빠져가지고 스리."

할머니가 큰일 중에 큰일이라는 듯 혀까지 차고 물었다.

"저런 학교는 안 가고 갸는 어디에 있는고?"

"아직 자고 있을 거예요. 전화를 받을란가."

예상대로 열 번을 울려도 받지 않았다. 전화기를 바꿔 잡고 다시 전화를 했다. 목을 빼고 지켜보던 할머니가 애가 타는 듯 물을 마셨다.

할머니가 물잔을 탁자에 내렸을 때 아들이 전화를 받았다. 길게 이야기하면 다 듣지도 않고 전화를 끊을 것 같아 할머니가 식당에 있으니 빨리 오라고 했다.

"무슨 할머니?"

아들이 전화를 금방 끊을 듯이 짜증을 냈다.

"할머니 보고 싶다고 하지 않았네, 지금 날래 와!"

금향 씨는 할머니가 들을까 봐 목소리를 낮추었다.

"아, 그 할마이!"

아들이 반가운 목소리로 되물었다.

"빨리 세수하고 나와."

금향 씨는 주방에서 나와 할머니 옆으로 왔다.

"인차 올 겁니다. 시장하실 텐데, 간단한 식사라도…."

늘 먹는 밥인데, 급할 것 없네, 할머니는 금향씨의 팔을 붙들고 라면부터 돌솥비빔밥까지 수십 개의 음식이 빼곡히 적힌 메뉴판을 보고 있었다.

"내 진작 한번 와본다는 게… 근데 저 많은 음식을 혼자 다하는가."

할머니가 걱정스럽다는 듯이 물었다.

"손님이 없어 둘이 할 게 있어야지요. 남편은 다른 일을 찾아본다고… 미리 연락 주셨으면 같이 만났을 건데."

금향 씨가 수줍은 듯 얼굴을 붉혔다. 할머닌 남편이 북한 사람이냐고 묻고 싶은 듯, 빤히 쳐다보았다.

"남한 사람인데, 이혼하고 자식들은 전 부인이 키우고. 볼품은 없어도 남 어려운 것 알고 나쁘진 않아요."

남한 사람이라는 거, 이혼하고 볼품없는 거 빼고는 사실이 아니었지만 그녀는 늘 그렇게 남편 자랑을 했다. 가게를 내놨다는 이야기는 하지 않았다. 빈 가게로 있는 것보다는 가게가 잘 나간다고 해서 장사를 하고 있을 뿐이었다. 달세 내고 나면 전기세 낼 돈도 없었지만 그 이야기를 하기는 싫었다. 누구에게도 해본 적이 없었다. 장사가 잘되었다면 진숙이를 만나지 못할 이유도 없었다. 오히려 지갑에 현찰 꾹꾹 채워 가서 팍팍 쓰면서, 그런 남자랑 살려면 왜 남조선까지 왔냐고 했던 진숙이의 코를 납작하게 해주고 싶었다.

"좋은 남편도 만나고, 손님은 차차 들겠지…."

할머니는 대견스럽다는 듯이 금향 씨를 바라보았다.

"창주만 애를 안 먹이면 원이 없겠는데."

금향 씨가 들릴 듯 말 듯 한숨을 내쉬다 고개를 들었다. 가방을 맨 청년이 가게 안으로 들어오고 있었다. 청년은 김밥 한 줄과 라면 한 개를 시키고 휴대폰에 코를 박고 있었다. 금향 씨는 김밥 한 줄을 썰어 청년 앞에 두고 주방으로 들어갈 때까지 할머니의 눈길이 따라다니는 걸 알았지만, 30년 넘게 남편을 기다린 할머니의 심정을 알 수 없어 눈을 마주치기 어려웠다. 그래도 자신이 엄마보다 아버지를 닮아 다행이다 싶었다.

할머니가 만든 만두가 쟁반에 두 줄로 늘어섰을 때 출입문이 열렸다. 까무잡잡한 얼굴에 작은 눈, 짙은 눈썹, 창주였다. 손자라는 걸 한눈에 알아봤다는 듯 벌떡 일어난 할머니가 눈물 때문에 발을 떼지 못했다.

배추전

윤보 씨가 금당실에 닿았을 땐 해가 지지 않았다. 그는 그곳에서 태어나 중학교까지 다녔다. 초등학교 6학년 때 큰어머니 집으로 이사를 갔는데 집만 바꾼 게 아니라 아버지와 어머니도 바꾸었다. 큰어머니의 아들이 되기로 한 것이었다. 그때부터 낳아준 아버지를 '웃동네' 아버지라 불렀다. 친부와 양부였던 두 사람은 한의사였던 할아버지의 둘째와 셋째 아들이었다. 첫째 아들인 큰아버지와 넷째아들인 막내 삼촌은 할아버지와 한날한시에 죽었다. 해방 다음 해, 좌익과 우익이 피 터지게 싸울 때였다. 방 안에 떠놓은 물이 얼 정도로 추운 밤이었다고 어머니는 기억했다.

날이 새기 전에 마을 공터에서 시아버지가, 공터 건너 냇고랑창에서 시숙이, 공터 가는 골목에서 막내시동생의 시체가 발견되었제. 막내시동생은 머리가 깨졌고 두 사람은 이마에 낫이 꽂혀 있었어. 누가 죽였냐고 묻기만 해도 머리에 낫이 꽂히고 이마가 깨지던 세상이었으니. 인공에 들면 들었다고 난리고 안 들면 안 들었다고 난리고. 많이도 죽었제. 그날 제삿밥 얻어먹는 구신이 열 넘는 걸 보면….

낮게 가라앉던 어머니의 목소리가 말을 더 잇지 못할 성 도로 떨렸다. 이미 친부에게서 들어 아는 내용이지만 처음 듣는 것처럼 윤보 씨의 마음도 떨렸다.

마을 안쪽에 살던 둘째 아들인 양부는 그날부터 방 밖으로 나오지 않았다. 서울로 일자리를 찾아 미리 떠난 걸로 입을 맞추었고 며칠 뒤 달이 하나도 없을 때 검정 옷을 입고 먼저 집을 떠났다. 둘째 며느리였던 어머니는 할머니와 함께 와들와들 떨면서 거적때기에 싼 시신을 밭가에 겨우 묻었다고 했다. 열흘 후, 읍내 소작인 집들이에 갔던 큰 시동생이 돌아왔고 그 한 달 뒤 어머니도 서울에 자리를 잡은 양부에게로 갔다.

지옥 같은 세월이었지만 산 사람은 산다고, 두부 공장에 취직을 한 양부는 두 칸짜리 신혼집을 차렸고 어머니는 임신이 되었다. 돼지꿈을 꾼 걸 보니 영락없는 아들이었다. 6 · 25전쟁이 나지 않았다면 그렇게 서울 생활에 적응을 했을 것이다. 안심하라는 대통령의 말을 듣고 피난 준비를 하지 않았다. 피난 갈 기회를 놓친 것이었다. 붉은 별을 단 인민군을 본 순간 겁이 났는지 양부는 고향에서 인공당원 이었다고 했다. 인민군은 반신반의하는 표정으로 바라보더니 인민위원회로 데리고 갔다고. 어머니의 이야기는 그게 끝이었다. 그 이후로 어떤 소식도 들을 수 없었다. 사방을 돌아다녔지만 양부를 만날 수도, 양부를 본 사람을 만날 수도 없었다고 했다.

서울에서 인민군이 물러난 후 어머니는 열흘 만에 고향으로 내려왔다. 차를 얻어 타긴 했지만 더 많은 거리를 걸어야 했다. 혹시 양부가 먼저 내려가지 않았을까 기대했는데 양부는 없었다. 어머니의 나이 스물다섯 살, 아이는 이미 유산되었다.

그때부터 어머니가 집안의 어른이었다. 집안 살림을 챙기고 하나 남은 시동생을 결혼시켰다. 간간이 재혼 이야기를 하고 또 누군가에게 마음이 흔들린 적도 있었지만 결혼은 하지 않았다. 아침부터 저녁 자리에 누울 때까지 한 번도 허리를 편 적이 없었는데, 윤보 씨를 양자로 받아들일 무렵부터 이미 허리가 굽어 펴지지 않았다.

"저 왔습니다."

아무 대답이 없다. 어머니는 칠순을 넘기신 후로 성가시다며 개도 키우지 않았다. 아래채 마당까지 길게 그늘이 졌지만 위채엔 식어버린 햇빛이 노랗게 남아 있었다. 위채로 연결되는 디딤돌은 풀이 무성해 잘 보이지 않았고 아래채는 손가락만 갖다 대면 무너질 것 같았다. 회사에 다닐 때에는 휴가 때 와서 이곳저곳 손질도 해주었지만 퇴직 후에는 마음이 나지 않았다. 한 번 손을 놓자 낡은 집은 급격하게 무너졌다. 이자가 불어나는 대출금을 보는 기분과 비슷했다.

동네 이곳저곳에 들어서는 반듯반듯한 양옥들을 볼 때마다 등이 화끈거렸다. 마을에서 유일하게 대학을 보낸 아들이었다. 그것도 산 넘고 재 넘어 서울로 보냈다. 작은 집이지만 서울에 집도 사주었고 명절 용돈 이외에는 돈을 받지 않았다. 그 돈마저 주영이 생일이다 입학이다 해서 그대로 돌려주셨다. 가을이면 쌀 콩 깨 고구마 등이 택배로 배달되었다. 아파트에 둘 때도 없을 정도로 많은 양이지만 아내는 싫은 기색을 보이지 않았다. 친정 식구들에게 생색은 내면서도 잘 받았다는 전화는 하지 않았다. 윤보 씨는 그런 아내가 못마땅했지만 아내가 태도를 바꿀 정도로 나무라거나 화를 내지는 않았다. 오랫동안 그 수준을 반복하다 보니 이제 명절이나 제사 때 그 혼자 내려가는 일이 자연스러웠다.

윤보 씨는 위채로 이어지는 디딤돌을 밟으며 부엌 근처에서 한 번 더 인기척을 냈다. 그 소리에 놀랐는지 무화과나무 아래 있던 삼색 고양이가 느리게 울며 아래채 뒤로 숨었다. 어쩐지 침입자가 된 기분이었다. 윤보 씨는 잠깐 망설이다 청주 한 병과 산적용 쇠고기 두 근이 든 종이 가방을 들고 마을 입구 형님 집으로 돌아섰다.

"형님!"

윤보 씨가 대문 안으로 들어섰다. 마당 한가운데 몇 개의 농기구가 바퀴에 흙을 잔뜩 묻힌 채 줄을 서 있고 그 뒤편으로 양파와 감자들이 뒹굴고 있었다. 슈퍼마켓에서 한두 개씩 사다 먹는 도시 사람들이 보면 당장 주워 가고 싶을 정도로 알이 굵었다.

육십이 넘은 형님이 농기구를 몰고 논을 갈고 벼를 베는 모습이 윤보 씨는 부러웠다. 몇 년 전에 마을 입구에 지은 이 층 벽돌집도 근사했다. 일 층은 창고로 사용하고 이 층은 살림집이었다. 말이 창고지 윤보 씨의 아파트보다 훨씬 좋은 것 같았다. 논 한 마지기 팔아도 아파트 한 평 값도 안 된다는 말이 거짓말은 아닌데 어쩐 일인지 형이 자기보다 살기가 수월할 것 같았다. 힘들다 힘들다 하면서도 논을 사고 소를 키우고 비닐하우스를 세우고 만날 때마다 뭔가 달라져 있었다. 아비를 닮아 지지리 공부도 못 하고 싸돌아만 댕긴다고, 이 새끼 저 새끼 욕해가며 키웠던 조카도 자동차 정비 기술을 배워 정비소를 차렸다. 이제 참한 며느리만 보면 될 것 같다고 했다. 서울에서 대학을 나오고도 이곳저곳 떠돌다가 겨우 유니원 계약직 공무원이 된 주영이 이야기를 꺼내기가 부끄러웠다.

"형수님."

갑자기 작은 감자가 걸린 듯 목구멍이 꽉 막혔다. 잔기침까지 했는데도 인기척이 없었다. 해는 담장 높이만큼만 남아 있었다.

다섯 시 삼십 분. 제시기 긴딘해졌너라노 이 시간까지 아무도 없다는 게 이상했다. 그는 제삿날을 잘못 알고 온 건 아닌가 하는 생각에 핸드폰을 꺼내 날짜를 확인했다.

집 밖으로 이어지는 마을길에서 승용차 한 대가 다가오고 있었다. 누가 승용차 창문을 내리고 고함을 질렀다.

"왔나!"

형님이었다.

곧 작은형과 동생의 승용차가 왔다. 인사를 하는 둥 마는 둥, 작은형은 전과 나물을, 동생은 생선과 고기를 차 트렁크에서 꺼냈다. 올해부터 이렇게 나누어서 준비를 하기로 했다며 형과 형수는 읍내 장에 가서 떡을 찾고 과일을 사 오는 길이라고 했다. 각 집에서 준비한 걸 내놓으니 상에 다 차릴 수도 없는 양이었다.

"아버진 돌아가신 뒤 더 호강하시는 것 같애."

초등학교 교사인 이복동생이 한마디 했다.

친부는 농사를 짓지도, 공부를 하지도 않았다고 했다. 일본글 배워 뭐 하겠냐는 할아버지의 영향도 있었고 아버지 스스로 배움에 별 관심이 없었다고 했다. 할아버지 밑에서 한의학을 배우는 일은 해방 후 좌익세력에게 살해된 큰아버지 몫이었다. 할아버지가 돌아가신 후 소작료만으로 생활이 어려워지자 아버지는 한두 마지기씩 논을 팔았

다. 셋째 아들인 윤보 씨가 초등학교에 입학했을 땐 사랑
채가 붙어 있던 기와집을 팔고 동네 입구의 초가집으로 이
사를 갔다. 중학교에 다니던 형이 학비를 내지 못해 학교
에서 쫓겨 오기도 했다. 설상가상 어머니까지 돌아가시고
계모가 들어와 동생을 낳았다. 큰형은 도망가듯이 집을 나
섰고 윤보 씨는 큰형의 낡은 옷을 입고 학교를 다녔다. 이
복동생의 울음과 계모의 고함소리를 듣는 것보다는 학교
에서 책을 읽는 게 백배 나았다. 해가 기울면 천천히 집으
로 갔다. 큰형이 입었던 바지인데도 복사뼈가 드러났다.

　해가 제법 길어진 5월이었다. 학교에서 돌아오니 좁은
마루에 앉아 있던 큰어머니가 윤보 씨를 보고 자리에서 일
어났다.

　"그 사이에 더 큰 것 같은데, 저 옷이 맞을런가."

　큰어머니가 옆에 개어둔 옷으로 눈을 돌렸다.

　"입혀보지요 뭘!"

　방 안에 있던 아버지가 고개를 빼고 말했다.

　짙은 밤색 바지와 파란색 점퍼였다.

　바지는 작고 점퍼는 컸다.

　"아이고, 내가 이러고도 니를 달라고…."

　큰어머니는 무슨 큰 잘못이라도 한 것처럼 얼굴을 붉히
며 처진 점퍼의 어깨선을 끌어올렸다.

　"형수도 차암…."

아버지가 잔기침을 하며 말을 아꼈지만 윤보 씨는 큰어머니의 말을 순식간에 알아들었다. 또한 동시에 표시를 내면 안 되는 것도 알고 있었다.

"바지는 지금 딱 맞고 점퍼는 내년이면 맞을 건데요 뭘."

계모가 한마디 했다.

"그런가…."

큰어머니가 조금 안심이 된다는 듯이 말하고는 개밥 주는 걸 잊었다며 마당으로 내려섰다. 큰어머니가 대문을 나간 뒤 아버지가 담뱃대를 들고 마루를 내려왔다.

"윤보, 나 좀 보자."

아버지는 뒷짐을 지고 마을 골목을 돌아 논길로 접어들었다. 벼 이삭이 피기 시작할 때였다. 지난봄에 형과 같이 모내기를 했던 큰집 논이었다.

"큰집에 자슥이 없는 거 알제. 어쩌다 보니 대소가에 나만 아들이 네 명이나 돼서… 큰엄마가 윤보 니를 달란다."

윤보 씨는 꿀꺽 침을 삼키며 아버지의 얼굴을 바라보았다. 아버진 눈을 가느다랗게 뜨고 여전히 뒷짐을 지고 먼 들판을 바라보았다.

"대학도 보내줄 꺼다. 공부 열심히 하고."

아버지는 그 말만 하고 다시 돌아서 집으로 갔다. 윤보 씨는 고개를 숙이고 아버지의 뒤를 따라 걸었다. 아버지와의 거리가 점점 멀어졌다. 거리가 멀어질수록 마음이 편안해졌다. 잔뜩 찌푸렸던 미간을 조금은 펼 수 있었다. 그 말을 듣는 순간 꼭 1등 소식을 들은 것처럼 기쁨이 몸 밖으로 나오려고 해서 겨우 입을 다물었다. 아버진 아들의 마음을 안다는 듯이, 그런 얼굴을 한 아들을 보기 싫다는 듯이 한 번도 돌아보지 않았다.

작은형이 미리 한잔 하자며 술병을 꺼냈다. 얼마 전에 중국에서 사 온 고량주라고 했다. 동생이 빨리 마시고 제사 지낼 땐 깨야 한다며 술상 앞으로 다가왔다. 제사 지내고 마시겠다며 물러나 있던 큰형이 윤보 씨를 술상 앞으로 불렀다. 작은형수가 안주라며 배추전을 내왔다. 배춧잎에 밀가루 반죽을 조금 부어서 만든, 간단한 요리였다. 맛도 심심하고 슴슴했는데, 늘 이 배추전이 먹고 싶었다. 그는 오랜만에 먹는다며 젓가락을 들었다. 배추전은 다 식었는데도 달고 고소했다. 접시는 금방 바닥을 보였다. 더 달라고 하자 형수는 제사상에 올릴 것밖에 없다며, 명태전을 가지고 왔다.

"넌 큰집에 갔다 와야지. 큰어머니 기다리실 텐데."

술잔을 받아놓고만 있던 큰형이 한마디 했다. 윤보 씨는 어머니가 기다리시는 줄 알면서도 술을 한 잔 더 먹고 자리에서 일어났다. 처마에 달린 작은 백열등이 달무리처럼 마당을 비추고 있었다.

구불구불한 돌담을 돌아 마당으로 들어서자 부엌문으로 어머니의 모습이 비쳤다.

"형님 집에 갔다 왔습니다."

윤보 씨는 문을 열고 허리를 숙이며 인사를 했다. 어린 시절부터 몸에 밴 인사였다.

"제삿날인데 그게 있어야 얻어먹지. 여기 올 게 뭐 있노?"

어머니가 눈웃음을 지으며 아들을 맞았다.

"배추전하고 술 한잔 했습니다."

"자네는 어릴 때부터 배차전을 좋아했는데, 좀 구워 줄까?"

어머니가 배추를 찾는 것처럼 두리번거렸다.

"실컷 먹었습니다. 그런데 뭐 하십니까?"

윤보 씨는 아직 기름기가 묻어 있다는 듯이 입술을 닦으며 물었다.

"작은아버지 제사인데 그냥 갈 수 있는가. 생선 한 마리 찌는 중이네. 방에 들어가 기다리게."

아버지가 돌아가신 후 어머니는 늘 수어를 준비했다. 귀한 아들을 주셨는데 그냥 있을 수 없다는 것이다. 지금은 표도 안 나지만 음식이 귀하던 옛날에는 어머니의 수어가 가장 돋보였다. 윤보 씨는 찜솥에서 올라오는 김을 보고 섰다가 마루를 건너 방으로 들어갔다. 방 왼쪽엔 부억, 오른쪽엔 대청이었다. 대청 지나면 작은 방이 하나 더 있었지만 여름을 제외하고는 칸막이를 지른 웃목방에서 묵었다.

우두커니 구석에 놓인 TV에 눈을 두었다가 방을 둘러보았다. 낮은 천정과 낡은 장판, 오래된 서랍장 위에 이부자리 몇 개가 개어져 있었다. 그중 하나는 아내의 혼수였다. 어머니는 28년 동안 그 이불을 덮고 있었다. 어쩌면 돌아가실 때까지 그 이불을 덮을지도 몰랐다. 옷장 맞은편 벽에 책상으로 사용하는 작은 상이 펼쳐져 있고 방바닥의 책꽂이엔 영어, 컴퓨터, 글쓰기 책이 꽂혀 있었다.

"공부 많이 하시나 봐요."

윤보 씨가 부엌과 통하는 문을 조금 열며 말했다.

"공부는 무슨…, 그냥 심심해서. 보일러 금방 틀어서… 제사 마치고 오면 따실 껄세."

어머니가 부엌에서 얼굴을 내밀었다.

"밤에 올라 갈려고요. 내일 오전에 약속이 있어서."

윤보 씨는 석 달에 한 번씩 모이는 중학교 동기모임을 떠올리며, 엉뚱한 말을 불쑥 했다.

"안 자고 바로 간다고?"

어머니가 한 번 더 다짐하듯 물었다.

"네."

윤보 씨의 대답이 끝나자마자 어머니가 급하게 할 말이

있다는 듯이 방 안으로 들어오셨다.

"제사 끝나고 바로 간다니까 지금 이야기를 해야겠네."

윤보 씨는 한 뼘쯤 물러나 앉았다. 어머니가 코가 닿을 듯이 다가왔기 때문이었다.

"이야기도 때가 있는 건데, 내가 미련하게 미루기만 하다가…."

어머니가 잠시 말을 멈추었다.

"무슨 이야기인데요?"

윤보 씨가 기다리지 못하고 물었다.

"아버지 딸하고 손자가 북한에서 왔는데… ."

어머니가 말을 멈추고 눈을 들여다보았다. 못 알아들었으면 한 번 더 할 듯이. 윤보 씨는 그 말을 다시 듣고 싶지 않아 고개를 숙였다. 어머니가 전화번호가 적힌 종이를 내밀었다.

"이 번호로 전화를 한번 해보게."

심금향, 010-3429-2835.

어머니의 글씨는 볼 때마다 낯설었다. 무학인 어머니가 어떻게 이런 글씨를 쓸 수 있는지, 투박하지만 반듯하고 힘차기까지 했다. 누군가의 전화번호이거나 집안 사람의 주소 따위 간단한 메모였는데도 늘 비밀스러운 속마음 같아서 손에 들고 있기가 힘들었다. 이번에는 북한에서 온 양부의 딸 번호였다.

윤보 씨의 대답을 기다리는 듯 어머니는 툭툭 불거져 나온 손등의 관절을 이리저리 쓰다듬더니, 얼마 전에 아버지의 딸과 손자를 만났다 했다. 식당을 하는데 손님이 없고 손자는 학교에 적응을 못하고 고생을 하더라는 말을 이었다. 윤보 씨는 마지못해, 북한에서 온 사람들이 적응하기가 쉽겠냐고 한마디 했다.

"그러니까 자네가 전화라도 한번 하게."

어머니는 그 사람들이 앞에 있는 것처럼 허둥거렸다. 허둥대는 어머니 때문에, 그런 모습은 처음이었는데, 북한에서 사람들이 왔다는 게 실감났다.

자본주의 혁명은
돈을 많이 버는 것

 귀국을 결심한 후 병욱은 습관적으로 집 안을 훑어보았다. 정사각형 두 개를 이어 붙인 단순한 구조였다. 정사각형 하나는 거실 겸용인 방이고, 나머지 하나의 반에 주방을, 그 반에 목욕탕과 작은 방을 만든 단순한 구조였다. 그 공간을 채우고 있는 대부분의 물건은 아내가 한국 정부나 교회에서 받은 것이었다. 옷, 가방, 이불, 주방용품. 가는 곳마다 선물꾸러미를 안겼다. 어떤 것이든 공화국에서는 한 번도 받아본 적 없는, 중앙당 간부나 받을 만한 물건들이라고 아내는 흥분했었다. 고맙습니다, 고맙습니다, 고맙습니다. 아내는 세 번 연속해서 고맙다는 말을 했는데, 그렇게 해야 자신의 마음이 전달되는 것 같다고 했다. 영혼 없는 대답이라고 핀잔까지 들었지만 아내는 나도 이런 선물을 받을 수 있구나 하는 것을 그때 처음 느꼈다고 했다. 교회도 마찬가지였다. 갈 때마다 돈 받고 물건 받고 자매님이라 부르며 손잡아주고, 아내는 천국에 온 것 같다고 했지만 점점 받는 것에 익숙해졌다. 어제 받은 것과 오늘 받은 것을 비교하여 실망하기도 하고 조금이라도 좋은 물건을 주는 곳이 있으면 교회를 옮겼다. 왜 그것들을 주는지 묻지도 않았다. 그러고는 오랫동안 예수를 알아온 것처럼 그의 이름을 불렀다. 아내는 장군님 대신 예수님을 부르면 된다고 했지만 민족의 태양이신 장군님을 서양 제국주의의 산물인 예수와 동등하게 취급하는 아내의 모습은 낯설었다. 그도 아내의 손에 끌려 교회에 간 적도 있었다. 십자가에 못 박혀 고통스럽게 몸을 비틀고 있는 예수 앞에 사람들이 손을 모아 기도하고 있었다. 고통스럽다는 공화국에도 저렇게 고통받는 사람은 없을 것 같았다.

재단에서 준비한 통일전망대 여행에서 아내를 만났다. 한국에 온 지 1년 조금 넘었을 때였는데 아내는 유니원을 퇴소한 지 세 달 되었다고 했다. 참석한 사람들이 북한을 떠난 마음을 한 마디씩 이야기할 때 아내는 짧은 시간에 수첩에 끼적거린 거라며 시를 읽었다. 웅성거리던 사람이 갑자기 조용해졌다. 그러더니 누군가 코를 훌쩍거리는 걸 시작으로 눈물을 찍어내는 사람들이 점점 많아졌다. 아내는 작은 노트에 적은 시를 또박또박 읽어 내려갔다. 너무 보고파서 그리워서 오늘은 내가 너에게 말을 걸런다로 시작하는 글이었다. 대부분의 사람들이 묻어두었던 그리움에 눈물을 흘렸다. 병욱도 마찬가지였다. 눈물이 턱 밑에서 뚝뚝 떨어지고 있었다.

혼인 신고를 하지 않은 게 큰 잘못이었다. 혼인 신고를 하면 아내나 자신이 받은 임대 아파트 중 하나를 정부에 다시 반납해야 하는 점 때문에 망설이긴 했지만 꼭 그것 때문에 미룬 건 아니었다. 돌아갈지 아니면 아내와 같이 살지 결정을 하지 못했기 때문이었다.

어느 순간부터 아내는 커피 한 잔 제대로 사주지 못하는 그보다 정부에서 지원을 받는 탈북단체 대표인 조병길을 더 좋아했다. 그는 텔레비전에 자주 나와 공화국의 가난을 과장해서 선전하고 김정은 위원장의 사생활을 왜곡하는 데 가장 앞장선 사람이었다. 그 대가로 비싼 자동차를 타고 큰 아파트에 살았다.

사범학교를 나온 아내는 그의 도움으로 공장에서 나와 재단으로 자리를 옮겼다. 아내가 가장 감격한 것은 북한에 있는 친정어머니와 딸을 데리고 오는 비용을 단 한 번에 대준 것이었다. 아내는 천국 같다고, 이제 더 이상 소원이 없다고 했다. 아내의 천국은 조병길의 돈으로 완성된 셈이었다. 그 이후 아내는 부쩍 성형에 대한 욕망을 드러내더니 쌍커풀 수술을 했다며 눈 뜨고 못 볼 정도로 피멍 든 얼굴로 들어왔다. 그래야 공화국에서 온 게 티가 안 난다고… 그 멍이 다 가라앉기도 전에 집을 나갔다.

끈질기게 들러붙는 아내에 대한 생각을 떨치려고 자리

에서 일어나 화장실로 갔다. 사실 화장실밖에 갈 곳이 없었다. 좌변기 뚜껑을 올릴 만한 요의도 없어 불도 켜지 않고 거울을 들여다보았다. 어두침침한 사내가 불안한 눈빛으로 자신을 보고 있었다. 그렇게 쳐다보면 어카겠다는 거야, 그는 거울 속의 자신을 노려본 후 화장실 벽을 더듬어 스위치를 올렸다. 푸드득 푸드득 요란한 소리를 낸 후 형광등이 들어왔다. 세면대에 물을 받아 손을 담갔다. 검고 거칠고 손가락이 뭉툭했다. 남조선엔 그와 같은 손을 가진 사람이 없었다. 대부분 희고 손가락이 길고 미끄러질 만큼 피부가 부드러웠다. 얼굴보다 말씨보다 더 바꾸기 힘든 게 손이었다. 악수를 하거나 손을 잡은 대부분의 사람들은 한마디 했다. 북한서 온 거 맞네. 이 손만 아니었으면 남조선에 좀 적응을 했을까, 병욱은 또 쓸데없는 생각을 했다며 자신을 책망한 후 준혁에게 전화나 할 생각으로 느릿느릿 화장실을 나왔다.

준혁은 기다렸다는 듯 바로 전화를 받았는데, 그래도 자신이 먼저 연락하려고 했다며, 요즘도 머리카락 많이 빠지냐고 물었다. 분명히 알아들었는데도 무슨 말을 해야 할지 당황스러웠다.

"좆같은 소리하고 있네."

불쑥 남조선의 욕이 튀어 올랐다. 처음에는 듣기만 해도 온 몸이 화끈거렸는데 이젠 참을 새도 없이 재채기처럼 터져 나왔다.

"형도 진짜 많이 변했네. 남조선 욕을 다하고. 그래서 머리카락도 빠지는 거지. 어쨌든 탈모에는 어성초하고 자소엽이 최고래요."

어성초와 자소엽? 누군가의 아이디 같기도 했다.

"누가 그래?"

"어젯밤 TV에 나왔어요."

"야, 그게 머 중요하다고. 전화하자마자…."

"아직도 그런 소리를 해요? 키도 작은데 머리카락마저 없어봐. 어떤 여자가 형 좋아하겠어요. 그런 말하는 것 보니까 남한에 적응하려면 아직 멀었네."

갈수록 태산이었다. 겨우 성질을 죽이고, 만나서 밥이나 먹자고 했다. 준혁은 기다렸다는 듯 데모 구경도 할 겸 6시에 서울광장에서 보자고 했다. 그러면 그렇지, 남의 탈모 걱정만 할 놈이 아니었다.

아파트 입구는 황량했다. 상점도 없고 나무도 없었다. 회색 칠이 된 건물을 볼 때마다 시멘트만 발라놓은 공화국의 건물들이 생각났다. 늘 고향에 온 듯한 느낌을 주는 곳이었지만 고향은 절대 아니었다. 고향에서처럼 마음 놓고 들어가 물 한 잔 얻어먹을 곳이 없었다.

아내의 직장이 있는 혜화동으로 가는 버스를 탔다. 아내를 만나겠다고 마음을 정한 것도 아니었다. 조선으로 돌아간다면 이제 다시는 만날 수 없을 거란 생각이 들어 한번쯤 멀리서나마 보고 싶다는 생각을 했다. 준혁과의 약속까지 시간이 많이 남은 것도 이유 중의 하나였다.

버스에서 내려 골목 안으로 조금만 들어가면 아내가 근무하던 탈북인권재단 건물이 보였다. 그 앞에 아주 가끔씩 들렀던 단팥죽 집이 있었다. 병욱은 그곳으로 들어가 단팥죽을 주문했다. 겨울엔 앉을 자리가 없더니 지금은 철이 지나 그런지 테이블 한 군데만 손님이 있었다. 아내가 오기를 기다리는 것처럼 출입문 쪽으로 자주 고개를 돌렸지만 단팥죽이 나올 때까지 출입문은 한 번도 열리지 않았다. 그는 마치 아내와 약속을 한 것처럼 초조해하다가 더 이상 참을 수 없다는 듯이 전화기를 꺼냈다. 아내의 이름엔 직장과 휴대폰, 두 개의 전화번호가 저장되어 있었다. 그는 직장으로 전화를 했다. 몇 번 울리지도 않았는데 누군가 전화를 받았다. 아내는 아니었다.

"이진숙 상담사 부탁합니다."

일부러 헛기침을 몇 번 했는데도 떨리는 목소리를 감출 수 없었다.

"다른 곳으로 옮기셨는데요."

목소리가 걸걸한 여자가 누구시냐고 묻는 바람에 병욱 씨는 어디로 옮겼냐고 묻지도 못하고 전화를 끊었다. 그는 멍하니 앉아 있다가 다시 전화를 열어 아내의 휴대폰으로 전화를 했다.

그가 저장하고 있던 아내의 번호는 결번이었다. 가끔씩 핸드폰을 열어 몇 분씩 쳐다보던 11개의 숫자에서 느끼던 온기들이 역류하는 것 같았다. 아내가 집을 나갔을 때도 이 기분이었다.

남한에 와서 유일하게 얻은 건 아내와의 사랑이었다. 1년 동안 그는 행복했다. 대형 마트와 남대문 시장을 돌아다녔다. 처음으로 커플 티도 입어보았고 영화관에서 키스도 했고 노래방에서 목이 쉬도록 노래를 불렀다. 북한에 두고 온 어린 딸 때문에 자주 울던 아내도 그때만은 모든 걸 잊고, 총화 시간 없어서 진짜 좋다고 까르르 웃었다. 그는 아내가 웃는 얼굴에서 처음으로 행복이라는 것을 본 것 같았다. 아내가 돈을 선택해 집을 나갈 때도 돈이 행복을 주는 건 아니라고, 돈이라는 게 뭔지 알고 난 다음 자신을 기억하리라 믿었다. 피를 토하듯이 고향을 그리워한 아내가 자본주의의 개 조병길과 오래가지는 않을 것이라고 생각했다. 그런데 아내는 자신을 깡그리 잊고 있었다.

택시로 청량리까지, 밀리지 않더라도 15,000원은 나올 거고 그 정도면 사나흘치 생활비라서, 잠깐 멈칫했지만 그거라도 하지 않으면 비참해서 견딜 수 없을 것 같았다. 택시는 롯데백화점 앞에 멈추었다. 택시비는 16,500원, 그는 17,000원을 내고 잔돈을 받지 않았다. 거금이었지만 두렵지는 않았다. 그는 어깨를 펴고 백화점 맞은편 골목으로 들어갔다. 골목은 다시 작은 골목으로 갈라졌는데 그곳에 가면 여자를 살 수 있었다. 넓고 깨끗한 도로변에서 다섯 걸음만 걸어도 믿을 수 없을 만큼 좁고 구불구불하고 더러운 골목과 상가들이 나타났다. 처음엔 믿을 수 없어 다시 도로 쪽으로 나가본 적도 있었다. 어떻게 이 멋지고 넓고 화려한 곳에서 네 걸음을 걸어 들어왔을 뿐인데 가난과 욕설과 쓰레기로 가득찬 곳이 있을 수 있단 말인지, 그는 자신이 본 것을 믿을 수 없었다. 아직도 믿을 수·없지만 그것이 대한민국이었다.

휘어진 골목으로 들어서자 이발관과 옷집과 모텔이 나란히 보였다. 모텔의 한쪽 문에는 여관이라고 적혀 있었다. 들어갈까, 마음이 먼저 움직여 걸음이 느려졌다. 그 마음을 읽었는지 출입문 뒤에 서 있던 여자가 들어오라고 했다. 마침 출입문도 열려 있었다.

"여자 필요해요?"

여관 여자는 귤을 먹으면서 물었다. 그게 꼭 귤이 필요한지 묻는 것 같았다. 고개를 끄덕이자, 낮이니 만 원 더 내라고 했다.

"낮이라 더 싼 건 아니고요?"

병욱이 인상을 찌푸리며 되물었다.

"걔들은 잠 안 자? 오천 원만 더 내."

여자가 슬쩍 아래위를 훑으며 귤껍질을 확 던졌다.

세 개의 컨테이너 박스를 연결해 무대를 만들고 그 위에서 몇 사람이 음향 상태를 점검하고 있었다. 광장 왼쪽에 수십 개의 빗발이 나부꼈지만 아직까지는 시위에 나선 사람들보다 그 주위를 에워싸고 있는 경찰들의 수가 더 많았다. 기타를 맨 사람들이 무대 위로 올라오는 걸 보고 서 있다가 환구단 근처 계단에 있다고 한 준혁의 문자를 떠올렸다.

광장을 가로지르는데 가슴이 뛰었다. 남조선에서 본 최고의 자유는 시위의 자유였다. 정권 퇴진운동을 이렇게 공공연하게 벌일 수 있다는 게 아직도 믿기지 않았다. 공화국에서는 절대 있을 수 없는 일이었다. 백두혈통에 대한 어떤 비난도 용납하지 않았다. 몇 년 전엔 장군의 이모부까지 총살을 시켰다. 그냥 내치는 정도가 아니라 총살이어서 깜짝 놀랐다. 반대하는 사람에겐 무조건 총을 겨눴다. 불평하는 사람은 교화소행이었다. 그저 묵묵히 살아야 했다. 살려면 입을 다물거나 충성을 할 수밖에 없었다. 여기는 아니었다. 반대가 생존전략의 하나였다. 평생 반대만하고도 재산을 모으고 이름을 날리는 사람들이 있었다. 그래서 그런지 시위가 아니라 축제 같기도 했다. 무대에서 가수들이 노래를 부르고 무대 아래 사람들은 대통령 OUT

이란 피켓을 들고 흔들었다. 가끔 TV로 보는 가수의 공연 같았다.

"이래 가지고 뭘 하겠다고. 노는 것도 아니고."

환구단 옆 계단에서 소주를 마시던 준혁이 무대를 바라보며 불만스럽다는 인상을 찌푸렸다. 언제 왔는지 이미 소주병은 반쯤 비어 있었다. 준혁은 한국 사회에 적응을 못하고 있는 혜산 제1고 출신이었다. 몸이 작고 얼굴이 까맸다. 몇 년 동안 수능 준비를 했는데 이상하게 해가 갈수록 성적은 내려갔다. 오던 첫해 갔으면 연·고대는 갔을 것 같은데 서울대 갈 거라고 버티다가 그다음 해부터는 그 성적도 나오지 않았다. 올해는 아예 원서도 넣지 않았다. 그는 대한민국 사회가 자본과 권력이라는 점에서 북한과 다를 바가 없다고, 돈 없는 사람은 개보다 못한 취급을 받는다고 했다. 오던 첫해는 일한 만큼 돈을 받는 천국이라고 떠들던 놈이었는데 이제는 돈을 받기 위해 개처럼 살아야 하는 곳이라고 말을 바꿨다.

대동강무역의 김 주임은 보위부 지령이라며 '콤푸터망'을 이용해서 반정부 세력을 선동, 파업을 확산시키라고 했다. 남조선의 불평등을 부각시키면 동조자가 늘어날 것이라는 계산이었다. 병욱은 작년 댓글 사건으로 안전부의 정보원 일을 그만둔 준혁에게 반정부 댓글을 부탁했다. 그는 누구의 부탁인지도 묻지 않고 한국에 오랫동안 살았던 사람처럼 한국 정부를 비난하기 시작했다. 붉은 새, 어젤리아, 삽살개, 나의 소원 등 몇 개의 아이디를 쓰는 준혁의 댓글은 어떤 반정부 세력의 글보다 매서웠다.

코가 부탁한 평양 전화번호도 준혁에게 부탁을 했다. 그놈은 단둥에 제법 정확한 연락책을 가지고 있었다. 누구보다도 빠르게 사람을 찾았고 송금을 했다. 그러면서도 그 사람들이 누구인지 말하지 않았다. 누군지 물으면, 골 아프게 그런 말 말고 술이나 먹자는 놈이었다.

"형도 한잔 해요. 어서!"

병욱은 그러자는 듯 앞에 있던 종이 잔을 들어 올렸지만 입만 갖다 대고 내렸다. 원래 술이 약한 데다 빈속이었다. 잔을 비운 준혁이 새우깡을 와드득 소리내어 씹었다.

"해가 지기도 전에 웬 술을 그렇게 먹냐? 국밥이라도 먹으러 가자."

병욱이 허기를 참는다고 미간을 찡그렸다.

"남 밥 걱정 말고 형 머리카락이나 걱정하라니까 그러네요."

준혁은 병욱이 내린 술잔을 자기 앞으로 당겨놓은 후 머리숱이 많아 아무것도 걱정할 게 없다는 듯이 앞머리를 쓸어 넘겼다.

"머리카락은 없어도 밥을 먹어야지 술만 먹으면 되나. 기래야 혁명도 하고…."

"혁명이 이뤄질 것 같습메까? 이뤄진다 해도 득 볼 건 없디요. 조국을 배신한 처지에 무슨 상관이 있겠어요? 남조선에서 배운 건데, 혁명은 돈을 많이 버는 거예요."

"무슨 소리 하는 거야? 진정한 혁명은 민족통일이지. 아직 할 일이 있을 거야. 몸을 귀하게 여기라우."

병욱이 소리를 낮춰 준혁을 다독이고 낮게 물었다.

"그 전화번혼 확인됐어?"

"아무도 안 받는다고 다음에 한 번 더 한다고 하던데요. 부탁한 사람이 누구야요? 저쪽 맞죠?"

그는 고개를 끄덕거렸다.

"그 사람 본명이 뭔지 알아요?"

"뭔데?"

병욱이 눈을 동그랗게 뜨고 물었다.

"남철수. 살다 보니 그 사람 고등학교 동창을 만나게 되더라고요. 진보연대 친군데 자기 동창 중에 안전부에 다니는 코 큰 친구가 있다고 해서 사진을 보여줬더니 맞다고 그러네요."

"사진?"

이번에는 진짜 놀라서 물었다.

"몰래 하나 찍어둔 게 있었거든요. 언젠가 써먹을 데가 있을까 해서."

준혁이 고소하다는 듯이 웃었다. 병욱은 관심이 없는 듯

무덤덤한 표정을 지었지만 마음속으로는 놀랐다. 어떻게 안전부 지원익 사진을 몰래 찍을 생각을 했는지

"어제도 전화 왔더라. 어떻게 됐냐고?"

병욱은 가벼운 거짓말로 준혁을 압박했다.

"그 친구도 직접 하는 건 아니니까 좀 기다리라고 했어요."

"그 친구가 누군데?"

병욱은 무심하게 보이려고 새우깡을 하나 집어 먹으며 물었다.

"영업 비밀이에요."

준혁은 이번에도 그것만은 말할 수 없다는 듯이 눈을 피하며 병욱의 잔마저 비웠다. 이 자식이, 병욱은 처음으로 술 생각이 났다. 언제부턴가 남한 사람보다 탈북자들의 속을 더 알기가 어려웠다. 오래 만날수록 그랬다. 남한에 적응해도, 적응하지 못해도 서로 멀어져갔다. 그는 낯설어진 준혁을 피해 눈을 돌렸다.

맞은편에서 깃발을 앞세운 사람들이 떼를 지어 들어오고 있었다. 고개를 빼서 소속을 확인하고 있는데 호주머니의 전화가 울렸다.

수지였다.

시간이 되면 저녁을 같이 먹자고 했다. 병욱은 밖에 있어서 안 된다고 하려다가 시간과 장소를 문자로 보내라고 했

다. 전화를 끊자 준혁이 누구냐고 물었다. 병욱은 대답 대신 지갑에서 만 원짜리 두 장을 꺼냈다.

"급한 일이 생겨서…. 이걸로 밥부터 먹어, 그리고 시위대 안으로 들어가지 마. 경찰한테 붙잡히면 안 돼, 시위대에게도. 우리의 신분이 노출되는 순간 우리는 꼼짝없이 탈북자를 위장한 간첩이 될 거란 거 명심해. 술은 그만 마시고."

병욱은 술병을 들고 일어나며 지갑 안에 남아 있는 돈을 떠올렸다. 여관비 냈으면 없었을 텐데, 밥값은 충분했다.

서울에서 가장 놀라운 것은 지하철이었다. 어디를 가든 한 시간 안에 닿을 수 있었다. 서울뿐만 아니었다. 인천, 수원까지, 가장 멀리 가는 것은 천안이라는 곳이었다. 모세혈관처럼 퍼져 있는 교통망은 몇 년을 살아도 다 알 수 없었다. 지하철은 늘 타고 다니니 그렇다고 치더라도 지상의 도로는 어디가 어딘지 도저히 알 수가 없었다. 미로였다. 남조선은 이 교통망만큼 미로였다. 무질서하다 싶다가도, 질서가 있고 다들 돈독이 올라 눈이 뒤집혔다고 생각되는데 또 자본에 저항하는 사람도 있었다. 성형과 몸 만드는 것에 환장한 나라인 것 같다가도 그것만으로는 아무것도 얻을 게 없는 나라이기도 했다. 오늘만 해도 그랬다. 온 나라가 정권 퇴진 운동을 하는 것 같은데 야구장엔 수만 명이 모였다. 이것이다 싶으면 이것도 아니고 저것이다 싶으면 저것도 아니고 제멋대로 사는 거 같지만 그것도 아니었다. 백 퍼센트가 중요한 게 아니고 과반수가 중요했다.

상대방이 과반을 차지하지 못하게 하려면 적당한 시기에 판을 바꾸어야 했는데 판을 바꿀 수 있는 사람은 돈이나 권력을 가진 자였다. **코**가 근무하는 곳도 거대한 권력기관이었다. 평양 전화번호 정도는 중국 대사관에 파견된 안전부 직원을 통해서 쉽게 알아볼 수 있을 텐데 왜 굳이 자신에게 부탁을 하는지, 자칫 방심했다간 안전부의 공작에 이용당할 수도 있었다. 준혁이처럼 사진을 찍어두지는 못해도 물고 늘어질 수 있을 때까지는 물고 늘어져야 했다.

지하철을 기다리며 **코**에게 전화를 했다. 평양은 위험지역이라 부탁한 사람이 누구인지 알아야 한다고 하자 **코**는 예상대로 화를 냈다. 당장 그만두라고 할 것 같았는데 당황하더니 심주영, 심 실장의 부탁이라고 했다. 이름을 듣는 순간 거짓말이라는 걸 느꼈다. 출판사에서 댓글 알바 작업을 하던 심 실장이 그런 예민한 부탁을 할 리도 없고 부탁한다고 해도 **코**가 들어줄 리가 없었다. 그는 이어폰을 꽂고 녹음된 통화 내용을 한 번 더 들었다. 늘 그랬듯이 **코**는 거만했는데, 심 실장의 이름을 말할 때는 당황하는 게 느껴졌다.

약속 장소인 중국집은 5층 건물의 3층이었다. 이미 부탁을 해두었는지 종업원은 수지가 있는 방으로 안내했다. 4인용 작은 방이었다. 수지가 고개를 숙이고 물수건으로 손바닥을 닦고 있었다. 하얗고 작은 손이었지만 제법 뼈마디는 있어 보였다. 뭔가 각오를 다지고 있는지 물수건을 접어 다시 손을 닦고 있었다. 병욱은 수지와 눈이 마주치지 않으려고 조심해가며 아이를 살폈다. 어느 구석엔 결기가 느껴지긴 했지만 나이나 외모로 봐선 혁명 전사가 될 것 같지는 않았다. 13국은 이 아이를 잘 설득해서 혁명 전선에서 활동하게 반드시 북으로 데리고 오라고 했다. 왜 이아이를 찍어 혁명 전사로 삼고자 한 것일까. 반미의식이 투철하다고 했지만 이해할 수 없었다. 병욱은 자신도 모르게 고개를 들었다. 수지가 어느새 물수건을 옆에 놓고 그를 바라보고 있었다.

"아저씨를 의심하는 건 아니지만 저를 어떻게 아셨어요?"

수지가 두려운 듯 눈을 내리깔고 말했다.

"여기서 중국어 선생을 하는데."

중국어 과외를 했으니 완전히 틀린 말은 아니었다.

"내가 가르친 아이 중에 한 명이 너를 알더라고. 키가 작고 얼굴이 검고 운동 좋아하고. 니 이름이 봄희였는데 수지라고 바꾸었다고."

북한 아이들의 일반적인 특성을 늘어놓았다. 그리고 김
주인에게 받은 수지의 본명을 이야기했다. 대부분의 사람
들은 이 정도 이야기하면 누군가를 떠올리고 조금 더 순진
하다면 먼저 이름을 말할 것이었다.

"창주요?"

그럼 그렇지, 그는 마음속으로 소리 내어 웃었다.

"글쎄 그 아이 이름은 모르겠네. 창주랬나 창호랬나. 봄
희라는 애를 찾는다니까 이름을 수지로 바꾸었다고. 너 만
나기 전에 몇 명 만났는데 대부분 부모님이 있거나 혹은
고향이 다르거나."

그는 저쪽에서 종업원이 오는 것을 보면서 의자에 등을
붙이고 느릿느릿 말을 이어갔다.

"내가 살게. 이 집에서 제일 맛있는 걸로 먹어."

"제가 사야죠. 저번에도 얻어먹었는데."

수지가 곤란한 표정을 지었다.

"내가 열 번 사면 그다음은 니가 사."

병욱은 배고픔을 겨우 참고 집안 아저씨와 같은 호기를
부렸다.

수지는 볶음밥으로 하겠다고 했다. 더 맛있는 걸 시키라
고 해도 그게 맛있다는 말뿐이었다. 그는 짬뽕을 시켰다.
너무 작은 것 같아 군만두를 추가했다. 수지는 종업원이
주문을 받고 돌아가자마자 물었다.

"아저씨, 아버지가 앓고 계시다고요? 좀 더 자세히 대주세요."

벌써 눈물이 맺혔다. 자신에 대한 의심이 눈 녹듯 사라진 것 같았다.

병욱은 천천히 물을 마시는 척하면서 생각을 가다듬었다. 기침으로 할까, 허리를 다쳤다 할까, 자신의 아버지처럼 혈압으로 고생을 한다고 할까… 배가 고파서 집중을 할 수 없었다.

"예전에도 찬바람이 불면 기침 때문에 고생하셨는데, 저 때문에…."

기침이구나, 병욱은 자신도 모르게 물 잔을 내렸다. 수지의 눈물이 턱밑에서 떨어지고 있었다.

"오십이 가까워지면 어딘가는 고장이 나게 돼 있어. 기관지라고 예외는 아니지. 아저씨도 탈모가 심하고 불면증에…"

수지를 달랜다는 게 자신의 처지를 하소연한 것 같아 당황스러웠는데 다행히 볶음밥과 짬뽕, 군만두가 나왔다. 볶음밥은 기름이 흥건해 맛이 없어 보였다.

"거 봐라 맛있는 거 먹으라니까."

병욱은 배고픔을 참고 수지 쪽으로 만두 접시를 밀었다. 수지가 눈물을 훔치고 만두 그릇을 다시 병욱 쪽으로 밀었다. 허기 때문에 만두를 집으러 가는 젓가락이 가늘게 떨렸다.

"사실 오늘 아빠 생일이에요. 이때까진 혼자서 마음속으로만 축하했는데 아저씨가 아빠를 안다고 하니까 아빠 이야기 들으면서 밥을 같이 먹고 싶어졌어요. 아빠처럼 머리도 벗겨지고…."

뜨거운 만두가 든 입안보다 벗겨진 머리 부분이 더 뜨거웠다. 그는 허겁지겁 물을 마셨다. 정신을 차리고 보니 수지의 눈에 다시 눈물이 그득했다.

수지의 눈물이 흘러내렸다. 눈물이 아니라 가슴에 쌓이고 쌓였던 그리움 같았다. 저 정도 눈물이면 아무 말도 못 할 것 같은데, 또록또록하게 말을 했다. 그 상태에 이르기까지 아이가 어떤 시간을 겪었을지 병욱은 알 것 같았다. 그도 그랬었다. 자신을 이곳으로 보낸 공화국도, 말만 미끈하게 할 뿐 차별하기 위해 받아준 듯한 남한도 다 싫었다. 처음엔 북한이 싫다가도 일 년도 안 돼 남한이 싫어졌다. 멀리서 보면 안 보이지만 가까이서 보면 투명한 유리벽이 엄청 두껍고 높았다. 탈북자들은 온전한 한국인이 될 수 없었다. 인도적이니 뭐니 해도 남한 사람들은 남한을 자랑하기 위한 도구로 공화국 사람들을 이용하는 것 같았다. 가장 비열한 것은 북한 사람들을 데려다가 북한을 공격하게 하는 것이었다. 북한이 싫어서 온 사람들도 그 일만은 하면 안 된다고 생각했다. 그들이 기억하는 누군가 아직 살고 있는 곳이며 일에 지친 머리를 식혀주던 나무와 강물이 있던 곳이며 아무 데나 들어가면 물 한잔쯤 주는 이웃들이 있었다. 물질이 행복의 유일한 조건이 아니라면 북에도 분명 행복이 있다고 생각했다.

"아빠를 많이 좋아했나 보네."

그는 다시 만두를 집어 올리며 물었다.

"네. 아빠 생일이면 늘 노래도 부르구 음식도 하고. 놀러도 갔어요."

"어디로?"

"유원지에 갔댔는데."

유원지…, 능라인민유원지에서 관성 열차를 탄 여자 동무들의 비명소리가 생각났다. 그 소리를 들으면 술을 마신 것처럼 몸이 뜨거워졌는데… 그 순간에도 강성대국 건설에 한 몸을 바치자는 결심만은 잊은 적이 없었다. 그때는 꿈이 너무 확고했는데 지금은 귀국한다 해도 당장 뭘 해야 할지 알 수 없었다. 자본주의가 서울의 나쁜 공기처럼 사람을 지치게 했는지 강철 같은 의지가 조금씩 허물어진 것 같았다. 그런데 이 아이는 그렇게 좋은 기억을 두고 왜 여기에 온 걸까, 안타까운 마음이 들었다.

"넌 진짜 고향에 가고 싶겠다."

병욱은 수지와 함께 귀국할 생각에 기분이 좋아졌다.

"부모님만 생각하면 가고 싶은데, 거기서 살라고 하면

못 살 것 같아요."

"왜?"

믿을 수 없는 답이라서 병욱이 따지듯이 물었다.

"자유가 없잖아요."

아이가 부끄러운 듯 살짝 웃었다.

자유, 그건 자본주의의 다른 이름인데… 그는 목 안이 뜨거워져 물을 마셨다. 물 잔을 내리며 오늘은 기분 좋게 헤어져야 한다고 다짐을 했다.

"남자친구도 있었겠는데?"

"그럼요, 한둘이 아니었죠. 공부한답시고 늘 몰려다녔댔어요. 주로 우리 집에 와서 공부를 했어요. 중국 가기 전에 할머니하고 저만 있었거든요. 할머니 음식 솜씨가 괜찮았어요. 특히 만두를 잘 빚었는데…, 이렇게 옛날이야기를 할 수 있다는 것만 해도 좋아요."

수지가 입을 벌리고 웃는 듯하더니 고개를 숙였다. 화장실에 갔다 오겠다며 일어서는 수지의 눈엔 어느새 눈물이 또 고여 있었다.

송치

숙소 뒤편에 있는 운동장은 어지간한 초등학교 운동장
보다 넓었다. 파란 인조 잔디와 운동장을 반으로 지른 흰
하프라인, 운동장 끝에 축구골대도 하나씩 놓여 있었다.
아이들 몇 명이 아아, 고함을 지르며 골문을 향해 달려갔
다. 하프라인 근처 초소에 앉은 경비대원이 옆구리에 찬
무전기를 꺼내 그 모습을 보고하고 있을 것이었다. 그 초
소 때문인지 운동장에 올 때마다 수용소 같다는 느낌이 다
시 살아났다.

대부분의 교육생들이 아침점호를 마치고 식사를 하러
간 시간이라 운동장은 비어 있었다. 그 틈을 타 주영은 운
동장을 몇 바퀴 돌았다. 두 바퀴 뛰고 두 바퀴 걷고. 입구
근처에 교육생 한 명이 보였다. 벌써 아침을 먹은 듯한 조
무래기들이 그 옆에서 놀고 있었지만, 교육생은 여전히
고개를 숙인 채 턱에 손을 괴고 그 자리를 맴도는 모습이
었다. 주영은 여자에게 가기 위해 운동장을 한 바퀴 더 돌
았다.

"어디 아프세요?"

목소리를 낮추어 물었다. 여자는 천둥이라도 친 것처럼 놀라는 표정과는 달리 반가운 음성으로 대답했다.

"시를 생각하고 있어요."

여자는 꽃을 한 아름 안고 있는 얼굴이었다. 시 같은 소리 하고 있다는 생각이 들었지만 부드럽게 물었다.

"아침 식사는 하셨어요?"

"시 생각하다가… 간식 먹으면 됩니다. 유니원에서 너무 밥을 잘 주셔가지고 몸이 세 킬로나 늘었어요."

여자는 이를 조금 드러내고 웃었다. 더러 살이 너무 많이 쪄서 다이어트를 하는 사람도 있지만 시 때문에 밥을 굶는 경우는 처음 보았다. 더 정확하게 말하면 황당했다. 그들은 대부분 밥을 못 먹어서 온 사람들이 아닌가.

"네, 그럼."

주영은 표정을 감추느라고 깍듯이 인사를 하고 숙소 쪽으로 몸을 돌렸다.

"청소년학교 글쓰기 선생님이시죠?"

여자가 이미 알고 있다는 듯이 웃었다. 주영은 어쩐지 부담스러워 고개만 약간 끄덕거리고 숙소로 들어갔다.

책상 칸막이 뒤에 숨어, 두 손을 가지런히 모아 고개를 숙이는 여자를 지켜보았다. 여자는 사무실 안으로 들어오던 팀장에게 글쓰기 선생님을 찾아왔다고 했다. 팀장이 큰 소리로 주영을 불렀다. 아침에 운동장에서 만난 여자였다. 마침 1교시 시작종이 울렸다. 차라도 한잔 대접하고 싶지만 바로 상담이 있다고 하자 여자도 직업 체험을 가야 하니 저녁을 먹고 오겠다고 했다. 오늘은 당직이라 저녁에도 근무를 해야 했다. 그 사실을 전하자 여자는 실망한 표정으로 자리에서 일어나며 이름을 말했지만 정확하게 듣지 못했다. 주영은 그냥 내버려둘까 하다가 한 번 더 물었다. 선주라고 했다.

오늘 상담할 명훈이가 사과를 먹으면서 계단을 내려오고 있었다. 사무실 맞은편 상담실로 가자고 했더니, 뭘 버리고 오겠단다.

"뭐라고?"

제법 크게 물었지만 못 들었는지 아니면 뭔가 급한 일이 있는지 화장실 쪽으로 걸어갔다.

명훈이는 삼지연 출신이고 압록강을 건너 태국을 통해 입국을 했다. 그 아인 아직도 일곱 살 때의 기억을 잊지 못한다고 써놓았다. 흰 털이 긴 개 달래와 함께 행복했는데 갑자기 엄마 아빠가 싸웠단다. 얼마 뒤 이혼을 하고 명훈이는 엄마랑 살았는데 달래가 있어 그나마 괜찮았다고 했다. 집 근처의 인민학교에 하루도 거르지 않고 다녔다. 행사에 동원되는 것이 귀찮기도 했지만 친구들과 어울려 노

는 것이 재미있었다. 가끔 아빠 생각도 했지만 아빠한테
가고 싶지는 않았다. 어느 날 아빠가 학교로 찾아왔다. 빤
짝빤짝 빛나는 자전거를 타고. 아빠는 여전히 무산의 목재
회사에 다니고 있었다. 아빠는 러시아의 친구가 가져왔다
며 남조선의 장난감을 보여주었다. 신기했다. 팔과 다리를
마음대로 접을 수 있고 무기도 여러 가지였다. 집에 가면
이보다 더 큰 로봇이 있다고 했다. 로봇? 어째서인지 몇 달
전부터 보이지 않는 달래 생각이 났다. 아빠는 사람들이
잡아먹었거나 엄마가 팔았을 거라고 했다. 그 말을 들으니
마음이 흔들렸다. 명훈이는 아빠를 따라갔다. 아빠 집에는
로봇만 있는 게 아니었다. 새엄마도 있었다. 아빠와 같은
회사를 다닌다고 했다. 새엄마는 명훈이를 좋아하지도 미
워하지도 않았다. 아니 미워하는지 좋아하는지 알 수 없었
다. 밥 해주고 빨래 해주고…. 로봇은 좋았는데 새엄마는
좋아지지 않았다. 새엄마는 로봇이 징그럽게 생겼다고 굉
장히 싫어했다. 그것 외에는 괜찮았다.

　아빠가, 며칠 앓았는데 갑자기 돌아가셨다. 새엄마는 미
친 듯이 흐느껴 울다가 명훈이가 안고 있던 로봇의 다리를
분질렀다. 명훈은 자신의 다리가 분질러지는 것 같았다고
했다.

　아빠의 장례식에 온 큰아버지가 엄마 소식을 전했다. 남
조선에 있다고 했다.

명훈이 유니원 입소 때 적은 탈북 경위는 여기까지였다. 중학교 3학년까지 다녔고 엄마는 몇 년 전에 입국해 있었다.

　주영은 명훈이 상담실 안으로 들어오자마자 물었다.

　"아까 뭐라고 했어?"

　명훈은 무슨 말인지 못 알아들은 듯 멀뚱하게 쳐다보았다.

　"아까 뭘 버리고 온다 했잖아."

　"내가 말입니까?"

　"그래, 아까 상담실 안으로 들어오라고 하니까 뭘 버리고 온다고…, 사과…."

　"아, 사과 송치요."

　"송치?"

　"네."

　"사과 다 먹은 거, 사과 속, 심 같은 그걸?"

　"네?"

　명훈은 뭐라고 하는지 모르겠다는 듯 물었다.

　"북한에선 사과 다 먹고 남은 그걸 송치라고 해?"

　그 말을 사용하면 안 되는 줄 알았는지 명훈은 입을 꾹 다물었다.

　"송치라는 말이 듣기 좋아서."

주영은 놀라게 해서 미안하다는 듯이 웃으며 마음속으로 그 말을 몇 번 더 소리 내었다. 송치, 송치, 송치. 북한이 통째로 몸속으로 들어온 것 같았다.

첫 상담은 간단하게 얼굴을 익히고 자기소개서를 확인하는 정도였다.

"엄마 만났어?"

말하고 보니 좀 있다 물을 걸 싶어 후회하고 있는데, 명훈이는 곧 대답했다.

"이번 주에 만납매다."

"얼마 만인데?"

"육 년 삼 개월 넘었습니다."

"진짜 오랜만에 만나네. 좋겠다."

"네."

감정을 알 수 없는 답이었다.

"엄마가 낯설어? 오랜만이라서…."

"좀…. 나를 어떻게 생각할까 걱정도 되고. 공부도 못하고 키도 작은데."

명훈이의 고개가 푹 수그러졌다. 열다섯 살이라고 했지만 열 살쯤으로 보일 정도로 키가 작았다.

"키는 이제부터 클 텐데 걱정하지 마. 일 년에 이십 센티씩 크는 친구도 있다는데…."

주영은 어디에서 들은 말로 상담을 마치고 명훈이의 가

장 큰 고민은 작은 키라고 적었다. 북한 아이들이 하는 대부분의 고민이었다. 탈북으로 인한 상처 위에 새로운 고민이 켜켜이 쌓이는 게 보였다.

당직은 저녁 점호와 함께 본격적으로 시작되었다.

교육생의 숙소는 크게 3개 동이었다. 가-나-다. 한 달에 한 번씩 며칠의 간격을 두고 입소와 퇴소를 했다. 정확하게 일치하는 건 아니지만 퇴소한 교육생의 방에 며칠 뒤 누군가 입소를 하는 식이었다.

며칠 전 한 기수가 퇴소를 했기 때문에 오늘 점호할 인원은 2/3만 남아 있었다. 당직용 전화기와 당직일지가 든 가방을 들고 사감실로 걸어가고 있는데 사감이 목을 빼고 말했다.

"오늘은 우리끼리 할 테니 당직실에서 쉬어요."

점호라 해봤자 각 호실의 인원수 확인하는 일이니 사감에게 맡기기로 하고 당직실로 들어갔다. 이제 할 일은 전통을 받는 것이었다. 전통은 본부 당직자에게서 왔다. 밤에 두 번 아침 일찍 한 번, 서로 신분을 밝히고 이상 유무를 확인한 후 본부 지시사항을 전달했다.

당직이라 그런지 잠은 잘 오지 않았다. 바로 누워 있다가 옆으로 누워 있다가 또 바로 누워 있다가…, 잠이 점점 달아났다. 다시 TV를 켜고 재방송되는 드라마를 보고 있으니 달아났던 잠이 조금씩 다가왔다. 잘 수 있을 것 같았다. 잠이 몸속으로 들어오고 있었다.

겨우 잠이 들었는가 싶었는데 전화 소리에 불에 덴 것처럼 화다닥 일어났다. 사감은 다급한 목소리로 교육생 한명이 보이지 않는다고 했다. 급하게 달려가 보니 사감의 얼굴은 이미 사색이었다.

"점호 뒤에 나갔다는데…."

점호 후 교육생들은 방 밖 출입이 금지되어 있었다. 복도와 계단, 엘리베이터, 방을 제외한 모든 곳에 CCTV가 있는데 교육생을 보지 못했다는 건 대형사건이었다. 나가서 찾아봅시다. 허둥대던 사감이 서둘러 밖으로 나갔다.

수백 명이 자고 있는 유니원은 텅 빈 것처럼 조용했고 철조망을 따라 늘어선 가로등 불빛은 렘수면 상태처럼 고요했다. 살얼음을 디딘 것처럼 조심스러웠다. 무서움보다는 두려움이 느껴졌다. 몇 년 전에도 직원인 양 유유히 밖으로 나간 교육생이 남자친구를 만나러 가다 붙들린 적이 있었다. 그때 당직이었던 직원과 사감, 경비대원들은 재계약을 하지 못했다고 했다. 계약기간이 일 년 남은 사감이 그 일을 모를 리 없고, 주영 역시 계약기간을 못 채우고 잘릴지도 모를 일이었다. 그래도 일단 팀장에게는 연락을 해야 할 것 같아 전화번호를 찾는데 사감이 옆구리를 찔렀다.

"무슨 소리가 들려."

사감이 가리키는 곳은 가로등 불빛이 닿지 않아 어둠에 싸여있는 공중전화였다. 그곳에서 가느다란 여자의 목소리가 들려왔다. 세상에, 사라진 교육생이 그곳에서 전화를 하고 있었다. 사감이 통화 중인 여자를 공중전화 부스 안에서 끄집어내어 등짝을 때렸다.

"지금 몇 시야?"

교육생은 울기부터 했다. 큰소리는 아니었지만 어둠을 타고 울음소리가 조금씩 퍼져갔다. 사감실로 데리고 가요, 주영은 여자의 팔짱을 끼며 사감을 재촉했다.

사무실로 들어오자마자 사감은 목소리를 높였다.

"너 어제도 전화한다고 점호시간에 늦더니."

"애가 아프다고."

여자는 도저히 못 참겠다는 듯이 소리 내어 울기 시작했다. 스무 살쯤 되어 보이는데 엄마라니, 놀라워서 여자의 얼굴을 한 번 더 보았다. 눈가에 아이라인 문신이 있어 그런지 조금 나이가 들어 보이기도 했다. 정수기에서 따뜻한 물을 받아 건네자 여자는 코를 훌쩍이며 간간이 물을 마셨다. 줄줄 흘리는 눈물처럼 여자는 이야기를 쏟아냈다.

회령이 고향인 여자는 열여섯 살에 두만강을 건넜다. 아버지가 교화소로 간 이후로 먹고살 방법이 없었다고 했다. 동네 아줌마가 중국에 가면 돈을 많이 벌 수 있다고 해서

145

건넜는데, 낯선 곳에 가둬놓고 노래방에 나갈지 결혼을 할
지 선택하라고 했다는 것이다.

"노래방에 가지 그러셨어요?"

결혼보다는 노래방이 낫지 않았을까 해서, 주영이 끼어
들었다. 여자는 그렇게 물어주기를 기다린 듯 물을 한 모
금 마시고 중국말을 모르면 바로 탈북한 게 드러나서 북
한으로 끌려간다고 했다. 그러니 결혼이 낫다는 것이다.

여자는 지린시 북쪽의 시골, 마흔 살 넘은 한족 남자에
게 시집을 갔다. 낮에는 늙은 시부모가 밥과 요강을 넣어
주고 밖에서 방문을 걸었다. 일을 하고 오는 건지, 놀고
오는 건지 남편은 해가 져야 돌아왔는데, 문을 열어주면
우선 반갑고 고마웠다. 몇 달 뒤 임신이 되자 더 이상 문
을 걸지 않았다. 여자의 몸값은 6만 위안, 그 돈이면 북한
의 가족이 2, 3년은 먹고살 수 있을 것 같았는데, 브로커
의 농간인지 여자의 집에서는 한 푼도 받지 못했다. 그 말
을 들은 남편은 자신이 열심히 일해서 조금씩 돈을 보내
주겠다고 여자를 달랬다. 여자는 회령에서 자신을 기다리
고 있을 엄마 생각에 마음이 아팠지만 남편을 믿고 기다
리기로 했다. 열여덟 살에 애를 낳았다. 아들이었다. 애를
시부모에게 맡기고 여자도 집 근처에서 들일을 했다. 끝
없이 펼쳐진 옥수수가 오두막 몇 채를 에워싸고 있었다.
간간이 트럭처럼 생긴 차가 오고갈 뿐 버스를 타려면 서

너 시간은 걸어서 가야 했다. 여자는 조금씩 변해가는 아들에게 재미를 붙이며 살았다. 열아홉, 마을에 조선 여자가 왔다. 3년 만에 조선말을 하는 사람을 만난 여자는 너무 반가워서 시어머니 밥 차려주는 것도 잊고 이웃집에 놀러갔다. 삼 일째, 여자가 한국에 갈 생각이 없냐고 물었다. 한국에 가면 집도 직장도 주고 북한에 있는 가족도 데려올 수 있다고 했다. 단, 아들과 남편은 조선 사람이 아니라서 한국 정부의 지원을 받을 수 없다고 했다. 그러니까 먼저 가서 자리를 잡고 남편과 아이를 부르라는 것이었다. 여자는 삼 일을 고민하다 가겠다고 했다. 아들이 눈에 밟혔지만 앞이 보이지 않는 삶에 대한 두려움이 더 컸다. 그날은 남편이 허리를 다쳐 며칠째 누워 있을 때였다. 여자는 남편이 자고 있을 때 몰래 집을 나섰다. 자고 있던 아들이 인기척을 느꼈는지 자지러지게 울었다. 여자가 머뭇거리자 집 밖에서 기다리던 브로커가 여자의 손목을 낚아채 밖으로 나갔다.

아직도 아들의 울음소리가 귀에 가득하다고 스무 살 난 엄마가 고개를 숙였다. 여자는 아들을 찾아 끝없이 펼쳐진 옥수수밭을 헤맨 듯 먼지를 둘러쓴 모습이었다. 사방으로 철조망이 처진 유니원이 지린시 어느 옥수수밭보다 더 넓었으리라. 언 듯 푸르뎅뎅했던 기호의 얼굴이 생각났다. 여자도 기호처럼 손바닥에 얼굴을 묻었다.

"아들이 아픈 건 어떻게 알았어?"

사감이, 짧게 한숨을 쉬고 냉정하게 물었다.

"브로커에게 들었어요. 좀 알아봐 달라고 부탁을 했더니."

고개를 드는 여자의 얼굴은 생각보다 깨끗했다.

"그렇다고 이 시간에 전화를 하는 거야?"

"도저히 잘 수가 없었어요. 이렇게 시간이 많이 된 줄도 몰랐어요."

여자가 미안하다며 고개를 숙였다. 언제 울었느냐는 듯 눈물도 그쳐 있었다. 사감이 이 보라는 듯 눈을 깜빡거렸다.

"여기에 그 정도 사연 없는 사람들이 어디 있어? 시간이 지나면 해결된다니까 왜 혼자 유난을 떨고 그래? 다음에 한 번만 더 이러면 정착금 깎을 거야. 알았어?"

사감이 한 번 더 다짐을 받으며 여자의 눈을 뚫어지게 바라보았다. 여자는 허둥거리며, 죄송하다고 다시는 그러지 않겠다고 손을 모으고 고개를 숙였다. 사감은 더 말하기도 싫다는 듯 올라가라는 손짓을 했다. 여자의 뒷모습을 지켜보던 사감이 들으라는 듯 말했다.

"입만 열면 애 때문이래. 애인지, 애인인지 돈인지…."

사감은 한숨을 폭 내쉬며 책상 위에 사과 한 개를 주영에게 건넸다.

"기획과 선생이 충주로 출장 갔다가 몇 개 얻어왔더라고."

단단한 게 맛있어 보였다. 고맙다고 받고 나가다 다시 돌아서 물었다.

"그럼 아까 그 교육생이 거짓말을…."

사감은 그 사이에 사과를 반으로, 반의반으로 쪼개고 있었다.

"모르지. 거짓말인지 참말인지. 구별해서 뭐하겠어? 다 똑같은 얘기인데. 이거나 먹어."

사감이 깎은 사과 한쪽을 내밀었다. 사과향이 코끝을 스쳤다. 칼이 스쳐 간 자리가 선으로 남아 있었다. 뭔가 한마디 하고 먹어야 할 것 같았다.

"진짜 조각처럼 깎으셨네요."

조각은 무슨, 사감은 능숙하게 다른 사과의 속을 파내고 있었다.

"사감선생님, 혹시 송치라고…"

"송지? 그런 교육생은 없는데."

송치를 다 파낸 후에 사감은 고개를 들었다.

비꽃

빗방울이 조금 떨어지자 사무실 사람들은 한두 번씩 창으로 눈을 돌렸다. 많이는 안 온다는데, 기상청에 전화를 한 팀장이 모두가 궁금해하는 내용을 전했다. 손가락 관절을 몇 번 꺾은 후 그는 다시 수화기를 잡았다. BH에서는 소식 없냐. 잠시 뒤 전화를 끊고, 주영은 BH, 블루하우스, 청와대를 연결하며 팀장을 쳐다보았다. 아직 아무 연락이 없는 걸 보니 예정대로 진행될 것 같다고 했다. 그는 왁스를 발라 머리를 뒤로 넘기고 줄이 선 와이셔츠에 연두색 넥타이를 매 멋을 낸 모양이었다. 어제도 강당에 가서 청와대 수석 앞에서 할 브리핑을 연습했다. 앞에 누군가 앉아 있어야 실감이 난다고, 몇 명이 따라 올라가 브리핑을 들었다. 브리핑 내용은 별것도 없었다. 달 별로 몇 명이 왔는지의 통계, 성비, 그리고 연령의 분포도 정도였다. 그 외 보호자 없이 혼자 온 학생들이 거주하는 그룹홈과 여러 개의 대안학교를 소개하는 정도. 사무실로 내려오다 층계참에서 주영은, 왜 아이들의 상처와 고통에 대한 이야기는 없냐고 물었다. 뭐가 없다고? 팀장이 놀란 듯 돌아보았다.

차가 막혔다며 1시간이나 늦게 온 청와대 수석은 카메라 촬영을 하는 사람들과 검은 양복을 입은 경호원들에게 에워싸여 교실을 슥 둘러보고는 바로 내려갔다. 며칠간 교실 바닥 청소를 하고 책상의 낙서 지우고 교복을 다려 입고 온 아이들이 실망을 감추지 않았지만 수석은 돌아보지 않았다. TV에서 본 것보다 더 늙어 보이네. 계단을 내려가던 직원이 귓속말을 했다. 그래도 빼먹지 않는 일이 본관 앞에서의 단체촬영이었다. 장관도 그랬고 국회의원도 그러긴 했다.

수석이 떠나자 사무실은 큰일을 끝낸 것처럼 여유로웠다. 누군가는 매점에 과자를 사러 가고 누군가는 전화기를 들고 화장실에 가서 오랫동안 오지 않았다. 본관에 간 팀장도 아직 돌아오지 않았다. 주영은 빗방울이 흩뿌리는 유리창을 보고 있다 선주 씨에게 줄 『엄마의 말뚝』을 들고 사무실 밖 의자로 갔다.

선주 씨는 서른한 살이었는데 얼굴에는 얇은 종이를 구겼다 편 것처럼 주름이 많았다. 북한에서 온 사람들이 못 먹고 고생을 많이 해서 그렇다고는 하지만 선주 씨의 경우는 태어날 때의 주름이 그대로 있는 것 같았다. 북한에서 온 사람들이 두세 살 나이를 속이는 것은 흔한 일이라 이 사람도 나이를 속인 걸까 하는 생각도 들었지만 나긋나긋

한 몸이나 맑고 서늘한 눈빛은 서른 살 정도로 보였다. 그런데 왜 그렇게 주름이 많은지 궁금했지만 물을 수는 없었는데, 얼마 지나지 않아 그 이유를 알았다. 듣고 보니 꽤 비밀스런 이야기였는데, 그 정도는 비밀 축에도 끼지 못한 듯, 세 번쯤 만났을 때 털어놓았다. 사는 게 너무 재미가 없어 죽으려고 약을 두 번 먹었는데 죽지 않고 살았다는 것이다. 그늘이 많은 어두운 복도 끝 의자에서 배꽃 이야기를 하던 중이었다. 복도 끝의 창문을 내다보다가 원래 이 지역이 배로 유명한데 유니원 밖엔 배꽃이 한창이라고 했다. 신선이나 선녀가 살 듯한 분위기라고 덧붙였을 때였다. 눈 올 때 떨어지는 배꽃 봤습매까? 북한 특유의 말끝에 선주 씨가 목을 빼고 물었다. ~봤습매까의 '까'는 말하는 사람의 입안을 울리고 나와 주영의 마음속으로 파고들었다. 그 말을 들을 때마다 눈앞이 하얘지는 기분이었는데 이번에는 다른 것도 아닌 배꽃 이야기였다. 눈 올 때 배꽃이 핀다고? 믿을 수 없어 눈을 동그랗게 떴다. 그럼요. 그때 세상이 너무 아름다워요. 아, 이제 죽어도 되겠다 싶더라고요. 그래서….

선주 씨의 표정은 알 수 없었지만 목소리는 밝았다. 그 목소리 때문에 금방 들은 선주 씨의 이야기가 믿기지 않았다. 그것도 사무실 복도에 앉아 할 이야기는 아닌 것 같았는데, 손목의 상처까지 보이니 믿지 않을 수도 없었다. 처음 눈을 떴을 때는 왜 살렸냐고 자신을 발견한 이모를 원망했지만 두 번째 발견됐을 땐 운명이라고 느꼈다고 했다. 그리고 탈북을 결심했다는 것이다. 제겐 한국이 천국입니다. 천국? 주영은 자신의 귀를 의심하며 선주 씨를 쳐다보았다. 천국의 의미를 모르는 것 같지는 않았다. 선주 씨가 쓸데없는 말을 했다는 듯 얼굴을 붉히며 자리에서 일어났다. 어쨌든 그녀가 선주 씨의 글에 관심을 가진 건 아마도 그때부터였을 것이다. 진짜 선주 씨가 글 쓰는 사람이 되었으면 하는 마음에 시내에 나가 박완서의 『엄마의 말뚝』을 사 왔다. 아마 선주씨에겐 한국의 첫 소설일 것이었다. 이 소설을 읽을 수 있을까. 북한 소설하고는 다를 텐데… 선주 씨 생각을 하다 말고 자리에서 일어나 창밖을 내다보았다.

유니원 맞은편 쭉 뻗은 들길 끝의 배밭이 보였다. 멀리서 보면 배꽃들은 그곳에만 내린 눈처럼 보였다. 선주 씨는 눈 오는 날 피는 배꽃이 세상 끝의 아름다움이라고 했지만 주영에게 배꽃은 마음속에서만 그리던 꿈의 세상이었다. 아름답고 포근하고 순결한, 그리움과 같은 곳이었다. 꽃이 지기 전엔 퇴근 시간이 되자마자 누군가 기다리는 것처럼 걸음을 재촉했다. 배꽃에 코를 묻어도 그리움이 여전할 때는 사진을 찍어 **코**에게 보냈다.

말로도 사진으로도 표현할 수 없는 아름다움이어서, 한 장 찍

어 보냅니다. ^^

코에게는 두어 번 답이 왔다.

거긴 좋네. 나는 개고생 하는데.

답을 받은 날에는 진짜 눈 오는 날 배꽃을 본 기분이었다. 그런 날은 밤늦게까지 출판사 때 사용하던 아이디 메시a로 대동노조에 대한 댓글을 달았다. 노조간부들의 연봉부터 공개하라. 당신들 임금을 비정규노동자와 나눌 생각부터 하라. 시위 한번 해봤으면 하는 비정규노동자와 그 가족의 수가 얼마나 많은 줄 알기는 하나. 나라를 좀 먹는 패권주의자들. 그런 댓글을 달고 나면 **코**와 뭔가를 공유한 것 같아 마음이 가라앉았다.

무연고 청소년들의 추수지도가 있었다. 보호자 없이 탈북한 미성년자를 무연고 청소년이라 부르며 이들은 대부분 종교 단체에서 운영하는 그룹홈에서 생활하고 있었다. 그 그룹홈의 운영 실태를 점검하는 날이었다. 담당 직원이 세 군데를 반나절 만에 돌아볼 수 없다며 같이 가자고 했다. 팀장도 두 사람이 나누어서 하고 일이 끝나면 바로 퇴근하라고 했다.

주영이 맡은 곳은 동대문구의 S 그룹홈이었다. 지하철을 두 번 갈아타야 했지만 전철역에서 얼마 떨어지지 않는 곳이어서 찾기는 어렵지 않을 것 같았다. 5호선을 타고 세

정거장만 가면 될 것 같은데 약속시간이 1시간이나 남아 있었다. 주영은 지하철역 의자에 앉아 참고 참았던 문자를 **코**에게 보냈다.

서울 출장 왔는데, 일이 빨리 끝날 것 같아요.

전화기를 가방 안에 넣고 자리에서 일어났다. 그에게서 언제 답이 올지 모르지만, 빨리 보낸다 해도 그룹홈에 닿을 때까지는 절대 오지 않을 것이라고 생각했다. 아예 아무 답도 하지 않을 때도 많았으니 답을 기다리면 안 된다고 자신을 다독거렸다.

지하철을 타러 천천히 걸어가면서 금방 보낸 문자를 몇 번이나 떠올렸다. 수십 번도 더 생각한 건데 마음에 들지 않았다. 시간되시면 문자 주세요, 라는 말을 덧붙이는 게 낫지 않았을까, 가벼운 한숨을 내쉬고 고개를 저었다. 그 짧은 문장에서도 **코**는 자신의 마음을 읽었을 것이다. 그 생각을 하는 순간에 귀밑에 뜨거운 기운이 느껴졌다. 그녀는 부끄러움이 그곳에 붙어 있기라도 한 것처럼 얼굴을 쓰다듬었다. 유니원 근처의 술집에서 볼을 쓰다듬던 **코**의 손길이 생각났다. 얼굴을 다 덮고도 남을 정도로 큰 손이었다. 지금도 그 손을 생각하면 마음이 떨리고 열이 났다.

S 그룹홈은 예상대로 찾기 쉬웠다. 문을 열어준 여자는 부은 듯 푸석푸석한 얼굴이었다. 안녕하세요, 입으로 인사만 할 뿐 표정은 큰 변화가 없었다. 전체적으로 통통하고

키가 작은, 십 대 후반이나 이십 대 초반으로 보이는 여자였다.

"학생 같은데…."

"검정고시 준비해요."

여자는 한 번도 표정을 지어본 적이 없다는 듯이 말했다. 무덤덤하고 무기력해 보이는 모습이었다.

"공부 어렵죠?"

경계하는 듯한 표정이라서 최대한 부드럽게 물었다. 여자는 들릴 듯 말 듯 작게 말하고 입을 다물었다. 무슨 말을 더 해야 할 것 같은데 할 말이 없어 여자의 머리 뒤쪽에 붙은 책꽂이를 보고 있었다. 천장까지 닿을 듯한 책꽂이에 책이 빼곡히 꽂혀 있었다.

"책이 많네요."

책꽂이를 눈으로 훑다가 말했다. 주영은 부러워서 말했는데 검정고시를 준비한다는 여자는 이번에도 네, 하고 짧게 말했다. 책이 아니라 쓸모없는 뭔가가 집 안에 잔뜩 쌓여 있는 듯한 표정이었다. 용기와 치유, 산과 바다, 미술과 음악, 문학 어느 것 하나 빠짐없이 다양하게 꽂혀 있지만 어떤 책도 여자에겐 아무 도움이 되지 못한 모양이었다.

"그룹홈엔 언제 오셨어요?"

이번에는 더 부드럽게 물었다.

"3년 됐습매다."

"3년이요?"

여자는 조금 큰 목소리로 대답했지만 주영은 자신도 모르게 되물었다. 3년이란 긴 시간을 믿을 수 없었다. 여자는 한 달 전 북한에서 온 것 같았다. 여자가 대답을 하기 전에 문이 열렸다.

수녀님이었다.

단정하게 회색 수녀복을 입고 베일까지 얌전하게 쓰신 분이었다. 자신을 토마라고 소개한 수녀님은 전기 주전자의 스위치를 올려놓고 열 명의 아이들을 위해 자신들이 얼마나 좋은 프로그램을 운영하는지 익숙하게 늘어놓았다. 피아노와 수영을 배우고 일요일엔 봉사활동을 가고 인근 대학에서 도우미 학생들이 와서 모자란 공부를 도와준다는 것이다. 진짜 좋은 프로그램이 많은 것 같다고 한마디 하자, 수녀님은 신이 난 음성으로 북한 애들이 아직 경제관념이 없어서 수급비에서 몇만 원씩 떼어내어 적금을 들어준다고 하셨다. 얼마나 설명을 열심히 하셨는지 차가 식기도 전에 그 그룹홈의 교육과정을 다 들었다.

"제가 성격이 급해서 말이 빨라요."

수녀님이 찻잔을 들어 올리며 웃었다. 수영, 피아노, 대학생 과외…. 아빠가 금융기관에 다녀 중산층으로 분류되었던 그녀도 받아보지 못한 교육이었다. 그 교육을 받았더라면 지금과 달라졌을 것 같은 느낌이었다. 그 생각이 들자 어쩐지 북한에서 온 아이들에게 샘이 났다. 이렇게까지 해줄 필요가 있을까 하는 생각이 불편해서 고개를 들리자 어두컴컴한 주방 안쪽에 문을 열어준 여자가 가만히 서 있었다. 수녀님이 말한 그 많은 교양이 자신과 아무 관계가 없다는, 꼭 자신이 싫어하거나 못 먹는 음식이 차려진 밥상을 보는 표정이었다.

"저 학생도 그런 프로그램을 받았나요?"

"당연하죠. 우린 어떤 아이도 소외시키지 않는답니다. 몸이 아픈 경우는 어쩔 수 없지만. 얼마 전에 나간 수지라는 아이는 올해 A대 합격했는데 진짜 잘했어요."

"수지라고요?"

가슴이 철렁 내려앉았다. 코가 술에 취해 보고 싶다고 한 그 아이였다. 자신을 안고도 불렀던 이름이었다.

"똑똑하고 예의 바르고."

수녀님은 말로 다 할 수 없다는 듯이 손에 든 휴대폰을 뒤적거리더니 사진을 내밀었다. DMZ박물관이라는 표지판 앞에서 손가락 두 개를 쫙 벌리고 고개를 약간 기울이고 환하게 웃는 여학생의 사진이었다. 다른 사진도 있어요. 수녀님이 휴대폰 화면을 옆으로 밀었다. 똑같은 옷을 입은 수녀님이 계단에 얼굴을 잔뜩 찡그리고 줄을 지어 섰는데 그 사이에 꽃잎처럼 부드럽고 가시처럼 뾰족한 아이가 있었다. 다음 사진은 바닷가에서 혼자 찍은 사진이었다. 모래밭에 큼지막하게 자유라고 써놓고 팔짝 뛰어오르는 사진이었다. 초등학생이나 유치원 학생 같기도 하고 이삼십 대 아가씨 같기도 했다. 몇 살이든 진짜 자유를 원하지 않으면 이렇게 온몸으로 자유를 표현하지는 않을 것 같았다. 어쩐지 선주 씨가 말한 천국 같기도 했다. 그 천국이란 게 늘 사용하는 두루마리 휴지처럼 사방에 널려 있다는 게 놀라울 뿐이었지만.

침가하지 잃는 사람을
만나기 위한 모임

코는 처가에 가야 한다는 걸 알면서도 주영을 만나기로 했다. 주영은 너무 좋다는 듯 이를 드러내고 웃는 이모티콘을 보내왔다. 몇 달 전 유니원 근처 술집에서 만나고 처음이었다. 그날은 이상하게 주영이 수지 같았다. 아니 수지였으면 했는지도. 짙은 안개 때문인지 보이지 않는 것도 보이는 것도 없었다. 술집 앞 공터에 세워둔 차도, 안개에 잠긴 발목도. 두어 걸음 떨어진 여자가 수지인지 주영인지 구분하고 싶지 않았다.

뿌연 안개 빛에 주영의 몸이 희미하게 드러났다. 너무 희미해서 눈으로는 어디가 어디인지 알 수 없었다. 처음 손이 닿은 곳은 허벅지였다. 주영의 피부가 바싹 긴장했다. 한 손으로 어깨를 두르고 가슴을 만지려다 말고 멈추었다. 딸꾹질 비슷한 소리가 났다. 딸꾹질은 아니었다. 가슴 뛰는 소리였다. 쿵 쿵 쿵, 그렇게 가슴이 뛰는 여자는 처음이었다. 그 소리에 술이 다 깼다. 그 소리를 따라 조금씩 뛰던 자신의 심장 소리가 생각났다.

어디서 기다릴까요?

주영이 문자로 물었다.

어디서 볼까, **코**는 잠시 고민을 하다 인사동에서 보자고 했다. 남의 눈에 안 뜨이려면 사람이 많은 곳이 좋았다. 식구들조차 알아보기 힘든 곳, 서울 사람보다 관광객이 많은 곳, 인사동이었다. 그리고 골목골목 숙박업소가 있었다. 오늘도 그날처럼 심장 뛰는 소리가 날지 궁금했다. 아내에겐 일이 생겨 조금 늦겠다는 문자를 했다.

예상대로 길이 보이지 않을 정도로 사람이 많았다. 여긴 이제 사람 자체가 볼거리인 곳이었다. 저쪽에 주영이 보였다. **코**는 못 본 척 고개를 돌리고 주영이 부를 때까지 천천히 걸어갔다. 입구 가까이 닿았을 때였다.

"선생님!"

주영이 큰 소리로 외쳤다. 눈에서 가슴 뛰는 소리가 들렸다.

"오늘은 제가 대접할게요."

샴푸 냄새가 났다. **코**는 주영의 어깨에 손을 둘렀다. 부드럽고 작은 어깨뼈가 가슴께에 닿았다. 긴장하는 것 같았지만, **코**의 손을 뿌리치지는 않았다. 그는 주영을 더 쓸어안았다.

"배고프다. 아무거나 빨리 먹자."

코는 첫 번째 골목의 청국장 집으로 주영을 데리고 들어갔다. 테이블에 앉기만 하면 음식이 나오는 집이었다.

"월급도 두 번이나 탔고 진짜 맛있는 것 사드리고 싶은데."

김치 몇 가닥, 미역줄기 무침, 허연 콩나물. 주영은 식탁에 차려지는 반찬을 보고 안절부절못하는 모습이었다. **코**는 배가 고프면 다 맛있다는 말로 주영을 안심시켰지만 집어 먹을 게 없긴 했다.

"유니원은 어때?"

코는 콩나물 한 가닥을 집어 올리며 물었다. 주영은 그 반찬에도 배가 고팠는지 숟가락 가득 밥을 떠 입에 넣고 있었다.

"북한 애들에겐 무섭게 해야 해. 걔들은 무서워야 권위가 있다고 생각하거든."

입안에 밥을 넣은 주영이 그게 무슨 말이냐는 듯 눈을 크게 떴다.

"앞에서 순종하고 뒤에서 배신하는 애들이야."

청국장을 뜨다 말고 주영이 할 말이 있다는 듯 고개를 들었다. 착한 애들도 많다는 말을 하려는 걸 알고 있다는 듯, **코**는 손을 들어 주영의 말을 막았다.

"그나저나 밥 먹고 뭐할까?"

코는 콩나물 한가닥을 집어 올리며 물었다.

"네?"

주영이 눈으로 물었다. 여전히 가슴 뛰는 소리가 났다. 그의 가슴도 약간 부풀어 오르는 것 같았다. 그는 고개를 숙인 채 심호흡을 하며 가슴을 식혔다.

"참, 출판사에서 알바 하던 애 중에 한 명이 평양에 전화번호 알아봐 달라고 했냐고 물으면 그렇다고만 해."

"평양요?"

주영이 김치를 집다 말고 쳐다보았다.

"응, 그냥 그렇다고만 해. 빨리 먹고 나가자."

코는 대수롭지 않은 일이라는 듯, 숟가락 가득 밥을 떴다. 주영은 궁금한 표정이었지만 아무 말도 하지 않았다. 묻지 않는 것, 순종해야만 가능한 일이라고 그는 생각했다. 다시 숟가락 가득 밥을 뜨는데 휴대폰이 울렸다. 아내였다.

"언제 올 거야? 다들 기다리시는데. 교장선생님이 당신 찾아."

"아, 가고 있어."

그는 간단하게 대답하고 전화를 끊었다. 6시쯤 간다고 했는데 벌써 30분이 지났다.

주영이 급하게 밥을 먹고 숟가락을 내렸다.

"다 먹었어요. 제가 괜히 바쁘신데."

주영이 먼저 자리에서 일어나 계산대 앞으로 걸어갔다. 앞모습보다 뒷모습이 예뻤다. 허리선과 다리선이 고왔다.

갑자기 지금 가고 있다고 한 게 후회되었다. **코**는 계산을 하고 나오는 주영을 기다렸다 얼굴을 붉혔다.

"다음엔 내가 술 살게."

그는 주영의 허리에 손을 둘렀다. 미끈한 허리가 탱탱했다. 주영은 움찔했지만 이번에도 손을 풀지는 않았다. 똑바로 50미터만 내려가면 택시를 탈 수 있는데도 **코**는 반대로 돌아 십여 분 넘게 걸어갔다. 허리 위로 제일 아래쪽 갈비뼈를 슬쩍 만지자 주영이 깜짝 놀란 듯 몸을 뺐다. 그는 손가락에 힘을 주어 주영을 더 잡아당겼다. 그 바람에 가슴 쪽으로 손이 조금 더 올라갔다. 어머, 주영이 몸을 비틀었다.

"자러 갈까?"

주영이 그의 손등을 꼬집고 아래쪽으로 뛰어갔다. 그는 손을 흔들어 주영에게 인사를 하고 신호등에 걸려 있던 택시에 올랐다.

이제 택시 탔어.

코는 택시 안에서 마음을 담아 문자를 보냈다. 이상하게 여자를 만나고 온 다음에는 진짜 자신이 아내를 사랑하는 것 같았다. 아니, 뒷좌석에 기대면서, 사랑해야 한다고 수정했다. 아내는 그를 닮는 그릇이었다. 서울의 사립여대를 나오고 키도 크고 얼굴도 예쁘고, 어떤 점으로 보나 자신에게 과분한 여자였다. 분당에 음식점을 두 개나 가진 장인은 그가 지방의 사립대를 나오고 아버지가 6급 공무원인 것도 전혀 개의치 않았다. **코**가 정보기관에 다니는 것만으로도 만족한 표정이었다. 단단한 몸과 오뚝한 코만 있으면 충분하다고 했다. 그 말이 진심이라는 듯 집도 사주고 차도 사주었다. 아내의 말에 의하면 아이들의 유치원비와 교육비도 장모님이 지원하고 있었다. 아내 역시 그에게 월급이 생활비로 쓰기엔 모자란다는 이야기를 한 번도 한적이 없었다. 생각보다 작다는 말은 두어 번 했지만.

그가 하는 일은 오늘과 같은 집안의 행사에 아내가 준비해둔 양복을 입고 손님들에게 공손하게 인사를 하거나 가끔 장인의 부탁으로 비행기 표를 구해주는 정도였다. 그때마다 장인은 아들보다 낫다고 그를 자랑스러워했다. 오늘은 아들놈의 입학을 부탁한 사립초등학교 교장도 왔으니 가지 않을 수 없었다.

정자동을 통과하는데 장인에게서 전화가 왔다.

"어디쯤 오고 있는가."

성미가 급한 양반이, 화를 꾹꾹 누른 목소리였다.

"죄송합니다. 장인어른, 비상이라 어쩔 수 없었습니다. 10분 뒤면 닿을 것 같습니다."

코는 일부러 금방 떠날 열차라도 타는 듯 다급하게 말했다.

"그런가. 바쁜 사람을 내가 괜히 오라고 해가지고. 천천히 오게."

장인의 목소리는 부드러웠다. 자신을 필요로 할수록 장인의 목소리가 부드러워진다는 걸 **코**는 알고 있었다. 아들의 사립초등학교 입학 부탁을 한 건 장인이었다. **코**는 굳이 집에서 먼 사립초등학교에 가야 된다고 생각하지 않았다. 아마 장인도 그럴 것이었다. 그 학교의 교장 사촌이 국회의원이 아니라면 그곳에 입학시킬 이유가 없었다. 장인은 교장을 통해 그 국회의원을 만나고 싶은 것이었다.

늦은 시간 탓인지 주차장엔 차가 몇 대 없었다. 가게 안으로 들어서다 아내와 눈이 마주쳤다. 아내는 눈을 흘기며, 옷 갈아입을 시간도 없다며 바로 들어가라는 손짓을 했다. 그는 손으로 머리만 대충 빗고 카운터 왼쪽에 있는 룸으로 들어서자마자 90도로 허리를 숙였다.

"기다리게 해서 죄송합니다. 아시다시피 파업 중이라…."

지쳐 보였던 장인의 얼굴이 금방 밝아졌다. 몇 번 본 적이 있는 사립초등학교 교장이 다가오더니 술잔을 내밀었다.

"여기 온 것만도 장하네. 광화문 근처가 엉망이라던데. 파업하는 인간들은 모두 감옥에 처넣어야 돼."

"이번에 큰 도움을 받았습니다."

코는 술을 받고 교장에게 허리를 90도로 숙였다. 교장에게 숙인 게 아니라 그의 사촌인 여당 국회의원에게 인사를 한 것이었다. 장인이 그를 부른 이유도, 현직 구의원과 땅

많기로 유명한 건설업체 사장이 이 자리에 온 것도 이 자리에 참석하지 않은 그 국회의원을 만나기 위해서였다.

"남 서방 뭐 하노? 한 잔씩 올리지 않고. 우리 이거 딱 한 잔씩만 더합시다."

장인이 발렌타인 30년산을 들어 올렸다. 술을 마실 만큼 마신 사람들도 술을 좋아하지 않는 사람들도 한 잔쯤은 먹고 싶어 하는 술이었다.

교장의 잔을 시작으로 술을 따르기 시작했다. 사위가 이렇게 든든하니 아들보다 낫다는 덕담이 이어졌다. 여당 소속의 구의원에게 술을 따르는 순간, 호주머니에서 휴대폰 진동음이 났다. 다음 선거에는 장인에게 구의원 자리를 넘기고 시의원으로 나온다는 말이 있었다. 다행히 전화는 짧게 울리다 그쳤다. 술을 비운 구의원이 한잔 받으라며 술잔을 내밀었다. 잔을 받고 있는데 다시 진동이 울렸다. 구의원이 전화를 받으라고 했지만 괜찮다며 받은 술을 단숨에 비웠다. 그 사이에 전화가 그쳤다. **코**는 전화기를 꺼내 볼까 하다가 구의원 옆의 건설회사 사장에게 술잔을 드렸다. 술을 따르고 있는데 다시 진동이 시작되었다. 잠시 그쳐서인지 진동 소리가 더 큰 것 같았다. 급히 술을 따르고 전화를 받았다.

"지금 어딨어?"

옆에 선 장인뿐 아니라 주변사람에게도 들릴 정도로 큰

목소리였다. 사람들이 심각한 얼굴로 쳐다보았다.

"아 예, 과장님 지금….”

"왜 전화를 안 받아! 여자라도 끼고 뒹굴고 있는 거야? 인터넷 봐라. 파업 지지하는 댓글이 자꾸 올라오잖아. 지금 자료 하나 보내니까 처리해.”

과장은 늘 여자를 조심하라는 말을 이렇게 표현했지만 들을 때마다 등골이 서늘해졌다.

"알겠습니다. 확인하고 조치하겠습니다.”

진짜 여자를 끼고 뒹군 것처럼 얼굴이 붉어졌다. 장인이 어서 가보라며 등을 떠밀자 **코**는 일이 생겨 어쩔 수 없다는 듯, 곤란한 표정으로 룸을 나왔다. 장인은 바쁜 사람을 오라고 해서 미안하다고 했지만 매우 흡족한 표정이었다.

식당을 나오자마자 바르게살기협회 회장에게 전화를 걸었다. 출판사 문을 닫고 난 후 알바로 동원하고 있는 단체 중 하나였다. 자료를 보낼 테니 인터넷에 올리고 최대한 퍼 나르라고 했다. 과장이 보내온 자료는 인천항공 면세점에서 노조 간부의 부인이 사용한 영수증이었다. 핸드백 두 개, 명품 시계, 스카프 두 장. 화장품도 있었다. 이 정도면 대부분의 사람들이 처우개선을 주장하는 대동노조 간부들의 얼굴에 침을 뱉고 싶을 것이었다. 동기의 말대로 회사는 이 자료를 확보한 후 노조 간부들과 반정부 세력들에게 멍석을 깔아둔 것 같았다. 그것도 모르고 깨춤을 춘 꼬락서니

들 하고는. 역시 중요한 건 타이밍이었다.

　대단해, 그는 자신의 직장인 안전부의 힘을 한 번 더 실감하며 엄지와 검지로 코의 날개를 쓰다듬었다.

아버지가 보고 싶은 아이들

"내가 많이 얄궂제."

허리가 기역자로 굽은 할머니가 새처럼 목을 빼 쳐다보았다. 이상하긴 했지만 얄궂지는 않았는데 창주는 아무 말도 하지 않았다. 할머니는 그런 상황에 익숙한 듯 빠르게 다가와 손을 잡았다. 휘어진 손가락 관절이 툭툭 불거져 있었다. 불룩한 혹이 난 오징어 튀김이 생각나 웃음이 났다. 할머니도 따라 웃었다. 웃는 할머니가 우스워 소리 내어 웃었다.

"우리 손지가 고생을 많이 했네. 손이 이렇게 험한 걸 보니."

할머니는 오랫동안 알고 지내다 서너 달 만에 다시 만난 것처럼 손등까지 쓰다듬었다. 어색했지만 할머니야말로 고생을 많이 한 것 같아 손을 빼지 못하고 잠시 그대로 있었다. 웃고 있던 할머니의 눈에 어느새 눈물이 그득 고였다.

"이 늙은이가 주책없이. 너무 좋아도 눈물이 나네."

할머니는 호주머니에서 손수건을 꺼내 눈물을 훔쳤다.

"꼭 너 할아버지가 살아 돌아온 것 같다. 눈이며 얼굴이…."

이번에는 얼굴을 뜯어보듯 했는데, 창주는 '손지'라는 말 때문에 얼굴을 돌릴 수도 없어 어색하게 웃고 있었다. 다행히 엄마가 차를 내왔다. 기대와는 달리 돈이 많을 것 같지 않아 실망스러웠지만 할머니의 눈물을 보니 그 생각을 해서는 안 될 것 같았다.

차를 두어 모금 마신 할머니가 조금 진정된 목소리로, 할아버지 사진이라도 있으면 보여달라고 했다. 엄마는 사진 한 장 못가지고 맨몸으로 나왔다며 아쉬워했다.

"몇십 년 동안 기다리신 걸 보니 아버지를 많이 사랑하신 것 같은데 어디가 그렇게 좋으셨어요?"

엄마가 진작부터 묻고 싶었다는 듯이 눈을 반짝이며 물었다.

"사랑은 무슨. 나쁜 시절을 만나 제대로 살지도 못하고 헤어진 게 늘 아쉬웠지. 그래도 다른 남정네들 보면 그 양반이 생각나더라고. 다른 건 몰라도 나를 잊지 않을 사람인 거는 알았제. 하루하루 기다린 게…."

일행인 듯한 손님 서너 명이 들어오자 할머니는 자리에서 일어났다.

"차를 세 번이나 갈아타야 해서… 중간 크기로 사 왔는데 좀 클란가."

할머니는 종이 가방 안에서 운동복을 한 벌 꺼냈다. 흰 줄 세 개가 그어진 아디다스 검정 운동복이었다. 그뿐 아니었다. 농사 지은 거라며 가방에서 깨를 한 봉지 꺼냈다. 엄마는 다른 건 몰라도 깨값은 드려야 한다며 주머니를 뒤적였다.

"자네한테 깨값을 받으면 내가 영감을 어떻게 만나겠나."

할머니는 그 말을 남기고 가게를 나섰다.

창주는 엄마가 쥐어주는 돈으로 할머니의 차표를 타러 매표소로 달려갔다. 허리가 굽은 할머니가 생각보다 걸음이 빨라 거의 뛰어야 했다. 차표를 타드리겠다고 하자 할머니는 손지한테 업혀서 가는 기분이겠다며, 대전 가는 걸로 타라고 했다. 엄마는 마실 것도 사드리라고 했지만 그럴 시간이 없었다. 할머니는 차표를 받아 들고도 운동복이 맞을란가 모르겠다며 안 맞으면 대리점에 가서 바꾸라고 한 뒤 걸음을 뗐다.

"옛날에 너 외삼촌 옷을 처음 샀을 때도 점퍼는 크고 바지는 작았는데 너 외삼촌이 얼마나 그 옷만 입고 다니는지…."

"외삼촌이요?"

"그래, 외삼촌. 서울 사는데 곧 만날 끼다. 어서 가자."

할머니는 늦었다는 듯 버스 타는 쪽으로 걸음을 옮겼다.

　이상하게 아침 일찍 일어났다. 책상 아래 둔 운동복 종이봉투가 제일 먼저 보였다. 어제 본 할머니 생각이 났다. 학교 가라는 말은 한 번도 안 들었지만 안 들은 그 말이 더 생생했다. 침대 맞은편 옷걸이에 걸린 교복도 못 입을 정도는 아니었다. 그래, 가보자. 창주는 벌떡 일어나 학교 갈 준비를 했다.

　다짐을 했는데도 운동장 축구 골대를 보니 눈물이 났다. 아이들이 힐끔거리는 것 같아 고개를 더 숙였다. 교실에 들어서자 친구들이 잠깐 쳐다보더니 입을 다물었다. 분명 토트넘의 손흥민 선수 이야기를 하고 있었는데…, 비호처럼 수비를 뚫고 골대 왼쪽 구석에서 그대로 슛…. 말들이 끓어올라 몸이 터질 것 같았다. 청소도구함 앞 책상에는 다른 애들의 노트와 문제집, 체육복들이 어지럽게 놓여 있었다. 창주는 잠시 망설이다가 그것들을 모아 교실 뒤 사물함 위로 옮겼다. 아이들의 시선이 사방에서 쏟아졌다. 뒤통수와 목덜미가 점점 뜨거워졌다. 앉자마자 책상에 엎드렸다.

　텅 빈 교실에 혼자 있었다. 무슨 수업인지 몰라도 이동수업을 하러 가면서 아무도 깨워주지 않은 것 같았다. 멍하니 교실에 앉아 있는데 어떻게 알았는지 담임선생님이 들어오셨다. 자다 일어났다고는 할 수 없어 머리가 아파 엎드려 있었다고 했다. 담임은 대한민국 고등학교 공부가 그렇게 만만한 게 아니라고, 스트레스 때문인 것 같으니 며칠 더 쉬라고 했다. 자꾸 쉬라는 그 말이 학교에 오지 말라는 말로 들렸다. 다시 일주일 동안 학교에 가지 않고 잠만 자다가 해가 지면 축구공을 들고 초등학교에 가서 공을 찼다. 공을 차면 그래도 가슴이 시원했다.

조그만 돌멩이를 2미터 간격으로 늘어놓고 그 사이를 빠져나가는 드리블 연습을 했다. 빨간 안전봉을 늘어놓는 것보다 모양은 빠졌지만 마음은 편했다. 뒤에서 오던 아이가 코치 모르게 미는 경우도 없었다. 코치는 그 사실을 알면서도 안전봉 밖으로 공을 차는 창주를 나무랐다. 북한애라고 부르는 게 가장 싫었다. 나이는 작지만 학년은 높은 아이들 몇 명도 아예 대놓고 그렇게 불렀다. 이상하게 틀린 말도 아닌데 그 말을 듣고 나면 다리가 굳어져 안전봉을 하나도 통과하지 못했다.

스탠드에 공을 차서 가슴으로 받는 연습까지 마치자 턱 밑으로 땀이 뚝뚝 떨어졌다. 가슴 밑바닥에 쌓여 있던 답답함이 몸 밖으로 나오는 것 같았다. 어둠이 골대를 가린 뒤에야 옆구리에 공을 끼고 집으로 돌아왔다.

서울에 있는 대안학교에 가겠다고 하자 엄마는 할머니가 학교 알아봐준다는데 왜 그러냐며 펄쩍 뛰었다. 촌구석

에 가고 싶지 않다고 했다. 후아빠는 요즘 촌이 정부 지원
도 많고 도시보다 더 잘 산다며 엄마를 거들었다. 할머니
이야기만 나오면 생선 냄새를 맡은 고양이처럼 달려드는
게 자기가 그 할머니의 아들이라도 되는 듯했다.

"왜 내가 그 할머니 신세를 져야 합니까?"

창주는 눈을 치뜨고 대들었다.

"하나뿐인 손자라 하지 않았나."

후아빠가 확인을 바란다는 듯 엄마를 찾았다.

"양자로 들인 아들에게서 손녀가 한 명 있다는데… 그래
도 창주보고 하나뿐인 핏줄이라 합디다."

엄마가 맞장구를 쳤다.

"그게 엄마하고 무슨 관계냐고? 엄마를 낳은 것도 아니
고."

창주는 더 이야기가 하기 싫어 공을 들고 집을 나왔다.

"지금 몇 신데 나가?"

엄마가 새된 목소리로 고함을 질렀지만 창주는 못 들은
척했다.

작은 도시의 변두리라서 저녁이 되면 갈 곳이 없었다.
영화관도 없고 불러낼 친구도 없었다. 겨우 두 정거장 정
도 떨어진 운동장을 떠올렸다. 축구장 야구장 농구장이
붙어 있어 일요일이면 이 도시사람뿐 아니라 다른 지역에
서도 운동을 하러 모여드는 곳이었다. 이렇게 늦게 가 본

적은 없지만 그곳밖에 생각나는 곳이 없었다. 꼭 공을 차겠다는 것도 아니었다. 그냥 집을 잠시 나오고 싶었다. 엄마와 후아빠도 생각을 정리할 시간이 필요할 거고. 버스를 기다리는 동안 어둠은 더 짙어지고 사람들은 눈에 띄게 줄어들었다.

결국, 가로등 하나 없는 시커먼 운동장을 보고 있다 집으로 돌아왔다. 엄마는 보기도 싫다는 듯 식탁 위의 빈 소주병을 보며 하고 싶은 대로 하라고 했다. 후아빠도 더 이상 어쩔 수 없다는 듯 한숨을 내쉬었다. 속으로는 어디로든 사라져주길 바라면서 엄마 앞에서 연기를 하는 것 같았다. 창주는 후아빠를 본다는 게 엄마를 보고 있는 자신을 발견했다. 왜 저런 남자와 같이 사냐는, 저런 남자를 만나려고 아버지를 떠나왔냐는 말이 입을 제외한 모든 기관에서 뿜어져 나왔다. 엄마는 그 말을 들었다는 듯이 창주를 쏘아보았다. 얼마나 고생한 줄 알면서 그런 생각을 하냐고 원망하는 눈빛이었다. 후아빠 없이는 살 수 없다는 것 같기도 하다. 엄마와 싸우려고 두만강을 건넌 건 아닌데 눈물이 쏟아지려고 했다. 눈물을 보이기 싫어 고개를 돌렸는데 후아빠와 눈이 마주쳤다. 정수리에 몇 가닥 남은 머리카락이 이리저리 흩어져 있었다. 뭐를 먹었는지 배는 새끼밴 돼지처럼 축 처지고 눈으로 슥 훑기부터 하는 게 꼭 분조소 보안원처럼 기분이 나빴다.

"그러지 말고 나랑 이야기 좀 하자."

후아빠가 살찐 손을 내밀었다. 창주는 손을 피해 방으로 들어갔다.

"저 버르장머리 하고는."

후아빠의 혀 차는 소리가 그림자처럼 방으로 따라 들어왔다. 남한 사람이고 엄마보다 열 살이나 많고 이혼한 부인과의 사이에 자식이 두 명이었다. 엄마가 다니던 회사 근처에서 식당을 했다고 했다. 엄마가 그 식당에서 일을 하게 되었고, 두 사람이 어떻게 해서 같이 살게 되었는지 듣지 않아도 알 것 같았다.

문을 닫고 침대에 누웠다. 유니원에서 나온 다음 날 엄마랑 같이 사 온 침대이다. TV에서만 본 침대에서 자다니, 며칠 동안 구름 위에 누운 기분이었다. 서울 갈 생각을 하니 침대가 아까웠다. 천장을 보고 누워 있다가 왼쪽으로 몸을 돌려 손을 뻗었다. 책상 위의 휴대폰이 만져졌다. 유니원에서 나오자마자 개통한 전화다. 후아빠가 사준 선물이었다. 그때만 좋았다. 한국에 오면 집도 주고 직장도 준다는데 엄마는 집도 받았다가 반납했다. 다달이 임대료에 관리비 내야지 안 받는 게 더 싸게 치인다는 것이다. 그 아파트라도 가만 두었으면 거기서라도 살 텐데, 마음에 드는 게 하나도 없었다.

서울에 있는 충일이에게 카톡을 했다. 유니원 동기인 충일인 서울의 대안학교에 다니고 있었다.

나 진짜 ㄱ 학교로 옮길끼.

언제든지 와도 돼.

충일이는 간단하게 대답했다.

서울에 있는 애들은 다 잘 있냐?

며칠 전에 금주 누나 집에 다 모였다. 감자국수도 먹고.

창주는 모르는 애기였다. 서울에 사는 애들이라면 국성, 금주누나, 향이, 수지였다.

수지도?

그 앤 온다고 했는데 안 왔어.

왜?

집 받아서 이사해야 한다고.

어디에?

몰라.

충일은 시큰둥하게 답했다.

근데 너 학교에 운동장 있어?

운동장은 없지. 서울 땅값이 얼마나 비싼데.

축구 이야기는 안 하는 게 나을 것 같았다.

카톡을 끊고 심호흡을 몇 번 했다. 수지 생각이 났다. 나이는 똑같은데 그 애는 벌써 대학생이었다. 다시 카톡을 열었다. 다른 아이들처럼 수지도 카톡 배경 사진과 메시지를 자주 바꿨다. 한 줄도 안 되는 메시지에서 창주는 수지의 마음을 읽었다. 어떨 땐 그 글이 자신에게 보내는 편지 같기도 했다.

다운받은 듯한 사진 아래 '간절하다'란 프로필 메시지가 적혀 있다. 무슨 일이 있는 걸까. 이제 수지 걱정을 할 처지가 아니라는 걸 알면서도 가슴이 철렁 내려앉았다. 무슨 일이 있는지 당장 물어보고 싶지만 물어도 소용이 없다는 건 이미 알고 있었다. 수지는 누구에게도 속을 보이지 않았다.

유니원 청소년 학교에서 공부할 때도 마찬가지였다. 앞줄에 앉아 뒤도 옆도 돌아보지 않았다. 늘 앞만 보고 있거나 책상 위에 펼친 책을 보고 있었다. 수지는 늘 제 자리에 앉아 있는데도, 볼 때마다 길 가다 노랗게 익은 참외를 보기라도 한 것처럼 눈을 뗄 수가 없었다. 아침에 나온다고 정신이 없었는지 묶이지 않은 머리카락을 가느다란 손가락으로 몇 번이나 끌어올렸다. 머리 하나도 야무지게 묶지 못하는 아이였다. 다른 애들은 수업을 마칠 때까지 머리카락 하나 내려오지 않는데, 머리를 빗겨 고무줄로 단단히 매주고 싶었다.

수지의 얼굴은 하얗다. 창주는 그렇게 하얀 얼굴은 처음 보았다. 깎아놓은 참외 같았다. 자주색 줄무늬 교복 셔츠 밖으로 자작나무처럼 곧은 수지의 목을 볼 때마다 숲속에 들어선 것처럼 가슴이 서늘해졌다. 수업 시간이면 수지는 가느다란 허리를 꼿꼿이 세우고 말을 붙잡으려는 것처럼 **빠르**게 필기를 **했**다. 글자들은 손가락 끝으로 밀면 공처럼 굴러다닐 것처럼 동글동글 했다. 그 글씨를 볼 때마다 수지가 웃는 것 같아 슬쩍 쳐다보기도 했다.

유니원에 있을 때 꿈에서 아버지를 보았다. 아버진 돌아가시기 전의 모습 그대로였다. 광대뼈가 튀어나오고 눈은 꺼지고, 무산의 중학교 교원이었던 아버지는 엄마가 중국에 가고 난 다음 학교를 그만두었다. 기침을 간간이 했지만 건강하셨고 두만강쯤 단숨에 건널 수 있을 것 같았다. 엄마는 아버지랑 같이 건너오라고 했고 아버지는 힘들긴 하지만 공화국을 버릴 수는 없다고 했다. 공화국을 떠나고 싶지 않은데 엄마랑은 살고 싶어요, 그 말을 들은 아버지는 며칠 뒤 엄마를 데리고 오겠다며 강을 건너다 물살에 떠내려갔다. 만취 상태라고 했다. 아버지가 돌아가신 후로 학교를 가지 않아도 야단치는 사람도 없었고 밥을 굶어도 챙겨주는 사람도 없었다. 남조선에 간 엄마 때문에 축구부에서도 쫓겨났다. 남조선에서 보내오는 엄마의 돈이 없었으면 꽃제비가 되었을 것이다.

자꾸 아버지 생각이 나 아침 일찍 운동장으로 갔다. 점호 전이라서 성인반 교육생 몇 명이 운동장을 걷고 있었다. 운동장에 나온 것만으로도 기분이 나아졌다.

축구공을 가지러 다시 숙소로 들어가려고 하는데 수지

가 뛰쳐나왔다. 하얀 얼굴이 발갛게 물이 들었다. 머리를 아무렇게나 묶고 자리옷 위에 겉옷만 걸친 듯했다. 발갛게 물든 눈 아래 닦이지 않는 눈물이 흘러내리고 있었다. 수지가 새벽까지 운다는 말을 같은 방을 쓰는 금주 누나에게 들은 것도 같았다. 수지는 창주를 보고도 보이지 않는다는 듯 커다랗게 뜬 붉은 눈 그대로 곁을 지나갔다. 젖은 휴지를 잡고 있는 손이 떨리고 있었다. 뒤를 돌아보고 싶었지만 돌아보면 수지가 올 수 없을 것 같아 미친 듯이 달려갔다. 때로는 울어야 숨을 쉴 수 있다는 걸 창주는 알고 있었다.

식당 가는 게 제일 좋았는데, 그날은 밥맛이 없었다. 반 넘게 남기고 요구르트만 수지 것까지 챙겨 나왔다. 그 앤 아침도 먹지 않고 교실에 올 것 같았다.

먼저 온 아이들이 대부분 영어 단어를 외우고 있었다. 1교시에 영어 단어 시험이었지만 창주는 창가 수지의 자리를 멍하니 보고 있었다. 잠시 뒤 교실 문이 열리고 수지가 들어왔다. 머리를 제법 단정하게 묶고 세수를 했는지 운 흔적이 없었다. 안녕, 수지는 교실에 들어서면서 들릴 듯 말 듯 인사를 했다. 내리깐 눈은 붉은지 붉지 않은지 알 수가 없었다. 수지 쪽으로 얼굴을 돌린 아이들이 밝은 목소리로 대답을 했다. 안녕! 수지가 살짝 웃으려고 애를 썼다. 몇 시간 만에 목이 더 가늘어진 게 살이 내린 것 같았지만,

수지는 흔들리지 않고 똑바로 걸어 자신의 자리에 앉았다. 책가방을 올려놓고 깨끗이 닦인 칠판을 바라보는 수지의 목덜미가 뭔가 새로운 결심을 한 것처럼 꼿꼿했다. 창주는 아이들이 보고 있다는 것을 알면서도 식당에서 가져온 요구르트를 수지에게 주었다. 자리에 돌아와서 보니 수지가 가느다란 손으로 요구르트 뚜껑을 벗기고 있었다. 창주는 심장이 터질 것 같아 책상에 엎드렸다.

A대 합격했어.

몇 달 전 수지가 먼저 보낸 문자였다. A대라니, 아직 고등학교도 졸업하지 못했는데, 축하한다는 말을 하는데도 시간이 오래 걸렸다. 그게 마지막 연락이었다. 지금까지 깨서 입학 선물로 시계를 사놓고도 아직 전하지 못했다.

수지가 멀어지자 자신에게 아무것도 남아 있는 게 없는 것 같았다. 축구라도 하면 좋을 것 같은데 그런 희망도 사라졌다. 공을 차겠다는 희망으로 남한에 왔는데 키가 작다고 시합에도 보내지 않고 어린 새끼들이 차다 버린 공이나 줍고 운동장 뒷정리나 하고 주전과 후보로 나누는 청백전에도 뛰지 못할 때가 많았다. 제주도 전지훈련에도 빠졌다. 부상당한 것도 아니고 안 가겠다고 한 적도 없었다. 더 이상 축구부에 있을 수가 없었다.

창주는 오랫동안 망설이다 카톡을 보냈다.

학교 그만두고 싶어.

수지에게 보내는 것이 아니라 자신에게 보낸 것 같기도
했다. 역시 1은 사라지지 않았다. 멍하니 보고 있다가 비어
있는 자신의 카톡 메시지에도 간절하다는 말을 썼다. 쓰고
보니 축구가 간절한 것인지 수지가 간절한 것인지 알 수
없었다. 입학 선물로 산 시계가 든 선물 상자를 만졌다. 수
지의 가느다란 손목에 어울릴 것 같았다.

수지, 모음 두 개와 자음 두 개로 구성되어 있는 간단한
이름이다. 너무 쉬운 이름이라서 받침이 하나 붙어 있었으
면 좋겠다는 생각이 들었다. 그러나 ㄴ이 붙어 순지나 수
진이 된다 해도 그 이름이 낯설기는 똑같을 것이었다. 그
이름은 안전부 직원이 지어준 이름이었다. 우리나라 남자
들이 가장 좋아하는 연예인의 이름이라고 했지만 창주는
봄희라는 원래의 이름이 더 좋았다. 수지 역시 할아버지가
지어준 그 이름을 사용하지 못해 속상하다고 했지만 어쩔
수가 없다고 했다. 언제 그 이름을 사용할 수 있을까, 수지
의 눈에 고이던 눈물이 생각났다.

혼자 가는 게 아니라 수지랑 둘이 가는 기분이었다. 입학
선물로 산 시계를 가방 안에 넣고 집을 나설 때부터 그랬
다. 사실은 둘도 아니었다. 자신이 좋아하는 수지. 이제 좋
아할 수도 없을 것 같은 수지… 그래도 좋아할 것 같은 수

지, 여러 명이었다. 가슴이 아팠지만, 아픈 만큼이 사랑이라면 더 이파도 좋았다. 손에 땀이 나도록 쥐고 있던 휴대폰을 가방에 넣고 눈을 감았다.

가방 안의 전화기가 자주 울리는 것 같았다. 분명히 무음으로 해놓았는데 진동이 오는 것 같아 창주는 허겁지겁 가방을 열었다. 놀랍게도 수지의 전화가 소리 없이 울리고 있었다. 창주는 끊기면 다시 걸면 된다는 걸 알면서도 허겁지겁 전화를 받았다. 수지는 마중 못 가서 미안하다며 지하철 출구에서 보자고 했다. 고등학교 때 울면서 전화가 왔을 때도 이렇게 말했다. 그땐 수지가 학교를 다니고 싶지 않다고 했었다. 탈북 사실을 비밀로 했는데 보호자였던 수녀님이 학교에 와서 그 사실이 다 알려졌다며, 쉬는 시간마다 다른 반 아이들이 구름처럼 몰려온다고 했다. 친했던 아이들 중 몇 명이 간첩 보듯이 한다며 눈물을 줄줄 흘렸다. 이럴까 봐 숨겼고 숨기는 것도 얼마나 힘이 들었는데, 지하철 출구 옆 중국집 군만두 위로 수지의 눈물이 떨어지는 걸 보고만 있었다. 너는 처음부터 밝혀서 괜찮지? 수지가 겨우 눈물을 그치고 물었다. 창주는 차마 회식 때 음식이 남으면 자기 앞으로 접시를 슬쩍 민다는 말을 할 수가 없었다. 나도 그랬어, 삼사 일은. 수업에 안 들어오는 선생님들까지 얼굴 한번 보자며 부르더라니까. 길게 잡아 일주일이야. 개네들도 살기 바쁘잖아. 학원 다니지, 과외

하지. 조금 있으면 다 잊을 거야. 수지가 겨우 머리를 끄덕였다.

약속 장소인 6번 출구 근처 약국이었다. 맞은편 신호등에서 단발머리를 뒤로 묶은 수지가 건너오고 있었다.

가슴이 부풀어 올라 터질 것 같았다. 세상에서 제일 멋진 남자가 되고 싶은데, 키가 작아 축구를 못 한다고 할 때보다 더 작은 키가 원망스러웠다. 붉어진 얼굴이 또 화끈거리고 심장이 덜컹거렸다.

"잘 찾아왔네. 걱정했었는데…"

"걱정은 무슨…."

창주는 부끄러워서 자신도 모르게 뽀로통하게 대답했다.

"배고프다."

수지가 셔츠를 끌어당기며 말했다. 아침을 굶고 나온 탓인지 창주도 배가 고프긴 했다.

"늘 먹고 싶은 게 있었는데 2인분씩 팔아서 못 먹었거든. 먹으러 가자."

"그런 게 있어? 뭔데?"

수지는 대답도 않고 빨리 가자는 듯이 소매를 잡아 끌어당겼다. 오늘은 뭐든 다 사주겠다고 용돈을 다 털고 엄마한테 더 받아 왔지만 그래도 돈이 모자랄까 봐 걱정되었다. 한두 발자국 앞서가던 수지가 들어간 곳은 다행히 닭갈비집이었다. 축구부 회식 때 몇 번 가본 적이 있었는데, 대학교 앞이라 그런지 자리마다 반쯤 간막이가 되어 있었다. 수지는 벽 쪽의 빈자리에 털썩 주저앉았다.

"너 보니까 마음이 편하다. 대학 오니까 공부는 어렵고 다들 너무 크고 예쁘고."

수지가 진짜 반갑다는 듯이 이를 드러내고 웃었다. 수지와 단둘이 닭갈비를 먹다니, 심장이 뛰었다.

"집 받았다며? 학교에서 가까워?"

창주는 심장 소리가 수지에게 들릴까 봐 몸을 뒤로 젖히고 물었다.

"지하철로 30분이면 되는데 집 받으니까 식구들이 더 보고 싶어."

수지는 분명히 웃으려고 하는 것 같았는데, 눈물이 보였다. 커다란 프라이팬에 닭갈비를 담아 온 아줌마가 수지를 힐끔 쳐다보더니 뭐라 할 듯하다가 아무 말도 않고 가스불을 켰다. 수지의 눈 주위에 닦다 만 눈물이 그대로 남아 있었다. 창주는 손을 뻗어 눈물을 닦아주고 싶은 걸 겨우 참고 가방을 뒤져 시계를 꺼냈다.

"입학 선물로 사둔 건데."

창주의 얼굴이 발개졌다.

"진짜? 아무 말이 없어 섭섭하긴 했어."

수지가 기다렸다는 듯 포장지를 풀고 시계를 꺼냈다. 조금씩 모아두었던 적금까지 깨서 산 시계지만 대학생이 된 수지에게 어쩐지 초라한 것 같았다.

"나 시계 없는 것 어떻게 알았어? 축구 관두고 속이 많이 상했을 텐데, 고마워."

수지가 손목에 시계를 차고 팔을 뻗었다. 약간 헐거워 보였지만 괜찮아 보였다.

"예쁘지?"

수지가 물었지만 창주는 아무 말도 못하고 나무 주걱으로 닭갈비를 뒤적였다. 붉어진 얼굴이 냄비에서 올라온 열로 더 달아올랐다.

"충일이 다니는 대안학교 갈 거야?"

"모르겠어. 운동장 있는 학교로 가고 싶은데, 그 학교는 운동장이 없다 해서…. 나 할머니 만났어. 할머니가 자기 집에서 다니래."

창주는 닭다리와 야채를 담아 수지에게 주었다.

"할머니?"

수지가 젓가락을 들다 물었다.

"응. 우리 외할아버지의 남조선 아내."

"우와 좋겠다. 엄마도 있고 할머니도 있고. 나도 곧 아빠 소식 들을 수 있을지 몰라."

이번에는 창주가 당근 한 개를 집어 들다 목소리를 낮추며 물었다.

"평양은 힘들다 하지 않았나?"

"안전부에시 민난 선생님에게 부탁을 했어."

"그 선생님들하고 아직도 연락해?"

창주가 눈을 동그랗게 뜨고 물었다.

"응 가끔씩 연락 와. 보호자가 없다 보니까 좀 챙겨주는 것도 있고."

"아, 그렇구나."

창주가 부럽다는 듯이 고개를 끄덕였다.

"진짜 목소리만이라도 듣고 싶어."

겨우 그쳤던 수지의 눈물이 다시 흘렀다.

창주는 고개를 숙여 접시에 놓인 닭고기의 살을 젓가락으로 발라 먹었다. 손으로 잡고 먹으면 몇 초 걸리지도 않을 일을, 손목이 아프도록 그러고 있었다.

"참, 창주 너 중국어 배웠어?"

수지가 갑자기 생각났다는 듯 눈물을 닦으며 물었다.

"난 일본어 했는데."

"얼굴이 동글동글하고 눈이 작고 머리가 좀 벗겨졌고 키는 너만 한데, 청진에서 외국어대학 다니다 온 사람한테 중국어 배운 적 없어?"

"없다니까 우리 학교 중국어 선생님은 여자야."

"청진에서 온 사람이라니까."

수지가 답답하다는 듯이 물을 마셨다.

"그런 사람 만난 적 없는데."

창주는 젓가락을 놓고 고개를 들었다.

"진짜? 내 본명을 누구에게 알려준 적 있어?"

"미쳤구나야. 그런 말을 하게."

창주가 기분 나쁘다는 듯이 톡 쏘아붙였다.

수지가 놀랍다는 듯이 멍하니 있다가 입술을 깨물었다.

남편의 가족들

　할머니가 돌아간 뒤 금향 씨는 식당의 메뉴를 확 줄였다. 메뉴만 줄여도 몸도 편하고 마음도 편했다. 남편은 팔리든 말았든 식당 밖의 찜솥에서 김이 올라오게 물이라도 끓이고 식당 안에서는 TV만 보지 말고 만두를 빚으라고 했다. 그래야 가게를 빨리 처분할 수 있다는 것이다. 옛날에 다니던 핸드폰 케이스 만드는 공장에서 사람을 뽑는다고 해도 막무가내였다. 가게가 나가야 공장에도 갈 수 있다고 했다.

　작년에 공장 근처에 있던 점포를 빼서 이곳으로 옮기면서 이때까지 모아놓은 돈에 비자금까지 내놓았다. 인테리어도 하고 냉장고도 대형으로 샀다. 옮기기 전 식당은 좁아서 큰 냉장고를 들일 수가 없었다. 냉장고에 구겨 넣은 재료를 찾느라고 생고생을 했다. 또 냉장고에 넣지 못한 것들을 필요 이상으로 많이 사용하기도 했다. 식당을 옮긴다면 꼭 큰 냉장고를 사고 싶었다. 그 한을 푼다고 대형 냉장고를 두 대나 샀다. 한 대는 중고였지만. 냉장고 때문인지 손님이 엄청 많이 올 것 같았다. 일하는 아줌마를 두어 명 둘 계획도 세웠다. 주방에 한 명, 홀에 한 명, 자신은 카운터에 앉아 돈만 받으면 될 것이었다. 중고였지만 차르르 소리를 내며 열리는 금고도 샀다. 그 안에 빼곡히 쌓이는 지폐를 떠올리기만 해도 잠이 안 왔다. 휴지를 사들고 온 경애가 부러워서 눈물을 흘릴 정도였다. 한 달도 못 가 내가 그 눈물을 흘리다니, 금향 씨는 만두를 빚다 절레절레 고개를 흔들었다.

만두피를 손바닥에 얹고 앞에 놓인 소를 한 숟가락 떠서 놓고 가장자리를 눌러 연결하면 만두 한 개가 완성된다. 만두소만 넣는 건 아니었다. 그때 떠오른 별의별 기억이 함께 들어갔다. 고향의 배꽃이 가장 기억났다. 그때 만든 만두는 연한 꽃향기가 날 것 같았다. 고난의 행군 때 굶던 기억도 자주 났다. 일흔둘의 할머니는 돌아가셨다. 다들 노환이라고 했지만 아사였다. 너무 배가 고파서 협동농장의 무 하나를 빼 먹다가 들켜서 전신에 피멍이 들도록 맞았던 기억도 만두에 들어갔다. 그때는 숟가락 가득 만두소를 떴다. 그때도 살았는데 이까짓 것, 금향 씨는 만두피를 접어 꾹꾹 힘주어 눌렀다. 그녀의 마음인 듯 손가락 자욱이 선명하게 남았다.

금향 씨는 어린 아들과 남편을 무산에 두고 두만강을 건넜다. 딱 1년만 돈을 벌겠다고 했는데 생각보다 돈을 벌지는 못했다. 북한에서처럼 굶지는 않았지만 언제 중국 공안에게 붙들려갈지 모를 불안감 속에서 돈을 버는 일이 쉽지는 않았다. 그래도 무산으로 돌아가기는 싫었다. 남편 소식은 가끔 들었다. 술독에 빠져 산다고 했다. 그 말을 들으니 더 가기 싫었다. 연변에 금향 씨와 같은 사람이 한둘이아니었다. 북한 땅에서 태어난 게 잘못이고 죄였다. 중국공안의 눈을 피한다고 식당에도 못 나간 날에는 해가 지기도 전에 술을 마셨다. 무슨 까닭인지 술을 마시면 마실수록 점점 남편과 멀어지는 기분이었다.

1년이 지나자 남편이 돌아오라고 재촉을 했다. 금향 씨는 보안서에 끌려가기 싫다고 버텼다. 남편에게 창주 데리고 건너오라고 하자 남편은 공화국을 버릴 수 없다고 했다. 고생스럽지만 장군님을 배신할 수 없다는 것이다. 인민들 굶겨 죽이는 장군이나 가족 팽개치고 술독에 빠져 사는 가장이나 똑같다고 한마디 하고 전화를 끊었다.

사흘 뒤에 남편의 사망 소식을 들었다. 자신을 찾아 두만강을 건너다 물에 떠내려갔다는 것이다. 술을 마시지않았다면 가슴팍에도 닿지 않는 물을 건너지 못할 이유가없었다. 열두 살인 아들은 아버지가 돌아가신 건 엄마 탓이라며 무산에 남겠다고 했다. 금향 씨는 혼자 한국으로왔다.

한국에서도 연변에서처럼 브로커를 통해 아들에게 생활

비를 조금씩 보냈는데 아들은 작년에 도저히 살 수 없겠다며 남한으로 오고 싶다고 했다.

6년 만에 만난 아들은 낯설었다. 작은 아버지 집에서 뭘 먹고 살았는지 키가 한 뼘도 자라지 않은 것 같았다. 얼굴에는 손톱 모양의 흉터가 곳곳에 박혀 있었다. 반쯤 부서진 앞니도 보기 흉했다. 엎어져서 그렇다고 하는데 금향 씨가 보기엔 싸우다 깨진 것 같았다. 고등중학교를 졸업하고도 남을 나이였지만 1학년을 겨우 다녔다고 했다. 키도 겨우 그만 했다. 체육 교원으로 있던 남편의 영향인지 눈만 뜨면 볼 찰 궁리만 했다. 무산에서도 학교는 안 다니고 볼만 찼다고 했다. 남조선에 가면 축구만 해도 돈을 벌 수 있다는 말을 들은 뒤 탈북을 결심했다는 것이다.

이곳저곳 알아보았지만 아들을 축구부로 받아주는 학교는 없었다. 키도 작고 기술도 모자란다는 것이다. 아들은 축구를 할 수 있다면 나이는 상관이 없다고 했다. 남편이 아버지 역할을 해야겠다며 며칠 알아보고 다니더니 한 군데를 알아 왔다. 입학을 하고 보니 또래보다 세 살이나 많은데도 제일 작았다.

금향 씨는 쟁반에 가지런히 늘어진 만두를 보면서 손바닥의 밀가루를 털었다. 오늘은 더 이상 만두를 만들 필요가 없었다. 남편이 내일 시어머니의 생신이라고 같이 가자고 했다. 남편의 아들도 온다고 했다. 아들만 없어도 가겠는데, 그 말을 할 수는 없고 몸이 안 좋다고 혼자 갔다 오라고 할까 싶기도 했다. 작년에도 남편은 혼자 가겠다고 해놓고 막상 생일날이 되니 가지 않겠다고 했다. 가봤자 할 일도 없고…, 근처에 여동생이 있어 큰 걱정은 하지 않아도 된다고는 했다. 여동생까지 있다 하니까 더 가기가 무서웠다. 작년 겨울에 음식을 좀 해서 들려 보냈다. 그랬더니 시어머니가 꼭 데리고 오라고 했단다. 지어낸 말이라는 건 알고 있었지만, 기분은 좋았다. 조선족이라고 했으니 걱정 마, 연변에서 왔다고 해. 남편은 배를 불룩 내밀고 말했다. 머리도 벗겨지고 키도 작고 진짜 볼품없었다. 거기다 이제 돈도 없고… 마음씨 하나 빼고는 볼 게 하나도 없다고 생각했다. 그런데 그 마음이란 게 볼 수 있는 것도 아니고, 진숙이 말대로 꼭 사기꾼 같기도 했다.

어릴 때 아버지 돌아가시고 좌판 장사한 엄마랑 살면서 지지리도 고생했다고, 식당 주인이 술잔을 비우며 이야기를 이어갔다. 야근 후에 경애와 진숙이랑 몇 번 간 공장 근처 식당이었다. 오징어무침 한 접시를 서비스로 준 그는 손님도 없다며, 바로 술자리에 합석했다. 분명히 부인은 죽었다고 했는데 뒤에 알고 보니 이혼 수속 중이었다. 그걸 알면서도 한 달 뒤 금향 씨는 회사를 그만두고 식당에서 일하고 있었다. 그런 남자랑 살려고 여기 왔냐고, 진숙이가 뜯어말렸다. 그런 남자란 말이 가장 큰 상처였다.

남편이 미리 준비해둔 생일 선물을 들고 아파트를 나섰다. 제법 부석거렸는데도 창주는 내다보지 않았다. 서울에 있는 대안학교로 전학을 가기로 한 이후로 서로 마음이 편해진 상태였다. 마음 같아선 데리고 가고 싶었지만 따라갈 것 같지도 않고 오히려 왜 그 집에 가냐고 따지고 들 것 같아 그냥 가기로 했다.

남편은 차에 타자마자 봉투 하나를 주면서 어머니한테 주라고 했다.

"얼만데?"

금향 씨는 봉투 안을 들여다보면서 물었다. 남편은 못 들은 척 운전만 하다 한마디 했다.

"아들놈 여자도 와 있을 거야. 얼굴이나 한번 보라고."

아들 여자? 금향 씨는 비명이 차오르는 것을 느꼈다. 그녀는 사실 시어머니보다 남편의 아들 둘이 더 무서웠다. 그중 한 명은 군인이라고 했고 한 명은 결혼식은 안 했지만 같이 사는 여자가 있다고 했다. 그 여자가 오는 모양이었다.

"아니 그런 이야기를 왜 이제 하는 거야?"

"지금 하나 미리 하나 뭐가 달라?"

"뭐가 다르다니. 일어나서 세수만 하고 나왔는데 당신 며느리를 어떻게 보라는 거야?"

금향 씨는 고함을 질렀다. 소리가 너무 커서 금향 씨도 조금 놀랐는데 남편은 묵묵부답이었다. 교차로를 통과하는 차의 속도는 엄청 빨라졌다. 속도가 무얼 의미하는지 알 것 같아 금향 씨는 더 이상 아무 말도 하지 않았다.

"너무 부담 가지지 마. 가진 것도 배운 것도 없는 놈들이야."

시어머니의 아파트에 닿았을 때 남편은 한마디 했다. 그게 말인지 방귀인지, 금향 씨는 남편의 얼굴을 힐끔 바라보았다. 입은 꾹 다물고 있었지만 기분은 좋아 보였다.

올해 팔순이라는 시어머니는 아파트 입구에서 아들을 기다리고 있었다. 남편처럼 작고 둥글둥글한 할머니였다. 남편은 몇 발 뒤에 있던 금향 씨를 손으로 불렀다.

"엄마, 오늘 미역국 끓일 사람 데리고 왔어."

남편이 철없는 애들처럼, 금향 씨를 소개했다. 할머니가 남편 뒤에 선 금향 씨에게 다가와 손을 잡았다. 작고 딱딱하고 찬 손이었다.

"미역국은 내가 끓여놨네. 어서 올라가세."

할머니는 금향 씨의 손을 잡고 엘리베이터로 갔다. 반갑게 맞이해주니 좋긴 한데, 어쩐지 무슨 함정이 있는 것 같아 마음이 조금 무거워졌다.

할머니의 집은 금향 씨와 똑같은 17평 아파트였다. 구조도 비슷해서 낯설지 않았는데 살림살이도 몇 개 없어 찾을 필요도 없었다. 동생들에게 전화를 하고 있는 남편의 목소리를 들으며 금향 씨는 생일상을 차렸다.

남편이 전화를 끊자마자 남편과 영 다르게 생긴, 키도 크고 미끈한 사람이 들어섰다. 넥타이까지 매고 있었다. 들어서자마자 그 사람은 할머니와 남편에게 인사를 하고, 집사람은 근무라서 못 왔다고 했다. 남편의 동생이었다. 옆에 산다는 여동생이 딸기를 한 상자 가지고 왔다. 남편과 달리 피부가 희고 입술이 붉었다. 남편이 인사부터 하자고 금향 씨를 불렀다. 할머니가 말렸다. 뭐가 급한가, 도망갈 사람도 아닌데 밥 먹을 때 하면 되지. 할머니의 말에 미역국을 뜨다 말고 거실로 가려던 금향 씨는 다시 국자를 잡았다. 여동생이 와서 수저와 밑반찬을 놓고 금향 씨를 이리저리 뜯어보았다. 차에서 부랴부랴 파운데이션과 입술을 발랐지만 여동생의 흰 얼굴을 보니 조금 위축되는 느낌도 들었다.

"오빠한테 이야기는 들었어요, 북한에서 오셨다고."

"네?"

너무 놀라 밥공기를 놓칠 뻔했다. 분명 조선족이라고 했다는데. 이 여자가 착각한 걸까. 머릿속이 뜨거운 바람을 내뿜으며 맹렬히 돌아갔다.

"오빠는 올케언니 힘들다고 모른 척하라고 했지만 뭐 어때요?"

올케언니, 하마터면 싱크대 쪽으로 엎어질 뻔했다. 기분이 나쁘긴 않지만 발목에 무거운 뭔가가 달리는 기분이었다. 여동생은 살살 웃으면서 어머니에 대한 이야기를 한마디씩 했다.

엘레베이터 쪽에 발소리가 다가왔다. 조카가 케이크 사가지고 온다고 했는데, 남편의 여동생이 출입문으로 고개를 돌리자 출입문이 열렸다. 검은 쫄티를 입은 청년이 커다란 케이크를 들고 왔다. 아들? 금향 씨는 바로 눈을 돌렸다. 그도 금향 씨를 본체만체했다. 케이크를 받은 남편이 왜 혼자 오냐고 물었다. 그냥, 다음에 데리고 올게. 아들의 화난 듯한 목소리가 들렸다. 잡채를 담던 손이 떨렸다.

신발장 위에 둔 가방에서 전화가 울렸다. 어떻게 해야 하나 망설이고 있는데 남편이 받아보라고 했다. 모르는 번호였지만 우선 남편의 가족으로부터 벗어나고 싶었다. 여보세요, 창주의 학교 선생님일지도 모른다는 생각도 들어 조심스럽게 전화를 받았다.

"금향이 언니 맞지?"

단번에 진숙인 줄 알았지만 아무 말도 하지 않았다.

"창주가 언니 아들인 줄 몰랐어. 어제 교육청에서 학교 부적응자 명단을 받았는데 창주가 있는 거야. 언니 이름도 있고. 혹시나 해서 학교에 전화해서 확인했지. 전화번호도 받고."

금향 씨는 여전히 놀라서 인사도 하기 힘들었다. 재단에
전화했던 일도 생각나 조마조마하기도 했다.

"전화 받기 힘들어?"

진숙이 목소리를 낮추고 물었다.

"응. 지금 시댁에 와 있어. 시어머니 생신이라고."

"진짜? 누구누구 있는데?"

"시어머니 시동생 시누이 그 사람 아들도 있어…."

금향 씨는 몰래 한숨을 내쉬며 머리를 좌우로 흔들었다.

"언니 진짜 남한 사람 다 됐네. 너무…"

뭐하는 거야! 엄마가 기다리잖아. 남편의 큰소리가 들려
왔다.

"언니 어서 가봐. 다음에 연락할게."

진숙이 먼저 전화를 끊었다.

수지의 선택

하필 화장실에서 똥을 누고 있을 때 귀국 허가가 났다. 김 주임이 그 냄새를 맡을 리는 없지만 좀 당황스러웠다. 급하게 물을 내리고 나와 다시 확인했다. 귀국 허가가 맞았다. 야아! 두 손을 치켜들고 포효했다. 영웅은 아니지만 주인공은 된 기분이었다. 그런데 수지는? 보고서는 한 번밖에 안 올렸는데… 병욱은 바로 문자를 보냈다. 김 주임은 기다렸다는 듯 원래 계획되어 있던 일이라고 했다. 송수지와 같이 귀국하기 어려우면 단둥에 와서 그 상황을 구두로 보고하라고 했다. 그냥 오라면 되지 구두 보고는 뭐야? 병욱은 불만이라는 듯 투정을 부렸지만 사실은 기분이 좋았다.

싱크대 위의 라면을 본 순간 배가 고팠던 게 생각났다. 오늘 같은 날 라면을 먹기는 그렇고 제대로 먹자, 병욱은 냉장고를 뒤져 참치 넣고 김치찌개를 했다. 양념 바른 김과 계란 프라이. 전자레인지에 햇반을 데웠다. 인조나무로 된 사각형 밥상에 김치찌개를 올리고 수저를 놓을 때 전화벨이 울렸다. 준혁이었다. 누군가에게서 전화가 왔으면 했지만 준혁은 아니었다. 우선 밥이나 먹고… 김치찌개는 짰다. 저 간나는 앞으로 어떻게 살까. 냄비에 물을 부으며 생각했다. 물을 탄 김치찌개는 너무 싱거웠다. 소금을 가지러 일어나는데 다시 전화가 울렸다. 준혁이었다. 이번에는 바로 받았다.

"저번에 형이 알아보라고 한 전화번호 말이야. 처음엔 결번이라고 했는데 좀 더 알아보라고 했거든."

준혁의 목소리가 불안하게 들렸다.

"그래서?"

"그게 말이야. 13국 국장이었던 평양시 보위부 간부의 전화번호라는데."

"뭐?"

놀라서 숨이 멎는 기분이었다.

"그 사람 이름이 뭔데?"

"송영산이랬나 병산이랬나…."

손이 떨려서 숟가락을 잡을 수가 없었다. 영산이든 병산이든 송경산으로 들렸다. 한국에 있는 누가 13국 국장의 전화번호를 알아봐 달라고 한 것일까. **코**는 심 실장의 부탁이라고 했지만 믿을 수 없었다. 가슴이 쿵쾅거려 말을 할 수도 없었다.

"뭔가 이상하지, 함정에 빠진 것 같애."

준혁이 걱정스럽게 물었다.

"무슨 함정?"

병욱은 심호흡을 몇 번 한 후에야 겨우 물었다.

"아, 있잖아. 안전부 새끼들이 간첩 조작할 때…."

"야, 이게 무슨 간첩질이라고. 지금 내가 급한 일이 있어, 좀 있다 연락할게."

병욱은 서둘러 전화를 끊었다. 보위부 간부의 전화라니, 어떻게 된 일일까. 혹시 김 주임과 준혁이 **코**와 짜고 자신을 간첩으로 몰려는 걸까. 김 주임이 준혁에게 정보를 넘기고 준혁이 **코**에게 알리고. 생각만 해도 소름 끼치는 일이었지만 불가능한 일은 아니었다. 순순히 귀국 허가가 떨어진 것도 뭔가 이상했다. 그럼 송수지는 뭘까. 말라비틀어진 그 애는 왜 데리고 들어오라는 걸까. 그 애가 13국 국장의 딸이라면, 병욱은 차마 생각조차 하고 싶지 않았던 의심을 떠올렸다. 만약 그렇다면 그 아이는 어떻게 가족의 신원을 숨기고 안전부를 통과했을까. 혹시 자신처럼 공화국의 지령을 받은 건 아닐까, 의문이 꼬리를 물었다.

어떻게 할까, 주먹을 쥐고 서너 번 엄지손가락을 물어뜯은 후에 결심했다. 모른 척하자, 설령 수지가 13국 국장의 딸이라 해도 그는 끝까지 모른 척하기로 했다. 그렇게 생각을 정하니 마음이 조금 편해졌다. 김 주임의 지령대로 일단 수지를 만나 한번 더 귀국을 권하고, **코**에게는 준혁이 알려준 사실 그대로를 전달하고 반응을 확인하기로 했다. 뭔가가 있다면 분명히 표가 날 것이었다. 전화 녹음을 잊지 말아야 한다, 그는 마른기침을 하며 그 사실을 되새겼다.

밥도 찌개도 식었지만 숟가락 가득 밥을 떠서 먹었다. 지금 해야 할 일은 그 밥을 다 먹는 것이었다. 반쯤 먹고 있을 때 다시 전화가 울렸다.

"형, 더 알아볼까. 고생은 했는데 알아낸 건 없고…."

준혁은 말끝을 흐렸다.

"그 정도면 됐어. 더 파고들면 이상하게 생각할지도 몰라. 내가 곧 돈 보내라고 할게."

병욱은 허겁지겁 전화를 끊고 숟가락을 내렸다. 아무래도 밥을 다 먹지는 못할 것 같았다. 준혁이 뭔가 이상하다며 캐고 든다면 수지가 노출될 수도 있었다. 만약 진짜 수지가 13국 국장의 딸이고 그 사실이 밝혀진다면 어떻게 할까. 공화국은 납치라 할 것이고 남조선은 고위급 딸의 탈북에 흥분하며 체제 선전에 열을 올릴 것이다. 그 소용돌이에 휘말리면 그 누구든 남북 모두에서 버림받을 것이었다.

병욱은 밖으로 나와 공중전화를 찾았다. 지난 한 달간 수지에게 전화를 너무 많이 했다. 누군가 수지의 통화내역을 조사한다면 바로 노출될 것이었다. 이미 노출되었을지도 모르지만 그는 소 잃고 외양간 고치는 심정으로 한 정 거장 떨어진 공중전화를 찾았다.

수지는 번호가 이상해서인지 한참 동안 전화를 받지 않 았다. 다시 걸었을 때야 전화를 받았다.

"저도 전화 드리려고 했는데 왜 휴대폰으로 안 하시고."

수지는 진짜 이상하다는 듯이 물었다.

"배터리가 없어서, 할 말이 있는데 아무래도 만나서 하 는 게 좋을 것 같애. 토요일인데 괜찮을까?"

"괜찮습니다. 어디로 갈까요?"

수지가 조심스럽게 말했다. 뭔가 할 말이 있는 듯한 목 소리였다.

"그럼 이번에는 니가 와라. 상도동역 7번 출구야. 장소는 좀 있다 내가 문자로 넣어줄게."

수지는 바로 출발을 하겠다고, 50분쯤 뒤에 도착할 것 같다고 했다.

병욱은 다시 집으로 올라와 양치를 하고 머리를 감고 옷 을 갈아입었다. 수지가 자신을 따라나서든 말든 자신이 한 국 사회에 적응하지 못한 모습으로 기억되고 싶지는 않았 다. 무슨 옷을 입을까. 이 옷 저 옷 뒤적이다가 결국 처음 만날 때 입었던 옷을 다시 입었다. 그리고 아내와 함께 간 적이 있는 대학 앞 레스토랑을 생각하며 천천히 아파트 밖 으로 걸어 나왔다.

처음 아파트를 받았을 땐 한국 정부가 고마웠다. 집도 주고 생계비도 주고 대학 학비도 공짜라고 했다. 브로커들이 북한 사람들을 꾀면서 하는 이야기가 거짓은 아니었다. 그러나 몇 달을 살지 않아 알게 되었다. 한국도 공화국도 비슷한 양의 거짓말을 한다는 것을. 한국은 천국도 지옥도 아니었다. 지옥이라는 사람도 있고 천국이라는 사람도 있었지만, 천국이라는 사람들은 지옥에 갈 사람들이었다. 남조선은 천국이 아니라 천국의 이면이었다. 그런데 수지는 마치 눈으로 보거나 만진 사람처럼 자유라고 했다. 그가 아는 한 남조선에서는 돈이 없다면 자유도 없었다. 자유는 남조선에 오는 아이들이 맨 처음 가지는 꿈같은 것이라고 생각했다. 시간이 흐를수록 꿈이 사라지듯이 자유도 사라질 것이었다. 그걸 자유라고 할 수 있을까. 그 자유를 버리는 것만이 유일한 자유일 것이었다.

다행히 아내와 만났던 레스토랑 허브는 그 자리에 있었다. 병욱은 7번 출구 근처의 허브라는 레스토랑으로 오라고 문자를 보냈다. 그다음 **코**에게 전화를 할 차례였다. 아무것도 모르는 척, 놀란 척해야 한다고 자신에게 몇 번 타이른 후 통화 버튼을 눌렀다. 부탁한 전화번호가 보위부 간부의 전화라고 하자 **코**는 말도 안 되는 소리라고 했다. 어디서 들은 것이냐고 따졌다. 그는 단둥의 친구에게서 들은 소식이라고 얼버무리며 몇 번 전화를 해도 그 집 전화였다는, 듣지도 않은 말을 보탰다. 부족하다면 더 알아보게 하겠다는 말도 잊지 않았다. **코**는 그럴 필요는 없다고 내일 안으로 수고비가 입금될 것이라며 전화를 끊었다. 심 실장의 부탁이었다면서 심 실장에게 알아보겠다는 말도 없었다. 최소한 심 실장의 부탁은 아닌 게 분명했다. 그리고 단둥의 친구라는 말을 듣고도 전혀 반응이 없는게 김 주임을 알고 있는 것 같지는 않았다. 겨우 그 정도밖에 알아낸 게 없지만 그 정도에서 마무리하는 것도 나쁘지 않았다.

수지는 숨을 헐떡이며 들어왔다. 강하고 부드러운 눈빛과 곧게 뻗은 코가 볼 때마다 눈에 띄었다.

"안녕하세요?"

들릴 듯 말 듯 인사를 했다. 그는 일부러 환하게 웃으며 탁자 위에 놓인 메뉴판을 수지 앞으로 밀었다.

"몇 번 만났는데 제대로 된 밥도 못 사준 것 같아서. 맛있는 것 먹어."

"오늘은 별로 안 먹고 싶어요."

수지는 살짝 메뉴판을 밀며 인상을 찌푸렸다. 느낌이 이상했다.

"니가 그러면 나도 못 먹는데. 간단한 거라도 하나 시켜."

병욱은 다시 수지에게 메뉴판을 내밀었다. 수지는 미간

을 잔뜩 찡그리더니 메뉴판을 제대로 보지도 않고 말했다.

"해물스파게티로 할게요."

진짜 먹고 싶은 생각이 없는 모양이었다. 그도 똑같은 걸 시켰다. 꾸역꾸역 먹은 밥이 후회되었다. 수지는 배는 고프지 않지만 목이 마르다는 듯이 앞에 놓인 물잔을 비웠다. 종업원이 쪼르르 다가와 물을 채우고 돌아갔다. 분명히 할 말이 있을 것 같은데, 수지는 아무 말이 없었다.

"이게 어쩌면 마지막 만남이 될지도 모르겠다. 다음 달쯤 나는 이곳에 없을 거야."

"여행 가시게요?"

수지가 놀란 듯 물었다.

"난 한국 떠난다."

병욱은 자기가 한 말에 스스로 놀라 물을 마셨다. 수지가 무슨 일인지 궁금하다는 듯이 눈을 동그랗게 뜨고 물었다.

"어디로?"

"이곳은 말이다."

그는 공화국으로 귀국한다는 말을 꾹 삼키고 이곳에 오면서 생각한 것들을 말했다. 지옥 같을 때도 있고 천국 같은 곳도 있지만 천국이라고 한 사람들이 거의 다 지옥에 갈 것 같은 나라라고 했다.

"세상엔 천국도 지옥도 존재하지 않아요. 그저 자유가

있냐, 없냐의 차이일 뿐이죠."

"그럼 이 나라에 자유는 있고?"

수지가 대답하기 전에 스파게티가 나왔다. 병욱은 포크를 잡으면서 수지의 대답을 기다렸다.

"최소한 북한보다는 많아요. 여기는 능력만 있다면 무엇이든 할 수 있으니까."

"넌 북한이란 말을 자연스럽게 사용하네."

병욱이 나무라듯이 말했다. 공화국은 그 말을 인정하지 않는데 남조선 사람들은 꼭 그 단어를 사용했다.

"그건 북에서 남조선이란 말을 사용하는 것과 같죠."

수지는 미간을 찡그리며 불만스럽다는 듯이 말했다. 그런 것도 같아 그는 다시 하던 이야기를 계속했다.

"그 능력이란 게 타고날 때부터 정해져 있는데도."

"돈이나 사회적 지위가 모든 걸 결정하는 건 아니잖아요. 이 나라는 돈이 아니라도 가치 있는 게 많아요."

"돈보다 가치 있는 게 뭔데?"

병욱은 따지듯이 물었다.

"인권…."

수지가 우선 생각나는 게 그것뿐이라는 듯 말꼬리를 흐리며 스파게티 면을 집어 올렸다.

"사람에게 인권이 있으면 나라에도 국권이라는 게 있어. 니가 공화국에 있을 때 세상이 미국식으로만 바뀌는 건 문제가 있다고 세계 인류를 위해 미국을 견제할 필요가 있다고 했다는데."

스파게티 면을 입에 문 수지의 눈이 동그래졌다.

"누가 그래요?"

"그것까지는 모르겠고. 그런 말 한 적이 없어?"

"했어요. 북한이 얼마나 거짓말을 하는지 몰랐던 때였으니."

수지의 얼굴이 발갛게 물들었다. 화가 난 것 같기도 했지만 부끄러워하는 것 같기도 했다.

"넌 어떻게 공화국을 거짓말로 인민을 속이는 나라로만 생각하냐. 모든 사회주의 나라가 쓰러질 때 그래도 혼자 살아남아 미국을 견제하고 있는 자랑스러운 나라잖아."

"저도 한때는 그렇게 생각했지만 지금은 아니에요."

"아니라니?"

병욱이 따지듯이 물었다.

"미국을 견제한다는 건 명분이고 김씨 일가의 권력 유지를 위해 이천만 명의 인민이 희생하고 있는 거죠."

수지의 손끝이 조금씩 떨렸다. 남조선 보수주의자들의 논리 그대로였다. 미국을 견제하거나 사회주의 체제를 유지하기 위한 어쩔 수 없는 방법이라고 하면 중국은 개방 개혁 경제를 해서 잘 살지 않냐고 할 것이었다. 사회주의 체제의 우월성을 가지고 이 아이를 설득할 수는 없을 것 같았다.

병욱은 네이블에 놓인 물을 반쯤 마시고 내리면서 천천히 빈정거리듯 말했다.

"그래서 아픈 부모님이 너를 찾아도 돌아가지 않겠다고?"

병욱의 말이 끝나기도 전에 수지가 울 듯이 말했다.

"아저씨 저의 부모님을 이곳으로 오게 해주세요. 제발 부탁이에요."

음식이 담긴 접시 위로 결국 수지의 굵은 눈물이 떨어졌다. 그렇게 간절히 원하면서도 가지 않으려는 이유가 무엇일까. 13국 국장의 딸이라면 이렇게 돌아가지 않겠다고 버틸 것까지는 없었다. 13국 국장 역시 직접 연락할 수 있는 방법을 두고 지령을 내릴 것 같지는 않았다. 그러니까 13국 국장과 이 아이는 아무 관계가 없는 것이다. 그렇게 생각을 정리하자 마음이 편해졌다.

"부모님은 이미 감시의 대상일 텐데. 어떻게 쉽게 올 수 있겠어? 니가 가는 게 낫지."

눈물이 뚝뚝 흐르는 수지의 눈이 금방이라도 빠져나올 듯이 흔들렸다. 한 번 더 세게 밀어붙여야 한다, 병욱은 자신의 생각을 감추느라고 물을 한 모금 마셨다.

"아버지가 아프고 어머니가 사람을 보내 돌아오라고 하는데… 거기 가면 종합대학에 편입도 하고. 자유라고 하지만 남조선 정부가 주는 떡밥일 텐데 고작 그것 땜에 안 가겠다고 하니, 부모님은 두 번 배신당하는 기분일 거다."

"그 말을 믿으세요? 만약 돌아간다면 부모님과 저 모두 처벌받을 거예요."

"13국에서 내린 지령이니까 믿어도 돼. 오히려 니가 안 돌아간다면 처벌받으실 거야."

"13국이요? 그게 뭔데요?"

"상해직할시 무역 총괄국이야."

수지의 손끝이 와들와들 떨렸다. 떨리는 걸 감추려고 포크를 잡았는데 접시에 포크가 부딪혔다.

"그 사람들을 어떻게 믿으라고."

"공화국 말은 무조건 안 믿네. 송경산이라는 분 알지?"

"네?"

수지의 눈동자가 날카로운 것에 찔린 듯 바르르 떨렸다.

"아버지신가?"

"아니에요. 저의 아버진 송유동이에요."

수지가 포크를 내리고 쏘아보았다. 한 마디만 더하면 일어날 듯한 표정이었다.

"송유동이든 송경산이든, 니가 돌아가지 않는다면 부모님은 처벌받으실 거야."

수지는 고개를 숙인 채 꼼짝을 하지 않았다. 분명히 뭔가가 있지만 더 다가가기가 겁이 났다.

"만약 돌아가기 싫다면 니가 알고 있는 탈북 대학생들의 명단괘 그 동창을 적이 와."

병욱은 단둥에 가서 할 구두 보고가 생각났다. 뭔가 새로운 것이 필요했다.

"제가 그걸 어떻게….."

수지가 터무니없다는 듯이 고개를 들었다.

"아니면 부모님이 교화소로 가시거나 더한 벌을 받으시겠지."

병욱은 점점 차가워지는 자신을 느끼며 말했다. 더한 벌이 무엇인지 그건 말하지 않아도 알 것이었다. 수지의 얼굴이 딱딱하게 굳어졌다. 맑고 하얀 두 눈이 공포로 얼어붙고 있었다. 곧 펑펑 눈물을 쏟으며 도와달라고 할 것이었다. 그는 이미 퍼진 스파게티를 한 가닥 포크로 말아 입에 넣고 창 쪽으로 눈을 돌렸다.

"부모님 소식 전해주셔서 고맙긴 한데 아저씨 말을 다 믿지는 않겠습니다."

수지가 눈물을 닦으며 또박또박 말했다. 예상 외의 말이었다. 자신의 말을 믿지 않겠다니, 순간적으로 화가 났다.

"너 부모님 부탁이라 힘들게 찾았더니 아무 말이나 막 하고."

그는 눈을 부릅뜨고 수지를 쳐다보았다.

"며칠 전에 창주 만났는데 아저씨 같은 분 만난 적 없다고 하던데요."

"난 그 아이의 정확한 이름이 기억나지 않는다고 했는데 니가 창주라고 했지."

병욱은 미리 준비해둔 말을 했다.

"제 본명을 알고 있는 애는 창주뿐이에요. 그래서 아저씨가 진짜 우리 엄마를 만났는지 확인하고 싶어서…."

수지가 눈물을 닦고 빤히 바라보았다. 병욱은 일단 수지의 시선을 피했다. 목이 마른 듯 물잔을 들면서 수지의 저 말은 사실일까, 의심했다. 사실이든 아니든 수지의 다음 말을 기다리기로 했다.

물을 다 마실 때까지 수지는 아무 말도 하지 않았다. 빈 물잔을 들여다보고 있는데 전화벨 소리가 났다. 당황한 표정으로 자리에서 일어난 수지는 화장실 쪽으로 걸어가며 전화를 받았다. 친구를 만나고 있다는, 밝은 척하는 수지의 목소리가 들렸다. 귀를 기울였지만 상대방의 목소리는 들리지 않았다.

변심

핸드백 두 개와 명품 시계, 화장품의 힘은 컸다. 노조 간부가 공항 면세점에서 산 영수증을 공개하자 노조를 비난하는 여론이 뜨거웠다. 예상은 했지만 예상보다 더 뜨거웠다. 침묵으로 대항하던 노조지도부가 기자회견을 예고했다. **코**는 곧 파업을 철회할 것 같다는 보고서를 올렸는데, 파업 철회가 아니라 그 영수증에 대한 해명이었다. 처음 나간 해외여행이고 어머니 칠순 선물로 사 온 거라고 하자 비등했던 여론이 순식간에 가라앉았다. 오히려 그런 사실을 동의 없이 빼간 정보기관의 불법성이 도마에 올랐다. 불법시위를 주동하고 있는 사람들이 불법 운운하는 건 적반하장이라고 맞섰지만 여론은 달라지지 않았다. 그때 첩보가 들어왔다. 어머니의 칠순은 여행 2년 전이었다는 것이다. 실제 나이와 호적 나이가 달라 일어난 일이었다. 증거로 그때 찍은 사진도 보내왔다. 사진은 합성인지 흐릿했지만 이미 거짓 해명에 발목이 잡힌 상태였다. 그렇게 바닥을 드러내고서야 파업은 끝났다. 자기 관리를 철저히 하는 사람도 돈과 여자, 자식 문제에는 허점이 있었다. 그건 누구나 다 그랬다. 거의 모든 문제가 그 부분에서 시작되고 그 부분에서 끝났다. 이번에도 마찬가지였다. 예전 같으면 온 세포가 뜨거워졌을 일인데 지금은 시들했다. 그게 수지 때문인지 아니면 그런 일에 익숙해서인지는 그도 알 수 없었다.

다음 주 화요일이 아버지의 생신이었다. 며칠 전에 엄마가 올 수 있냐고 조심스럽게 물었다. 안전부에 취직을 하고는 늘 바쁘다고 했다. 사실 바쁘기도 했다, 업무용 전화기로 끝도 없이 정보원들과 취재원들의 보고가 올라왔다. 파업 종료 후에는 별일 없음이라고 하는 게 거의 대부분이었지만 아직 한 가지 일이 남아 있긴 했다. 며칠 전에 베이징 대사관에 근무하는 조선족에게 수지가 부탁한 전화번호를 넘겼다. 교육생 신원 확인용 번호라고 둘러댔더니 몇 시간 뒤에 바로 연락이 왔다. 결번이라는 것이다.

결번이라고? **코**는 믿을 수 없다는 듯이 되물었다. 요즘 평양에 휴대폰 보급이 늘고 인터넷 선이 깔리면서 집 전화번호도 많이 바꿨다는 것이다. 믿을 수도 믿지 않을 수도 없는 답이었지만 믿기로 했다. 이제 남은 건 보위부 간부의 집 전화번호라고 한 그 새끼였다. 시건방지게 누구 부탁인지 묻기까지 하고는… 이 새끼를 두고 봐야 하나 당장 잡아와 족쳐야 하나… 분명 그 생각을 하고 있었는데 정신을 차리고 보면 수지 생각을 하고 있었다.

조금 한가해지지 수지 생각이 더 많이 있다. 집민 나오면 그 애에게 전화를 하고 싶었다. 마음이 두근거리기까지 했다. 진작에 수지를 끌고 모텔이라도 가지 못한 게 언제부터 후회되었다. 지금은 너무 늦었다. 강제로 그런 일을 했다가는 자신의 목이 먼저 달아날 것이었다. 지난 토요일에 평양집 전화번호는 결번이라고 이미 말했는데, 그 핑계로 또 만날 수는 없고, 바람이라도 쐴 겸 본가에나 갔다 오는 게 나을 것 같아 어제 휴가를 신청했다.

혼자 가는 게 싫어서 아내에게 같이 가자고 했다. 아내는 눈을 휘둥그렇게 뜨고 물었다.

"당신이 광주 집에 간다고?"

"아들이 아버지 생일에 집에 가는데 왜 그렇게 놀라?"

코는 아내에게 제법 화를 내는 척했다.

"생신이신데 빈손으로 갈 수 없으니까 하는 말이죠."

아내는 능숙하게 말꼬리를 돌렸다.

"미리미리 좀 챙기지. 아직도 그걸 일일이 말을 해야 하나. 이번에는 내가 현금 준비했어. 그냥 가자고."

당신 부모 챙기는 것 반만 하라는 말은 하지 않기로 했다.

광주까지는 오고 가는 데 다섯 시간, 갔다 오면 그래도 하루가 갈 것이고, 내일쯤은 수지에게 연락을 해도 될 것 같았다.

아내가 준비를 마칠 때까지 그는 소파에 멍하니 앉아 있었다. 고통을 참는 것처럼 고개를 무릎 가까이 숙이고 숨을 힘겹게 내쉬었다. 업무용 전화기가 울렸다. S노조의 조직부장과 진보당의 간부가 만나고 있다는 것이다. 따라가 보라고 했다. 노조들은 목이 수백 개인 히드라처럼 생명력이 강했다. 한두 사람 집어넣는다고 해산하거나 위축되지 않았다. 상처가 훈장인 것처럼 더 당당해졌다.

부친 생신이라 광주에 좀 갔다 올게.

그는 전화를 한 후배에게 문자를 보내고 마른세수를 했다.

"조그만 더 기다려. 아, 왜 이리 화장이 안 받지."

아내의 초조한 목소리가 들렸다. 그는 더 이상 기다리기 싫어 자리에서 벌떡 일어났다.

"차에서 기다릴게."

"무슨 차?"

"무슨 차는, 내 차지."

그는 시큰둥하게 대답을 하고 집을 나섰다.

코에겐 차가 두 대였다. 한 대는 공무원 신분에 맞는 낡은 SUV, 한 대는 장인이 사준 아내의 BMW 디젤 차였다. 아내가 학부모나 친구들 모임 때 주로 이용하는 것이었다. 학교에서는 **코**를 사업하는 사람으로 알고 있었다. 아내는 굳이 숨길 필요는 없지만 더 높은 사람이 되면 모를까 지금은 사업한다는 게 더 잘 먹힌다고 했다. 안건부 가족답다고 했지만 어쩐지 투명인간이 된 기분이 들 때도 있었다.

그가 지하 2층에 있던 차를 몰고 와 아파트 입구에서 잠시 기다리자 낡은 소렌토에 전혀 어울리지 않는 옷차림의 아내가 나왔다. 얼마 전 대기업 간부에게 선물로 받은 몇백만 원짜리 핸드백도 들고 있었다.

"그건 왜 들고 나와. 다른 거 들고 와. 어디 가는지 잊었어?"

코가 고함을 질렀다. 아내가 잠시 노려보더니 그대로 굳은 얼굴로 걸어와 차문을 열었다.

"차에다 두고 가면 되지."

그럴 걸 왜 들고 다니는지 묻고 싶었지만 한마디도 하지 않았다. 하고 싶지도 않았다. 아내가 처제에게 전화를 걸어 집에 와서 아이들을 봐달라고 할 때도 듣고만 있었다. 수지 생각이 안 나서 다행이었지만 그렇다고 기분이 좋아진 것도 아니었다. 휴게소에 들러 화장실에 가고 둘이서 커피 한 잔을 나눠 먹은 게 유일한 대화였다.

"이거 어머니에게 드려."

그는 미리 준비해둔 봉투를 내밀었다. 삼십만 원이 든 봉투였다. 아내는 흘겨보듯이 쳐다보면서 봉투를 받았다.

그는 못 본 척 아무 말도 하지 않았다. 그것뿐이었다. 수지를 알고 난 다음부터 아내에게도 감정이 없어졌다. 만사가 덤덤했다.

아버지의 아파트로 들어서는데 전화가 울렸다. 과장이었다. 그는 손짓으로 아내에게 먼저 내리라고 했다. 아내가 아파트 현관 안으로 들어서는 걸 보면서 전화를 받았다.

"너 이 새끼, 지금 당장 와."

과장은 다짜고짜 욕부터 했다. **코**는 귀에서 전화기를 좀 떼며 고개를 갸우뚱거렸다. 며칠 전에 지도부가 구속되는 걸로 파업은 완전히 끝났고 아직 특별한 일이 없었기 때문이었다.

"지금 광주에 내려왔습니다. 오늘 휴가라고 말씀드렸는데."

"광주가 아니라 지구 반대쪽에 있어도 세 시간 내로 들어와. 휴가라는 말이 입에서 나와?"

과장이 전화를 끊었다.

"무슨 일인데."

아내가 놀란 눈으로 돌아보았다

"비상이야. 올라가 봐야겠어."

"지금?"

아내가 눈이 휘둥그레져서 물었다.

"세 시간 안으로 들어오래. 나 지금 올라가 봐야 해. 당

221

신은 기차 타고 와야겠어."

"너도 지금 갈 거야. 가서 인사만 드리고 가자."

"그럼 당신 혼자 갔다 와. 나는 차 안에 있을 게. 뭘 좀…
생각을 정리할 게 있어. 나 왔다 하지 말고."

그는 코를 몇 번 만지며 말했다.

과장은 북한 노동당 기관지를 얼굴에 뿌렸다.

"남조선 안전부 직원이 탈북자를 매수해 보위부 간부와
접선하려 했다고 대서특필했다. 그 정보원의 이름이 남철
수란다. 남철수가 누군데?"

과장의 눈에 파란 불이 보였다. 조금이라도 거짓말을 하
면 물어뜯을 것 같았다.

"접니다."

"너 죽고 싶냐?"

코는 슬로우 비디오를 보는 것처럼 과장의 하얗고 고운
손이 자신의 뺨으로 다가오는 것을 두 눈을 뜨고 지켜보
았다. 아픈지는 모르겠는데 숨이 막혔다.

"너 왜 함부로 신분을 노출시키는 거야? 죽고 싶어? 환
장한 거야?"

과장이 뚫을 듯이 그를 노려보았다. 목이 졸리는 기분이
었다. 뭐라고 해야 하는데 온몸이 얼어붙어 한마디도 할
수 없었다.

"보위부 간부와 접선하려고 했다는 게 사실이야?"

한 번도 상상해본 적이 없는 장면이지만, 무슨 일이 벌어졌는지 당장 감이 왔다.

"아닙니다. 전화번호를 알아봤을 뿐인데, 착오가 있었던 것 같습니다."

코는 사무실이 쩡쩡 울릴 정도로 대답했다.

"한 마디로 북한 애들한테 놀아난 거네. 누구 부탁이야?"

과장은 눈 한번 깜짝이지 않고 밀어붙였다.

"3년 전에 탈북한 대학교 1학년입니다."

"여자지?"

과장이 다 알고 있다는 듯이 물었다.

"네. 그렇습니다."

같이 자기라도 한 것처럼 얼굴이 붉어졌다.

"쓸 만한 애네. 니가 살고 싶으면 확실하게 해. 무슨 말인지 알지?"

"네."

과장이 자신의 머릿속까지 들여다보겠다는 듯이 쏘아보았다. 몸이 바싹바싹 마르는 것 같았다,

"병신 소리 안 들을려면 니한테 물먹인 놈들도 같이 조져. 알았어?"

코는 천천히 사무실 계단을 내려왔다. 다리가 후들거려

빨리 걸을 수가 없었다. 손도 떨려 겨우 전화기를 꺼내 병욱에게 전화를 길었나. 옆에 있으면 목이라도 비틀어 죽이고 싶었다. 전화기를 부술 듯이 손에 힘이 들어갔다.

다시 생각하니 직접 전화를 할 일은 아닌 것 같았다. 그는 급하게 전화를 끊고 병욱의 담당경찰서 보안과로 전화를 했다. 소재를 빨리 파악해서 1시간 내로 연락하라고 하자 형사는 무슨 일이냐고 물었다. 내가 이 응급상황에 이유까지 설명해야 합니까. **코**의 말에 형사는 조금 당황하며 먼저 전화를 끊었다. 뭔가 이상했는데, 긴급상황을 응급상황이라고 한 게 생각났다. 쪽팔리게, **코**는 침을 뱉었다. 무슨 낌새를 채고 어디로 숨은 건 아닐까, 한 번 더 침을 뱉었다. 이 새끼 어디에 있든 가만두지 않을 거다, **코**는 이를 갈았다.

그는 감기가 걸린 듯 코를 훌쩍이기도 하고 콧방울이 아픈 듯 어루만지다가, 빠른 걸음으로 차가 서 있는 곳으로 갔다. 그까짓 탈북 대학생에게 빠져 자신이 무슨 일을 했는지, 달콤하게 목을 조여왔던 연애의 느낌에서 구역질이 났다. 운전석에 오른 그는 약간 상기된 얼굴로 수지에게 전화를 했다.

"아, 아저씨."

여전히 기다렸다는 듯 반가운 목소리다. 이 세상에 자신의 전화를 그렇게 받아준 사람은 아무도 없었던 것 같기도 하다. 그게 너무 좋았지만 지금은 아니었다. 나불거리는 그 혀를 뽑아버리고 싶었다.

"아저씨 아는 사람이 탈북 대학생들 설문조사를 하고 싶다는데 도와줄 수 있지?"

코는 차가와지는 목소리를 감추려고 마른기침을 두어 번 했다.

"설문조사요?"

수지가 이상한 듯 조심스럽게 물었다.

"니들이 사는 집도 봐야 하기 때문에 방문을 해야 한다는데."

"그분들이 누구신데요? 저 요즘 늦게 오는데."

내키지 않는다는 듯이 물었다.

"재단 사람들이지. 탈북 대학생들 지원 문제 때문인가 봐. 시간 한번 내봐."

수지는 조금 망설이다가 말했다.

"금요일 오후에 오시라고, 다섯 시쯤이요."

코는 수지의 대답을 듣자마자 인사도 없이 전화를 끊고 차를 급하게 출발시켰다.

경계

　머리 밑으로 기차가 지나가는 것 같았다. 4층 아래에서 나는 소리인 줄 알면서도 주영은 매번 창밖으로 머리를 내밀어 확인을 했다. 20리터도 더 되어 보이는 커다란 여행용 가방이 터질 듯했다. 그것뿐 아니었다. 그보다 작은 가방과 종이 상자도 몇 개나 되었다. 아침 7시 이후에 지정된 장소에 옮기라고 해도 소용이 없었다. 도저히 그때까지 참을 수가 없다는 것이다. 청진, 삼지연, 회령, 혜산… 어디서 왔건 어디로 가건 기대와 두려움이 뒤섞인 그들은 밝고 들뜬 모습이었다.

　유니원에서 공부하는 게 너무 좋다고 일 년만 여기서 공부하면 좋겠다던 선주 씨도 퇴소 며칠을 앞두고는 공부가 손에 잡히지 않는 듯 들뜬 분위기였다. 경기도에 열 평 조금 넘는 임대아파트를 배정받았고 대학 진학 준비를 하겠다고 했다. 4명이 함께 쓰는 숙소에서 밤늦게까지 불을 켜기가 힘들어서 화장실 변기에 앉아 공부를 한 것도 알 만한 사람은 다 알고 있었다. 그녀는 유니원이 생긴 이래로 가장 공부를 열심히 한 사람이었고 상과 상금을 가장 많이 받은 사람이었다.

유니원에서 준 단체복을 벗고 시장 체험에서 사 온 앵두 빛 원피스와 흰 카디건을 입은 선주 씨는 오랫동안 팀장과 작별 인사를 하고 있었다. 이제 퇴소 때 하는 인사는 듣지 않아도 알 수 있었다. 집은 어디로 배정받았냐고 대부분 물었다. 보는 사람마다 그렇게 물었을 텐데 대답하는 사람들은 그때마다 즐겁다는 듯이, 그곳이 천국인 것처럼 서울, 광명, 의정부, 대전, 구미, 여수 등 도시 이름을 말했다. 한 사람에게 여러 번 묻는 것도 흔한 일이었다. 팀장 역시 몇 번이나 물어놓고 또 어디에 배정받았냐고 물었고 선주 씨는 그 질문이라면 천 번은 더 답을 할 수 있다는 듯이 수원이라고 했다. 팀장은 좋은 데 받았다고 한 뒤 수원에는 삼성이라는 우리나라에서 제일 큰 회사가 있다고 했다. 보통은 그 정도에서 끝이 나지만 선주 씨와의 인사는 조금 더 길었다. 그녀가 유니원 문예대상을 받은 까닭이었는데, 대상을 받은 것 때문이 아니라 그 글이 이제껏 대상을 받은 글들과 차원이 다르다고 한 담당과장의 심사 소감 때문이었다. 이제 대부분의 사람들은 선주 씨를 예비 작가로 대접했다. 팀장 역시 선주 씨의 글이 점점 좋아지고 있다며, 이후에도 기대한다고 긴 인사를 하고 있었다. 그 글은 『엄마의 말뚝』을 밑줄 그어가면서 읽고 난 후, 어떤 글을 써야 하는지 알았다며, 얼굴이 상기되어 가져온 글이었다.

　건물 뒤편 운동장엔 시울 경기도 진라님북도 부산이라 적힌 팻말이 몇 미터 간격으로 서 있었다. 주영이 담당한 곳은 충청남북도였다. 유니원을 떠나는 사람들이 경기도 다음으로 정착하기를 희망하는 곳이었다. 25인승 버스가 두 대 왔다. 충청남도와 북도로 나누어 짐을 실었다. 충청남도인지 충청북도인지 여전히 헷갈려하는 사람들이 이 차를 탔다 저 차를 탔다. 충청남도의 차에 짐을 두고 충청북도 차에 타는 사람도 있고 그 반대의 경우도 있었다. 몇 번 그러다 보니 제대로 앉은 사람까지 술렁거렸다. 유토피아를 찾아가는 듯 들떠 있던 사람들의 얼굴이 두려움으로 조금씩 굳어졌다. 몇 번이나 말해줬는데도 충남과 충북도 구별하지 못하는 사람들이 대한민국이라는 미로를 빠져나갈지 걱정스럽긴 했다.

　부산 경남 대구. 멀리 가는 순서대로 출발했다. 전북 지역에 이어 충남행 버스가 출발했고 그다음 충북행 버스가 떠났다. **코**에게서 문자가 또 왔다. 이때까지 받은 문자보다 하룻밤 사이 받은 문자가 더 많았다. 지금 출발한다는 간단한 답을 보내고 어제 **코**가 준 서류 봉투를 챙겼다. 그 안에 무엇이 들었는지 그는 말하지 않았고 주영도 묻지 않았다. 물어도 말하지 않을 것이라고 생각했다.

　그는 어제저녁 예고도 없이 찾아와 유니원에서 300미터쯤 떨어진 화훼단지 입구에서 만나자고 했다. 아무도 모르게 조용히 나오라는 말도 덧붙였다. 무슨 일이 일어났음을 직감했다. 무엇인지 알 수 없지만 **코**에게 한 발 더 다가서는 것 같았다. 사랑은 아니지만 어쩌면 사랑보다 더 끈적끈적한, 두근거리긴 하나 행복하지 않은 그런 관계가 될 것 같았다. 이제 **코**의 마음에 자신의 자리를 마련한 것 같기도 했다.

코는 B5 크기의 서류 봉투를 주면서 수지의 집에 가서 이것저것 묻고 메모하는 척하다가 눈에 띄지 않는 곳에 넣으라고 했다. **코**의 심부름을 하기보다는 수지를 만나는 게 더 반가웠다. 그룹홈의 수녀님이 그렇게 칭송하고, 그가 그렇게 보고 싶어 하는 수지가 어떤 애인지 늘 궁금했다. 단지 **코**가 하라는 일이 출판사 일처럼 특정 세력에 대한 비난이 아니라 수지 개인에 관련된 일이라는 게 마음에 걸렸지만 더한 일이라도 거절할 수는 없다고 생각했다.

지하철역에서 수지의 아파트는 멀지 않았다. 황량하긴 했지만, 스물한 살 난 여자아이가 15평 아파트를 가지고 있다는 게 솔직히 부러웠다. 원룸은커녕 반지하에도 못 살고 고시텔을 전전하던 친구들도 있었는데 북한에서 왔다는 이유로 이런 대우를 받는다는 건 특혜라는 생각이 들었다. 혜택을 많이 받았으니, 무슨 일인지 모르지만 **코**의 일로 어려움을 조금 겪어도 될 것 같기도 했다.

벨을 누르자 수지는 기다리고 있다는 듯 문을 열었다. 작고 하얗고 야윈 아이였는데 눈만 반짝였다. 흰 티셔츠 위에 끈 원피스를 입고 노랗게 염색한 머리를 뒤에서 자연스럽게 묶어 멋을 낸 모습이었다. 가는 손목엔 실 팔찌가 두세 개 걸려 있고 손가락은 양말짝도 빨 수 있을까 싶을 정도로 가늘었다. 그렇다고 예쁜 얼굴도 아니었다. 첫사랑이었다는 **코**의 말이 믿기지 않았다.

"기다리고 있었습니다. 재단에서 오셨다고."

밝고 울림이 있는 목소리였다. 작은 몸집과 달리 단단한 내면이 느껴져 수지를 쳐다보고 싶었지만 참았다. 집안 이곳저곳을 둘러보는 척하라던 **코**의 말이 생각나 베란다 쪽으로 걸어갔다. 건조대에 한두 개씩 걸려 있는 수건 양말 속옷 스타킹을 보니 빨래가 아니라 외로움이 걸린 듯해서 짠한 느낌이 들긴 했다.

"냄새 좋네. 라일락인가…."

베란다 쪽으로 목을 빼고 한마디 했다. 건조대 옆에 시들어가는 연보라색 꽃이 몇 개 달린 라일락 화분이 있었다.

"북한에선 수수꽃다리라고 하는데 저의 집에 있던 나무였습니다."

수지가 쟁반에 받친 커피를 들고 들어오면서 담담하게 말했다.

"부모님 생각 많이 나겠네요."

주영은 짧게 묻고 커피를 한 모금 마셨다. 커피는 싱거웠다.

"너무 많이 생각나서 이젠 같이 사는 것 같아요. 혼자 중얼거리기도 하고."

금방이라도 눈물이 뚝뚝 떨어질 듯한 말이었지만 수지는 웃고 있었다.

"참 뭘 묻고 싶다고 하셨어요? 대학 와서 달라진 점요?"

수지는 쓸데없는 말을 했다는 듯 말머리를 돌렸다.

"맞아요. 중고등학생과 대학생의 어려움은 다를 것 같아서."

코에게 미리 들은 이야기였다.

"대학 와서 변한 거라면 공부는 어려워도 한국의 문제가 뭔지 알게 된 거예요."

수지가 웃었다.

"한국의 문제?"

"학비가 비싸고 명품을 너무 좋아하고 너무 예쁘고. 아, 그건 꼭 나쁜 점이라고만 할 수 없는데, 조선적인 걸 잃어버린 것 같아요."

그녀는 수지가 말하는 것을 수첩에 적었다. 적는 척한다는 게 적고 있었다.

"가족 없이 지내는데 가장 큰 어려움은 뭐죠?"

"외로움하고."

수지가 말하기 곤란한 듯이 입을 나물었나.

"이야기해 봐요. 후배들에게 도움을 줄 수 있을 거니까."

다 식은 커피를 한 모금 더 마셨다.

"죄책감이에요. 저 때문에 부모님이랑 가족들이 어떻게 됐는지 모르겠어요. 저는 이렇게 하고 싶은 공부를 하는데."

수지가 눈물을 참는 듯 고개를 돌렸다.

"아직도 모른다고요?"

"부탁은 했는데….."

"내가 아는 사람이 안전부에 다니는데… 부탁해볼까요?"

슬쩍 수지의 마음을 떠보았다.

"아니에요. 저도 아는 분이 있어서."

수지가 말을 흐렸다. 수지가 아는 사람은 **코**일 것이다. 주영은 표정을 감추어야 할 것 같아 서류를 내려다보고 물었다.

"성북구의 한 그룹홈에 갔는데 수녀님이 학생을 엄청 칭찬하더라고요."

"아, 토마 수녀님요? 성당 안 다닌다고 많이 혼났어요."

수지가 지금 생각해도 힘들었다는 듯 이마를 문질렀다.

"수녀님이랑 살면서 성당을 안 갔다고요? 지내기 힘들었을 텐데. 왜 그랬어요? 다들 교회랑 많이 다니던데."

주영은 의아해서 물었다.

"저하고 잘 안 맞는 것 같아요. 억지로 믿으라고 하니까 더 다니기 싫고."

주영은 이 작은 아이가 보기와는 다르게 차갑고 단단하다는 생각이 들었다. 아니 뜨겁고 단단한 느낌이었다. **코**가 이 아이를 좋아한 이유가… 주영은 미끄러지는 의식을 붙잡아 급하게 물었다.

"그런데 학생은 어떻게 왔어요?"

"아빠 따라 나왔다가 북한으로 들어가기 싫어서…."

"평양에서 살았다니까 굶지는 않았을 거고…."

"네. 먹고사는 데는 어려움이 없었지만 중국에 와서 보니 북한이 너무 한심하고 드라마나 방송을 보니 한국에 너무 가고 싶었어요. 똑같은 말을 사용하는 것도 신기하고…."

이해를 할 수 있다는 듯 고개를 끄덕거렸지만 쉽게 이해되지는 않았다.

"후회하지 않아요?"

조금 예민한 질문이라 망설이다 했는데, 수지는 당황해하는 것 같지는 않았다.

"부모님이 너무 보고 싶은데 다시 돌아가고 싶지는 않아요."

수지는 처음이 아니라는 듯 담담하게 대답했다. 주영은 고개를 끄덕거렸지만 이번에도 그 말이 완전히 이해되지는 않았다.

"대부분 먹을 게 없거나 남한에 먼저 온 가족의 권유로 온다는데 학생은 가족도 없고 굶지도 않은 것 같은데…, 그렇게 보면 우리나라에 와서 굳이 나아진 것도 없을 것 같아서…."

수지가 자주 들었다는 듯 고개를 끄덕거렸다.

"먹고사는 것만 문제가 있는 건 아니에요. 공화국에선 사람들이 각자의 속마음조차 털어놓지 못하거든요. 주체적이지 못한 내용이라 발설하는 즉시 비판받아야 하니까."

"주체적이지 못하다는 게 뭔지…, 많이 듣긴 했는데."

주영은 정말 궁금해서 물었다.

"별거 아니에요. 외국여행을 하고 싶다거나 안전원들이 보기 싫다거나 당 기념일에 꽃 바치는 게 너무 싫은데도 누구보다 먼저 꽃을 들고 가는 것도 지겹고. 핵무기 만들 돈 조금 떼서 인민들을 위해 사용했으면 싶고… 장군님에 대한 불만은 말할 것도 없지요. 속마음을 숨기고 산다는 게 너무 힘들었어요."

주영은 그럴 수 있겠다는 듯이 고개를 끄덕거렸다.

"그럼 그곳에선 어떡해야 하죠?"

"그저 장군님께 감사하고 미국을 깨부수어야 한다는 말

만 하죠. 세계에서 제일 힘센 나라와 맞선다는 게 공화국의 가장 큰 통치전략인 것 같아요. 공화국이 무너지면 세계가 큰일 날 것처럼.”

수지가 말을 하다 말고 눈길을 돌렸다. 이해하지도 못할 말을 너무 많이 했다는 표정이다. 사실 말을 안 듣는 것보다야 듣는 게 나았지만 듣는다고 그들이 완전히 이해되는 건 아니었다.

“학생은 뭘 하고 싶어요?”

“여러 가지 생각을 하고 있는데 무슨 일을 하든 북한 사람들이 자신들이 하고 싶은 일, 하고 싶은 말을 편하게 하는 세상이 왔으면 좋겠어요. 먹는 것도 중요하지만 말하는 것도 너무 중요한 것 같아요.”

“말이라고요?”

“네. 북한에서는 고맙다, 행복하다는 말만 한 것 같아요. 진짜 하고 싶은 말은 하나도 못하고.”

이번에도 수지는 말을 하다 말았다. 말을 해도 이해 못할 거라는 듯, 미간까지 조금 찌푸렸지만 주영은 고개를 끄덕였다. 조금은 이해할 수 있다는 듯. 그러니까… 수지는 말을 찾아 날아온 한 마리 파랑새 같은 애였다. 이런 아이도 있구나, 또 다른 세계를 마주한 기분이었다. 말이 궁해 커피잔을 만지작거리고 있는데 가방 안에 든 전화가 울렸다.

뜻밖에도, 아버지였다. 주영은 전화를 받으면서 자리에서 일어났다. 수지가 화장실에 들어가는 새 보였다. **코**가 준 봉투는 TV장식장 뒤에 떨어뜨리면 될 것 같았다. 아버지는 약간 취기를 풍기며, 누굴 만나야 하는데 그 사람 선물을 사야 한다고 했다.

"누구라고요?"

주영은 그 자리에서 멈춰 섰다.

"너 할아버지 딸하고 그 아들. 북한에서 왔단다."

"네?"

너무 큰 소리를 했는지 수지가 화장실에서 급하게 나와 손에 든 봉투를 빤히 바라보고 있었다.

"제가 조금 있다 할게요."

코가 준 봉투는 가방 안에 다시 넣을 수밖에 없었다. 계면쩍은 기분에 가방 속을 뒤적거리다 그룹홈 방문 때 사용하고 남은 명함을 꺼냈다.

"혹시 힘든 일 있으면 연락 주세요."

"재단에서 오신다 했는데 유니원에 계시네요. 저도 거기 있었는데, 제겐 고향 같은 곳이에요"

명함을 본 수지가 이를 드러내고 웃었다.

아파트를 나오자 보고 있었다는 듯 **코**에게 문자가 왔다.

잘했어?

코에게 보내는 문자는 늘 어려웠는데 이번에는 바로 보냈다.

못했어요.

문자를 보내자마자 전화가 왔다.

"다시 들어가서 해."

코의 목소리는 낮고 딱딱했다. 화가 많이 난 것 같았다.

"그게…, 좀….."

주영은 못하겠다는 생각에 놀라 우물쭈물 말을 더듬었다. 다시 들어가서 하겠다는 말이 목구멍까지 올라왔는데, **코**의 고함소리에 놀라 전화를 끊었다. 이게 진짜, 겁대가리도 없이, **코**는 분명 그렇게 말했다.

4

선주 씨의 글

아침 6시다.

부엌에서는 구수한 강냉이 쌀 익는 냄새가 풍겨왔다. 거슴츠레 눈을 떠보니 올케가 부엌에서 아침식사 준비에 여념이 없다.

감자를 사정없이 쪼각내는 칼도마소리는 가락맞는 음률로 내 귀를 자극시킨다. 그 소리에 어울려 흥얼흥얼 올케의 콧노래 소리가 바람처럼 실려 온다. 나는 그 음조에 박자를 맞추며 거슴츠레하던 무거운 눈까풀을 서서히 들어올렸다. 두리두리한 두 눈과 입술 옆에 붙어 있는 까만 점이 풍만한 체격과 쾌할한 성격에 잘 어울려 늘 집안의 분위기를 환기시켜주는 고마운 올케이다.

"철이야―, 철이 엄마―"

누군가 대문을 쾅쾅 두드렸다.

"누구야? 아침부터."

이른 새벽부터 들리는 여인의 고성방가는 이 아침 올케의 즐겁던 마음을 싸늘히 식혀주었다. 올케의 투덜대는 소리와 따각따각 슬리퍼 끄는 소리가 거의 동시에 들려왔다. 뒤이어 귀 익은 시끌한 인민반장의 목소리가 올케의 어깨를 너머 방으로 날아들어 온다.

"나 반장이다. 어제 밤 보안서에서 연락이 왔는데 철이 고모를 아침 9시까지 보안서에 도착시키라고 하더라. 고모보구 꼭 가야 한다구 전해라"

올케에게 하는 말이련만 방 안의 내가 들으라는 듯 우정 강조하는 어투다.

"예, 알았습니다."

누워서 그들의 말을 엿듣던 나는 순간 가슴이 뜨끔했다.

'보안서? 또 찾는구나, 이번에 가면 또 뭐라고 할까?'

태산 같은 근심이 확 밀려와 금방까지도 즐거운 음조에 약박으로 가락을 맞추던 심장박동이 대번에 '쿵, 쿵' 강약으로 넘어갔다.

'휴─' 한숨이 나왔다.

보름 전 나는 당장 거주지로 돌아가라는 담당 보안원의 불같은 독촉을 받았다. 속수무책으로 바질바질 가슴을 끓이는 동안 보름이 얼른 지나가 버렸다. 그런데 오늘 또다시 그 무서운 촉수가 나를 향해 손을 뻗치고 있다. 죽도록 가기 싫은 보안서지만, 분명히 불벼락이 기다리고 있을 테지만, 누구의 영이라고 거역하랴!

벌써부터 등골이 섬뜩하고 건방진 자세로 허리에 한 손

을 척 없은 채 사나운 매눈을 희번뜩하며 온갖 손가락질과 유치한 욕실로 얼굴을 벌겋게 달굴 담당 보안원의 모습이 눈앞에 얼른거려 와락 이불을 뒤집어썼다.

짙은 어둠이 꽉 덮힌 얼굴로 터벅터벅 무겁게 옮기는 나의 발걸음은 사형장에 끌려가는 사형수의 걸음 못지않게 느리다. 두려운 시야에 가마리 같은 강을 사이로 서로 마주 앉은 두 마을과 그를 이어주는 무지개 줄다리가 한 폭의 그림마냥 안겨오고 그 뒤로 보안서 건물이 멀즈넉이 보인다. 흔들흔들 줄다리를 타고 건너려니 마치 내 운명도 이 줄다리마냥 중심을 잃고 흔들거리고 있지 않나 하는 생각이 든다.

어느새 보안서 건물 앞에 와 섰다.

내 키의 두 배도 훨씬 넘는 높은 콩크리크 담벽, 그 우에 길게 늘어선 전기 철조망들, 록색 철대문에 커다랗게 박힌 붉은 오각별, '혁명의 수뇌부 목숨으로 사수하자!'라는 슬로건이 철대문 위에 우뚝 솟아 있다. 왠지 이 건물은 겉모습만 봐도 온 몸이 오싹해진다.

사람들은 안전복을 입은 보안원들이 멀리서만 보여도 피하군 한다.

그들이 허리에 찬 권총이 무서운 것이 아니라 금방 심장이라도 비틀어 뽑을 듯 날카롭고 예리하게 상대의 발끝부터 머리끝, 마음속까지 샅샅이 훑어내는 그들의 눈빛이 싫어서이다. 그 뒤를 따르는 추악한 욕설들, 제제조치들에 아비규환하며 그들 앞에 자신들을 공공연히 내세운다는 것이 매우 위험한 행동이란 것을 모르는 사람이 없다. 이들은 우리들에게 짜증스럽고 두려운 폭력의 도구들이다. 나는 범의 아가리에 발을 넣는 것만 같은 두렵고 께름한 마음을 눅잦히며 보안서 철대문을 밀었다.

'삐이익—'

심장을 갉을 듯한 아츠러운 소리가 고막을 때리더니 동시에 ㄷ자 모양의 건물이 나를 당장 잡아먹을 듯한 자세로 내려다 보고 있었다. 경비원인 듯 싶은 젊은이가 경비실에서 비딱한 자세로 나를 아니꼽게 쳐다보더니 시끄럽단 표정으로 밖으로 나온다.

"어디서 왔어?"

"○○에서 왔슴다. 담당 보안원 동지가 찾는다고 해서 왔슴다."

"이름 뭐야"

"김숙이임다."

그는 흔들흔들 거들먹거리며 경비실 안으로 들어갔다. 마치 제가 이 건물의 최고권력자라도 되는 듯 으시대려는 심보가, 특히 이 건물에 찾아오는 인간들은 모두 자기의 존재를 우러러보아야 한다는 듯한 그 거동이 오히려 그의 졸렬함을 더 북돋아준다. 나는 그의 일거일동에 따라 눈빛이 을곡을 마음대로 그으며 이제 어떤 말이 튀어나와 내 귀를 자극시킬까 긴장되었다.

야밤에 청승맞게 울어대는 귀뚜라미 울음소리마냥 곧 수화기에서 찌르륵─, 찌르르륵─ 번호판 돌아가는 소리가 들리고 뒤이어 좀 전의 역겨운 행동과는 완전 반비례하는 온화하고 부드럽고, 비굴해 보이는 듯한 경비원의 목소리가 울리더니 "야, 들어가!" 하고 손짓한다.

괜히 심장은 모래불에 던져진 붕어새끼마냥 팔딱팔딱. 사무실 청사 가까이로 조심히 발걸음을 옮기는데 맞은편 현관에서 멱 찌르는 듯한 소리가 총알처럼 날아온다.

"야! 이리 와!"

치째진 눈가에 독기가 역력히 서린 표정을 하고 서 있는 담당보안원의 모습이 나를 당장이라도 구류장에 처넣을 자세다. 그 서슬 푸른 위상에 기가 눌린 채 나는 얼른 달려가 깍듯이 인사했다.

"안녕하십니까?"

"안녕? 너 같은 시끄러운 것들이 있는데 어떻게 안녕할 수가 있어? 야! 너 이 간나새끼, 내 말이 말 같지 않아? 엉? 왜 아직두 안 가구 있어? 언제까지 뻗힐래? 엉? 너 이 간나─ 새끼, 중국 달아날 궁리하는 게 아니야? 엉?"

만나서 첫 말부터 쌍욕이다. 역시 이 사회에서 흔하디흔

한, 죄인 아닌 죄인들을 다루던 비법이 잠자리 날개마냥 씨너벌거리는 입을 통해 남김 없이 발휘된다.

"아닙니다."

나는 목을 움츠리는 자라처럼 기어 들어가는 소리로 대답했다.

"아니문 왜 아직두 여기서 기신거려? 엉? 자기 거주지에 가서 살란 말이야? 이 간나새끼야~ 남편이 고쟁이야?"

배타적이고 가시 같은 욕설로 나의 감정을 마음대로 푹푹 찔러놓으며 붉그럭푸르럭 하던 그 얼굴에 그 어떤 음침하고 야비한 비웃음이 떠돌았다.

순간 모닥불을 뒤집어쓴 듯 얼굴이 화끈 달아올랐다. 마치도 이 냉혈동물 같은 사나이 앞에서 옷을 홀랑 벗은 채 보이지 말아야 할 깊숙한 곳을 샅샅이 신체검사 당하는 듯한 모욕감이 들었다.

"야! 이 간나새끼야, 그리문 가서 이혼하든지 아니문 그냥 거기서 살든지 할 것이지 여기 와서 애비, 에미한테 얹혀서 꼴 좋다."

연속되는 비양조며 더러운 욕설이 온몸에 구정물을 씌우는 것만 같다. 나는 점점 더 머리를 수그렸다. 눈가엔 참지 못할 분노와 모멸감이 눈물 되어 가랑가랑 맺혔다.

"야! 너 인차 선거한다는 소리 들었어? 못 들었어? 엉?"

숨 쉴 틈도 없이 재차 다그어 대며 눈을 부라린다.

"들었슴…."

말끝이 채 마무리노 되기 전에 또다시 먹 따는 소리가 귀청을 찢는다.

"오~, 그럴 테지! 잘 놀아대는구나? 그 소리 듣구두 여직까지 뻗치구 있었구나? 엉? 선거할 때 인구 조사 한다는 걸 뻔히 알면서 그냥 뻗친단 말이지? 엉? 쌍년 같으니… 어째, 구류장에 들어오지 못해 오육이 쑤시나? 엉? 구류장 맛을 좀 봐야 정신 들겠어? 엉?"

자기의 위력시위를 한껏 발휘할 이 좋은 기회를 어찌 놓치랴! 마음껏 지껄이고 마음껏 짓뭉개도 반항 한 번 할 줄 모르는 죄인들을 다루던 솜씨가 이 순간 잠자고 있을 리만무하다.

"너 이 간나새끼! 똑똑히 들어라, 내 한 번만 기회를 더 주겠다. 너 삼 일 안으루 여길 떠나라, 오늘이 26일이니간 29일까지 무조건 사라져라! 그렇지 않으문 이번엔 진짜 용서 없다. 그때 가서 징징 짜야 아무 소용 없다. 무조건 집결소에 보낼 테니까. 들었어?"

"예!"

분명 아무런 대책도 없으련만 빨리 이 순간을 모면하고픈 생각이 내 입을 본능적으로 동작시킨다.

집으로 돌아오는 나의 마음은 천근만근 무거웠다. 강물 위에 둥둥 떠다니는 거품처럼 오락가락하다가 어느 순간에 사라질지 모르는 내 운명, 비록 오늘 내 육체는 몽둥이로 맞지는 않았으나 정신적으론 벌써 초죽음을 당했다.

'이젠 어떡하면 좋담…'

교화소보다도 더 악착한 집결소에 대해 거기에 끌려갔다 온 동네 언니 이야기를 듣던 일이 생각난다. 저들의 요구대로 빨리빨리 움직이지 않는다고 임신된 여성의 머리채를 잡아 피터지도록 태를 쳐놓고 배를 사정없이 걷어차 그 임신부가 까무라쳤는데도 눈썹 하나 까딱하지 않더라는 소리, 세수도 안 시키고 머리도 못 빗게 하더라는 소리, 인간이 아니라 짐승으로 취급하며 머리부터 몽땅 깎아 던지더라는 소리를 들으며 얼마나 아비규환했던가. 더구나 그 후유증으로 몇 년 동안 고생하던 그 언니의 모습을 보며 얼마나 혀를 찼던가.

그런 집결소에 나를 보내겠다고 한다. 온몸에 독사가 칭칭 감긴 것만 같은 끔찍하고 소름 끼치는 강렬한 안타까움이 가슴에 구멍이라도 뻥 뚫을 것만 같다.

보안원들은 맘만 먹으면 나 같은 건 식은 죽 먹기로 집결소에 보낼 수 있는 권한을 가진 자들이란 걸 나는 너무도 잘 알고 있다. 내 운명이 한갖 시골 보안원의 손아귀에 옭메워져 그의 지시봉대로 움직인다는 것이 너무도 가엾고 가혹했다.

'어떡해? 난 이젠 어데서 살아야 하나? 내가 있을 곳은

247

과연 어디야?'

눈앞이 캄캄했다. 가지도 있지도 못하는 효미난방 겨인
내 처지!

귀향길에 오른 지도 어느덧 2년이란 세월이 흘렀다. 후
회와 좌절의 눈물 속에 꽃같이 아름답던 나의 얼굴엔 주
름살이 그물처럼 뒤덮였고 버들잎같이 매력 있던 눈썹과
눈 귀는 저울추라도 매달린 듯 아래로 축 내리처지고 처
녀시절 항상 새물새물 웃던 나의 눈엔 절망과 고뇌의 빛이
짙게 어려 있다. 빨간 앵두같이 타오르던 내 볼에는 파리
똥 같은 주근깨가 다닥다닥 붙어 있다. 멋진 유머로 항상
상대에게 기쁨을 주던 입은 천연자물쇠가 걸린 듯 굳게 다
물렸고 어깨죽지는 데쳐놓은 시래기 모양이고 기운 빠진
걸음씨는 60대의 늙은이의 모습이다.

왜 여직껏 말 한 마디 없었느냐, 그동안 어떻게 견디었
느냐, 세상에 둘도 없는 일등 바보라는 소리 듣기를 그 얼
마! 절대로 다시는 못 보낸다는 부모님들의 확고한 결심,
일가친척 모두의 간절한 바람, 고민! 고민! 고민!

그런데 그런 곳으로 나를 다시 가라고 한다. 법이라는
몽둥이를 휘두르며 나의 의사와는 관계없이 무조건 보내
려 한다. 내가 나서 자란 내 고향인데도 다시 와서 살지 못
한다. 내 엄마 아빠가 계시는 나의 고향집인데도 살 수 없

다고, 안 가면 집결소에 보낸다고….

천 리도 넘는 시집으로 다시 간다는 것도 기막힌 일이지만 일단 가기만 하면 국경이라고 여행증도 발급해주지 않아 함부로 오기도 힘든 나의 친정집!

'아! 내 팔자는 왜 이리도 사나울까? 산다는 것이 왜 이리도 지겨우냐? 차라리 죽기보다도 못한 내 인생, 이 땅은 어째서 나에게 고통을 강요하는가?'

나도 인간인데, 자기 운명의 주인은 자기 자신이라고 일생 동안 짓궂게도 따라다니며 암송을 강요하던 그 주체란 말은 언제, 어떻게, 누구를 위해서 쓰는 말인가?

괴로운 고통 속으로 나를 떠밀어 보내려는 그 보안원의 살기 띤 모습이 눈앞에서 사라질 줄 모른다. 저런 독사들이 득실거리는 이 사회가 너무도 무서웠다. 싫어졌다. 증오스럽다. 이렇게 살 바엔 차라리 죽는 것이 나은 듯 싶었다. 정말로 지쳐 죽고 싶었다. 나는 견딜 수 없는 기분이 되었다. 길 옆에 순한 소처럼 반듯이 누워 있는 너즈럭한 바위에 엉덩이를 붙였다. 눈보라가 사납게 불어오고 있었다.

휘익―, 돌개바람을 일으키며 떡가루같이 회디휜 눈가루를 사정없이 들씌운다. 옷가락 사이로 눈가루들이 박혀들어 근심으로 열이 오른 이 몸을 조금씩 조금씩 식혀주려 하건만 나는 오히려 그것이 더 짜증스러워 여기저기 툭툭

털며 그를 배척하고 증오한다.

자기 운명에 아무런 힘도 기울일 수 없는 문맹한이 그래도 이 순간 눈만은 꼭 이길 수 있다는 자신감이 든 것은 그 눈이라는 존재가 너무도 힘도 없는, 단지 나의 손바람에조차 녹아져 버리는 연약한 성질을 가지고 있다는 것을 잘 알기 때문이리.

나는 두렵고 증오스런 보안원과 눈에 보이는 이 세상에 대한 모든 원망을 전혀 저항조차 할 줄 모르는 눈과의 시시한 전투 끝에 얻은 승리로 다독이며 조금씩 조금씩 걸음을 옮기기 시작 했다. 그런데 그날 저녁, 뜻밖에도 나에게 행운의 손길이 와 닿았다. 열아홉 살 난 조카 영호가 내 귀를 솔깃하게 하는 희한한 소식을 안고 왔다. 조용히 나를 불러내더니, 이모는 지금 여기서 사는 것이 괜찮은가 하고, 나는 이러이러한 결심을 했는데 이모 생각은 어떠냐고, 깊이 생각해보고 만일 결심이 섰다면 ○○날 ○○시까지 ○○에 오라고.

언제인가부터 나 모르게 가슴 한구석에 큰 자리를 차지하고 앉아 있던 열망에 불이 달렸다. 나는 정신을 번쩍 차렸다. 왠지 그런 심중한 일을 거미가 실을 뽑듯 슬슬 뻗어내는 조카의 말이 좀 경한 듯 싶어 그에게 말했다.

"이런 일은 순간에 결정한 일이 아니잖아? 그렇게 서두르면 내가 어떻게 결정하겠니? 그리도 급하게 해야 하니?"

나의 물음에 그는 조용히 이렇게 대답했다.

"이틀 전 국가보위부에서 몇백 명이 여기 국경으로 내려왔습다. 이제부터 국경을 완전 봉쇄하려고 최신식 기계설비들을 가지고 왔담다. 국경 주변 사택들을 완전 철거시키고 거기에 구축물을 설치하고, 이제부턴 누구도 연선 주변에 얼씬도 못 하게 한담다. 사실 시간이 없습다. 그들이 금방 손을 쓸 겁다. 그러니깐 빨리 움직이지 않으문 이젠 영 길이 막힐 수도 있습다. 더는 못 가구 여기서 짐승처럼 살다가 죽을지도 모름다."

모든 준비는 이미 전에 다 해놓았으니 다른 걱정은 하지 말라고, 우리가 두만강만 무사히 넘으면 중국에서 마중 나오는 사람들이 있다고, 시간, 장소까지 다 약속돼 있다고.

더 이상 이 땅에 설 곳을 찾기 힘들었던 나에게 다행이라 아니 할 수 없었다.

단둥으로 가는 두 가지 방법

단둥으로 가는 방법은 두 가지, 비행기를 타고 다롄에 가서 버스를 타거나 인천연안부두에서 페리를 타고 단둥으로 가는 것이라고 했다. 병욱은 백두산 가는 단체 관광객을 따라 다롄으로 해서 단둥에 가는 방법을 선택했다. 비행기를 타고 다롄으로 가는 방법을 바꾼 것뿐인데, 대동강무역의 김 주임은 남조선에서 오는 애들은 하나같이 그 모양이라며 못마땅해했다. 배는 멀미 나서 못 타겠고, 단둥에서 두 밤이나 잔다고 하자, 김 주임은 그 두 번이 문제라며, 백두산까지 가지 말고 단둥에 닿거든 바로 대동강무역으로 오라고 했다. 일단은 그러겠다고 했지만 마음은 백두산에서 내려오는 길에 대동강무역으로 가고 싶었다.

배낭과 크로스백 하나를 꺼내놓고 짐을 챙기고 있는데 여행사에서 문자가 왔다. 백두산은 서울보다 20도 가까이 낮다고 두꺼운 점퍼와 스웨터를 준비하라고 했다. 두꺼운 점퍼도 스웨터도 다 버리고 없었다. 긴팔 남방셔츠와 약간 두꺼운 바지를 배낭 안에 넣고 조선에 꼭 가져가고 싶은 노트북을 크로스백 안에 넣었다. 그 안엔 보위부에 보고할 여러 가지 정보들이 들어 있었다. 그의 가장 큰 변화는 이제 종이에 글을 쓰는 것보다 컴퓨터에 글을 쓰는 것이 편하다는 것이다. 휴대폰도 챙겼다. 조선에 들어가면 사용하지 못한다 해도 김 주임을 만날 때까지 필요했다. 남조선에 와서 가장 좋을 때가 그 휴대폰을 살 때였다. 그 순간이 아직도 잊히지 않았다. 휴대폰을 사고 난 다음 전화할 데가 없어 더 외로웠던 기억도 생생했다. 충전기는 일부러 찜질방 수면실에 꽂아두었다. 누군가 그 충전기를 사용한다면, 조금 과장되긴 하지만 자신의 심장이 누군가의 몸 안에서 뛰고 있는 것과 비슷한 느낌일 것이라고 상상했다.

안전부의 **코**에게서 한 번, 동부서의 담당 경찰관인 김 경장에게서 여러 번 전화가 왔다. 제주도 가는 배 안이라 전화가 잘 터지지 않는다는 거짓말을 준비한 후 전화를 했다. 김 경장은 별일은 아니고, 안부 전화를 한 거라고 돌아오는 대로 얼굴 한 번 보자고 했다. 알았다고 했지만, 어쩐지 불안했다. 아무에게도 조선으로 돌아간다는 말을 한 적은 없지만 수지에게 그런 암시를 준 적도 있었고 보위부의 누군가 안전부에 팔아넘길 수도 있고, 무엇보다 **코**가 무슨 일을 꾸밀 수도 있었다. 그런 소문들을 들은 적도 있었으니 그는 집을 나와 찜질방을 전전하였다. 이렇게 말하고 보니 무척 초조한 것 같지만 그렇지만도 않았다. 설레는 기분이 더 많았다. 그것이 귀국 때문인지 여행 때문인지 알 수 없었다. 귀국 때문인 것 같기도 하고 여행 때문인 것 같기도 했다. 남조선은 돈을 빌려서라도 여행을 가라고 권하는 나라였다. 처음에는 미친 소리처럼 들리더니, 어느 순간 그도 여행이라는 걸 하고 싶었다. 돈 들고 나가 다 쓰고 빈손으로 돌아오는 일인데, 어쩌자고 그 일이 하고 싶은 건지, 그 마음을 감추느라 쩔쩔맸다. 단체 관광객을 따라나선 이유도 진짜 멀미 때문인지 그 자신도 조금 헷갈렸다.

출발 전날 혼자 인천공항에 가서 모이는 장소를 확인하고 왔으니 그렇게 서둘 일은 아닌데도 출발 세 시간 전에 그곳에 닿았다. 그는 혼자라서 조금 신경이 쓰였는데 다른 사람들은 별 관심이 없어 보였다. 그것까지는 좋았는데 21명을 10명, 6명, 5명의 팀으로 나누더니, 5명 팀의 조장으로 그를 정해둔 것이었다. 나이가 가장 적다는 게 이유였다. 70대와 60대 부부가 같은 팀이었다. 누구에게 팀장을 넘길까 눈치 보고 있는데 직원은, 함께 밥을 먹고 이동할 때마다 서로 챙기고 출입국 심사를 할 때도 줄을 지어 움직여야 한다고 했다. 생각도 못 한 일이었다. 맙소사, 병욱은 미국놈처럼 어깨를 올리고 손바닥을 보였다. 팀장이 젊어서 좋네, 70대 할아버지가 그 반응이 마음에 든다는 듯 어깨를 툭 쳤다. 그는 혹시나 공화국 사람인 게 들통날까 봐 말 한 마디 못 하고 한 번 더 어깨를 올렸다 내렸다.

그는 일행들과 조금 떨어져 대동강무역의 김 주임에게 전화를 했다. 뜻밖의 상황이라 일단 설명을 해야 할 것 같았다.

"그 보라, 동무. 그냥 배 타고 오라니까 멀미니 뭐니 엄살을 피우더니, 노친네들 수발이나 들고."

김 주임은 쌤통이라는 듯이 와하하 웃더니 다롄 공항에서 택시를 타고 무슨 광장으로 가라고 했다. 그곳에 가면 단둥으로 가는 버스가 많다는 것이었다. 광장 이름을 듣지 못해 물으려고 하는데 같은 조 할아버지가 어서 오라고 손짓을 했다. 그는 공항에서 다시 연락을 하겠다고, 전화를 끊었다.

출국 심사는 까다로웠다. 신발을 벗어 소쿠리에 담고 벨트는 풀고, 두 손을 옆으로 벌리고 전자방망이로 몸 수색을 받아야 했다. 그는 쇠붙이나 폭발 가능한 물건을 들고 타지 않았으나 재입북 계획을 들킬까 봐 불안했고, 그 불안을 감추기 위해 180도로 두 팔을 쫙 벌렸다.

다롄 공항 입구에 여행사에서 준비한 버스가 기다리고 있었다. 택시를 타고 가서 단둥행 버스를 타라던 김 주임의 말이 생각났지만 그 버스를 타고 가는 게 더 빠를 것 같았다. 가이드는 다롄에 있는 공원에 들렀다 단둥으로 간다고 했다. 세계에서 제일 큰 공원이라는 말도 덧붙였다.

진짜 세계에서 제일 큰 공원인지는 모르겠지만 세계에서 제일 큰 책이 있었다. 펼친 책은 새 날개처럼 하늘에 떠 있었고 사람들은 책에 쓰인 움직이는 글자처럼 이 페이지에서 저 페이지로 이동을 했다. 책 위에 오른 관광객들이 두 글자 혹은 한 글자로 된 단어들처럼 멈추어 서서 사진을 찍고 있었다. 병욱은 책으로 치자면 글자가 없는 여백 부분에 삭제될 글자처럼 앉아 있다가 내려왔다. 이제 4시간 뒤 공화국의 품으로 돌아갈 것이라는 보이지 않는 글자를 새긴 후였다.

　단둥까지는 4시간, 넓고 곧은 4차선 도로는 막힘이 없었다. 그 좌우로 키만 한 옥수수가 끝도 없이 이어지고 있었다. 저 많은 옥수수를 심는 것도 키우는 것도 수확하는 것도 먹는 것도 경이롭게 다가왔다. 차창에 기대어 바깥을 보고 있었는데 어느 순간 잠이 든 모양이었다. 휴대폰 진동소리에 잠에서 깨어났다. 김 주임의 문자였다. 급한 일이 있어 베이징으로 출장을 간다며 사무실에 이야기를 해두었으니 문 닫기 전에 가면 된다고 했다. 그는 언제 오냐고 다급하게 문자를 했다. 거리도 있고 하니 2, 3일 걸릴 거라고 했다. 알겠다고 문자를 보냈지만 갑자기 출장을 떠난 김 주임이 마음에 들지 않았다. 3년 넘게 김 주임하고만 연락을 했는데 이제 와서 누구를 만나 뭐라고 인사를 해야 할지 난감했지만 누군가 자신을 기다릴지도 몰라 다시 문자를 했다.

관광버스를 탔더니 밤 늦게 닿을 것 같습니다. 내일 아침 일찍 회사로 가겠습니다.

휴대폰 배터리가 간당간당했지만 밤중에 보내는 문자도 바로 확인하는 사람이라 충분할 것 같았다. 그리고 확인만 하면 될 내용이기도 했다. 조선으로 돌아간다는 기쁨을 누르기 위해 물을 한 모금 마시고 의자 깊숙이 등을 묻었다. 잠시 보이지 않던 옥수수 밭이 다시 나타났을 때 문자음이 울렸다.

동무 순 지멋대로인데, 이렇게 자유주의적으로 논 것 잊지 않겠어.

공화국에서 많이 듣던 말이었다. 공화국의 지시에 따르지 않으면 자유주의적으로 논다고 비난받았다. 오늘 밤에 가나 내일 아침에 가나 뭐가 다르다고, 뒤통수를 한 대 얻어맞은 것처럼 얼얼했다. 언제나 당과 공화국이 중요했지 개인의 생각이나 형편은 중요하지 않았다. 당과 공화국의 일꾼으로서 당연한 일이라고 생각했는데 남조선에서 들었던 것처럼 꼭두각시였던 것 같기도 했다. 김 주임의 말대로 자유주의적으로 변한 걸까, 아랫입술을 깨물었다.

더러운 남조선에 너무 오래 있었나 봅니다. 정신개조를 철저히 하겠습니다.

그는 휴대폰 전원이 나가기 전에 문자를 보냈다. 전화기는 부르르 짧게 떨더니 전원이 나갔다. 굳이 확인하지 않아도 김 주임의 답을 알 수 있을 것 같았다. 단단히 각오하라거나, 앞으로 어떻게 하는지 두고 보겠다는 말일 것이다. 어쩌면 한국서 가져온 돈 냄새를 맡았을 수도 있었다. 그중에서 100만 원 정도만 건네면 김 주임은 그의 성과를 엄청 부풀려줄 것이었다. 늘 사회주의 강성대국이라고 이야기하지만 돈이라면 안 되는 것이 없는 나라였다. 그렇게 마음을 정리하고 나니 마음이 편해졌다.

단둥에 닿았을 때는 밤 9시였다. 가이드는 내일 아침 7시에 밥을 먹고 8시에 압록강으로 간다고 했다. 차 타고 갑니까? 고맙게도 일행 중 누군가 물었다. 도보로 갑니다. 모닝콜은 여섯시. 가이드의 말이 끝나자마자 사람들은 급하게 인사를 한 후 각자의 방으로 들어갔다.

방에 들어서자마자 배낭을 침대 위에 던지고 창가로 달려가 커튼을 걷었다. 건물 사이로 강이 보일 거라고 생각했는데 강은 보이지 않았다. 큰 병원과 관공서, 쇼핑몰인 듯한 건물들이 겹겹으로 싸여 있었다. 차도 아니고 걸어서 15분 거리에 강이 있다는데, 그는 도저히 참을 수 없어 밖으로 나왔다.

잠시 사이에 거리는 더 깜깜해진 것 같았다. 사거리 건너편에 뚱뚱한 청년이 호텔 쪽을 보고 있었다. 압록강이 어디에 있냐고 물어야 하는데, 어쩐지 조심스러웠다. 가만히 서 있으니 오른쪽에서 강물 소리가 나는 것 같았다. 우체국, 음식점, 옷가게들이 모두 문을 닫았다. 제복을 입은 중국 경찰 두 명이 이야기를 하면서 호텔 쪽으로 내려오고 있었다. 이제 한국 국민이라 중국경찰을 무서워할 필요가 없다고 생각하는데도 등 뒤에서 식은땀이 났다. 김 주임의 갑작스런 베이징 출장도 불안을 더했다. 공화국으로 들어가기 전까진 조심할 수밖에 없었다. 그는 중국경찰의 눈에 띄지 않게 다시 호텔로 돌아왔다. 방에 들어오자 아까 들었던 강물소리가 가슴 안에서 나는 것 같았다. 강물소리처럼 가슴이 출렁거렸다.

3년 전 11월 그믐날 밤에 강가로 갔다. 비닐봉지에 신발과 옷을 담고 속옷 바람으로 강가에 섰다. 보위부에서 경비대에 이야기를 해두었으니 염려하지 말라고 했지만 두려움으로 가슴이 쿵쾅거렸다. 압록강을 건넌다는 건 공화국 경비대의 눈을 피하는 것만 있는 건 아니었다. 살얼음이 언 강물을 헤엄쳐 중국의 철조망을 넘어야 했다.

마음을 단단히 먹었지만 상상 이상이었다. 물에 들어간 순간 너무 차가워서 숨이 멎을 것 같았다. 몸을 스쳐 간 살얼음 조각들로 온몸의 감각이 빠르게 둔해졌다. 겨우 강을 건너 비닐에 싸둔 옷을 입고 중국 쪽 철조망을 오르기 시작했다.

철조망만 넘으면 브로커가 기다리고 있다고 했는데 아무도 없었다. 중국공안에게 붙들리면 내보이라는 가짜 허가증을 가지고 있었지만 깜깜한 밤 불빛 하나 보이지 않는 산속에서 누군가를 기다리는 것 자체가 공포였다. 바람에 풀잎 스치는 소리만 나도 곤두선 신경에 몸이 갈라지는 것 같았다. 목표지점도 없었다. 브로커들이 알아서 찾을 테니 멀리 이동을 말고 그 자리에 있으라고 했다. 어디에 갈 수도 없고 가지 않을 수도 없고 두려움으로 몸이 터져 나갈 것 같았다. 숨만 가늘게 내쉴 뿐 손가락 하나 움직일 수 없었다. 그대로 있다간 얼어 죽을 것 같았다. 그 자리에서 죽기는 싫었다. 산을 넘어가면 마을이 있을 지도 모른다는 생각이 들었다. 뻣뻣하게 언 다리를 손으로 끌어다 한 걸음씩 옮기고 있을 때 누군가 뒤에서 낮게 불렀다. 이제 살았구나 싶었는데도 화부터 냈다.

"기다리라 해놓고 이제 나타나면 어떡함매까? 얼어 죽을 지경인데."

"이 동무 말 더럽게 한다이. 중국공안 따돌리고 여기까지 온 게 어딘데. 그냥 얼어 죽게 내버려둘까, 걸을 수 있어?"

브로커는 어둠 속에서 낮고 차갑게 으르렁거렸다.

"다리가 움직이지 않습매다."

자신도 모르게 높임말이 나왔다.

"못 걸으면 업고 가야 하는데 중국 돈으로 오백 더 내놔
야 해."

발이 얼 때까지 기다린 것 같았지만 따질 수 없었다. 강
을 건너는 순간 다른 탈북자들과 똑같은 취급을 받는다고
한 보위부 간부의 말이 실감났다.

"지금은 없고 남한에 가서 정착비 받으면 주갓소."

그는 진심으로 브로커에게 애원을 했다.

태국에 와서야 발과 손가락에 동상이 걸린 줄 알았다.
그 동상 때문에 그의 탈북 동기를 의심하는 사람들은 거의
없었다. 안전부의 조사관들도 마찬가지였다.

남한에서의 삶은 생각도 하지 않았는데, 고혈압을 앓던
부친이 남조선 약을 먹은 게 발각되었다. 반당행위를 한
아버지 때문에 학교를 더 이상 다닐 수 없었다. 학교를 졸
업하고 무역일꾼이 되겠다던 꿈이 산산조각이 났다. 청진
시의 당 간부이기도 했던 강좌장(長) 선생님은 3년 정도
유학했다 치고 남조선에 갔다 오라고 했다. 자강도 농장원
이나 공장 직원으로 가는 것 보다는 나을 것 같아 가겠다
고 했다. 강좌장 선생님이 소개해준 보위부 간부는 남조선
안전부 아이들이 탈북 경로를 꼬치꼬치 캐고 있으니 다른
탈북자처럼 혜산으로 가서 브로커를 만나 압록강을 건너
라고 했다. 혹시라도 모르니 중국공안에게 체포될 경우 사
용할 수 있는 북한 외교관 신분증을 하나 만들어주었지만

붙잡히지 않은 경우는 사용하지 말라고 했다. 그 신분증에는 이름이 벼욱이라고 되어 있었다. 남조선에서 사용할 이름이라고 했다. 그리고 유니원을 무사히 퇴소하면 연락할 대동강무역 김 주임의 전화번호도 받았다. 반드시 외우라고 했다.

떠나기 전날 만난 보위부 동지는 딱 한마디 했다.

"동무, 남조선이 살 만하다면 거기서 적응하고 살아라. 동무하고 연락이 되는 한 동무의 아버진 어떤 경우가 있어도 죽게 하지는 않겠다."

적응이라는 말에 등골이 서늘해졌다. 어떻게 남조선 괴뢰도당의 소굴에 적응을 하란 말인지, 그는 꼿꼿하게 차렷자세를 하고 고함을 질렀다.

"혁명과 민족 해방을 위해서 가는 것이지 아버지 때문에 가는 건 아닙니다. 만약 배신한다면 저를 처단해주십시오."

자신이 지른 고함 소리에 놀라 자다 깨어난 게 한두 번이 아니었지만 압록강이 보이는 단둥에서도 그 고함소리에 잠을 이루지 못할 줄은 몰랐다.

아침 일찍 호텔을 나섰다. 텔레비전 앞 테이블에 메모를 간단하게 남겼다. 급한 일이 생겨 같이 출발할 수 없을 것 같다는 내용이었다. 일행들이 자신 때문에 피해를 보지 않았으면 한다는 말을 지우고 절대 찾거나 기다리지 말란 말을 덧붙였다.

이동통신회사, 병원, 백화점을 지났다. 어느 학교에서 운동회 준비를 하고 있었다. 아직 날이 완전히 새기 전인데도 똑같은 운동복을 입은 아이들이 학교 교문이 미어터지게 들어가고 있었다. 곳곳에 계란빵이나 국수를 파는 포장마차가 보였다. 장을 보고 오는 아주머니도 있었다. 신호등 건너 시장이 있었던 것 같았다.

길 건너 붉은색 옷을 입은 사람들이 모여 운동을 하고 있었다. 흐르는 강물처럼 천천히 손동작을 하고 있었다. 움직이는 손 사이로 강물이 보였다. 그는 크게 숨을 내쉬고 강 옆으로 난 2차선 도로를 건넜다. 이른 아침부터 관광객들이 표지판 앞에서 사진을 찍고 있었다. 한자로 쓰인 압록강이었다. 등산복을 입은 여자가 휴대폰을 내밀며 사진을 찍어달라고 했다. 병욱은 찍는다는 말 한마디 없이 사진을 찍고 휴대폰을 건넸다. 여자의 뒤로 압록강 철교를 본 순간 철교를 지나가는 차의 진동처럼 심장이 떨렸다. 오로지 저 다리를 건너기 위해 서울을 떠나왔다. 새처럼 날아가 저 다리를 건널 것이라고 생각했는데 다리가 점점 무거워졌다. 꼭꼭 숨겨둔 생각이 불쑥 떠올랐다. 대한민국은 천국 같기도 하고 지옥 같기도 한데 공화국은 천국일까 지옥일까, 모든 인민이 쌀밥에 고깃국을 먹는 사회주의 천국을 이루겠다는 장군의 말은 남조선에 와서 보니 코미디였다. 쌀밥과 고깃국만으로 이루어지는 천국은 이 세상에 없었다.

6시 45분. 일행들이 식당으로 오지 않은 그를 찾아 방문을 두들겼을 것이다. 아무 반응이 없자 가이드에게 그 사실을 알렸을 거고 누군가 문을 열고 그가 남긴 메모를 발견했을 것이다. 그는 조금 더 빠른 걸음으로 강을 따라 올라갔다. 강변에 늘어선 집들이 조금씩 줄어들고 사람들도 없었다. 사람들의 눈길이 닿지 않은 강은 더 맑고 푸르게 보였다.

왼쪽으로 쭉 뻗은 도로 사이로 베이징을 바라보고 있는 마오쩌둥의 동상이 보였다. 단둥역이었다. 그 맞은편에 늘어선 상가는 대부분 문이 닫혀 있을 것이었다. 홍태 슈퍼마켓을 찾으려다 말고 대합실로 들어갔다. 돌아오기에도 떠나기에도 이른 시간이라 대합실도 비어 있었다. 가끔 갈 곳을 잃은 듯 어깨를 웅크린 사람들이 구석에 앉아 있었다. 그도 그 맞은편, 매표소 쪽 구석에 자리를 잡았다. 매표소 왼쪽 벽 전광판 노선도에 환하게 불이 들어와 있었다.

끊지 못하는 전화

주영은 전화기를 들고 그 자리에 서 있었다. 어떻게 해야 할지 어떻게 하면 좋을지 물어볼 사람이 없었다. 고개를 돌리니 수지가 사는 아파트 건물이 보인다. 다시 들어갈까. 다리가 후들거리고 한기도 들었다. 잠시 망설이다, 아파트 관리인이 지켜보는 것 같아 아파트 밖으로 걸어 나왔다.

조금 밖에 걷지 않았지만 더 걷기가 힘들어 버스정류소 의자에 앉았다. 수지가 사는 동네를 떠나면 안 될 것 같기도 했다. 서쪽에서 쏟아지는 오후 햇빛에 목덜미에 땀이 맺혔다. 같은 번호의 버스가 두 대나 지나갔지만 **코**에게는 전화가 없다. 문자라도 할까. 전화기를 내려다보고 있는데 전화가 왔다. **코**가 아니라 명훈이었다. 퇴소 직후에는 일주일에 몇 번씩 전화를 했지만 요즘은 적응을 잘하고 있는지 뜸한 편이었다. 잘 지내면 연락이 안 온다는데 무슨 일이라도 있는 걸까. 주영은 머리가 복잡했지만 마음을 다잡고 전화를 받았다.

"선생님, 오늘 학원서 어떤 사람이, 제가 북한서 왔다니까 빨갱이래요."

곧 울음을 터뜨릴 기색이었다. 그러고 보니 한 달 전에 중학교 과정을 배우는 검정고시 학원에 다닌다고 했던 게 생각났다.

"무슨 일이 있었어?"

"아무 일도 없었어요. 그냥 자기소개 시간이었는데…."

"공부하고 싶어서 왔다고 하지?"

"하긴 했어요. 그래도 너무 무서워요."

"무서워할 것 없어. 남한 사람 중에도 그 말 싫어하는 사람 많아. 너무 신경 쓰지 말고 공부해. 또 그런 말 하면 전화해. 그땐 선생님이 어떻게 해볼게."

명훈이는 조금 진정이 됐는지, 앓지 말라는 인사를 하고 전화를 끊었다.

콧물이 흐르고 머리가 아팠다. 한기가 들고 열도 났다. 월요일 출근을 생각하니 병원에 안 갈 수가 없었다. 의사는 몇 마디 하지도 않았는데 감기몸살이라고 했다. 처방한 약을 기다리고 있는데 **코**에게서 전화가 왔다. 어디냐고, 대뜸 야단치듯이 물었다. 몸살감기라서 병원 왔어요, 목소리가 저절로 목구멍 안으로 기어들어 갔다. 말을 안 들으니까 몸살이 나지. 월요일에 보자. **코**는 바로 전화를 끊었다.

평생 처음 앓아본 몸살 때문인지, 금 토 일 3일을 지났을 뿐인데 월요일의 유니원은 뭔가 달라진 것 같았다. 출근 시간까지 조금 여유가 있어 바람을 쐴 겸 천천히 걸어 운동장으로 갔다. 이미 점호가 끝나 운동장엔 아무도 없었다. 금요일 퇴소하던 사람들의 짐들이 줄을 지어 있던 곳도 선주 씨가 시를 생각하던 곳도 텅 비어 있다. 눌러도 눌러도 누르지 못했던 희망과 기대와 열망으로 타오르던 눈들이 생각났다. 선주 씨는 천국이라고 했다. 지금 그 말을 들었으면, 북한 사람을 위한 천국은 없다고 잘라 말할 수 있을 것 같기도 했다.

사무실에 들어서자마자 기다렸다는 듯 팀장이 불렀다. 수지 일인가 해서 가슴이 내려앉았는데 그건 아니었다. 물품을 담당하던 직원이 어제 맹장염으로 수술을 했다며, 누구든 그 일을 맡아야 할 것 같다고 했다. 주말 내내 몸살로 힘들었다고 해야 하는데, 다른 직원들의 굳은 표정을 보니 이 일을 두고 이미 팀장과 감정이 상한 것 같았다. 이틀 후면 새 기수가 들어올 건데, 그 일을 맡는다는 건 무리이긴 했다. 다른 직원들처럼 못 맡겠다고 하면 된다는 걸, 아무리 계약직이지만 그런 일로 불이익을 줄 것 같지는 않았는데, 하겠다고도 하지 않겠다고도 하기 어려웠다. 정할 사람이 없으면, 거기까지만 말했는데도 팀장은 얼굴이 환하게 밝아졌다.

하루 종일 물품 창고에서 새 기수들에게 줄 물건을 챙겼다. 우산 세제 샴푸 스킨 로션 등 공통적으로 지급되는 것부터 챙겼다. 일 년 전에 그 일을 담당했다는 사감의 도움을 많이 받았다. 창고 바닥에 플라스틱 대야를 놓고 호실별로 공통물건을 담는 걸 가르쳐준 것도 사감이었다. 다행히 이불과 베개는 청소하는 분들이 미리 방에 넣어놓았다고 했다. 개인별로 지급되는 물품들을 비닐봉지에 담고 있을 때, 서류를 잘 보관하라는 문자가 **코**에게서 왔다.

몇 대의 관광버스를 나누어 탄 새 기수들이 본관 앞마당에 내렸다. 뼈만 앙상한 할머니와 등에 아이를 업은 엄마도 보였다. 숙소를 올려다보는 그들의 눈길이 새로운 열망으로 뜨거웠다. 그들은 허리까지 오는 커다란 가방을 본관 앞에 모아두고 강당으로 갔다. 주영도 오늘 책임질 열 명의 명단을 받아 들고 그들의 뒤를 따랐다. 숙소와 유니원의 시설을 안내해야 할 사람들이었다. 원장님의 환영사가 끝난 후 주영이 담당할 열 명의 교육생들이 밖으로 나왔다. 양복을 입은 남자가 있어 깜짝 놀랐다. 성인남자는 강원도에 교육기관이 따로 있기 때문이었다. 주영이 놀라서 서류를 뒤적이자, 나이 때문이란 걸 알았는지 열아홉이라고 그 옆에 선 여자가 말했다. 열아홉이라면 이곳으로 배정받는 게 맞았다. 그런데 왜 양복을, 주영은 망설이다 물었다. 감색 양복에 붉은색 넥타이를 맨 청년은 얼굴을 붉히며, 북한에서부터 진짜 입고 싶었다고 했다. 내가 취직하거든 하라 해도, 옆에 선 남학생이 눈을 흘겼다. 뭐 어때서, 청년은 가슴을 펴며 여전히 그 옷을 자랑하고 있었다. 멋있네, 주영의 한마디에 청년은 한 걸음 다가와 허리를 숙였다. 어떻게 살아왔는지, 말 한 마디에 온 마음으로 감사를 표시하는 사람들도 있었다.

본관 4층의 병원부터 안내했다. 한 아주머니가 뱃병이 있다며 어떻게 하면 의사 선생을 만날 수 있는지 물었다. 이삼 일 안으로 만날 수 있을 테니 걱정 마세요, 아주머니를 안심시키고. 2층의 강당과 강의실, 1층 식당을 돌아 밖으로 나왔다. 복도에 걸린 팻말을 가리키거나 문을 열고 실내를 확인하는 정도였다. 더 자세한 설명은 할 필요가 없었다. 들어도 기억하지 못하고 듣고 싶어 하지도 않았다. 그들의 가장 큰 관심은 본관 왼쪽에 늘어선 숙소였다.

양복 입은 청년을 포함한 남학생 세 명은 가동 1층이었다. 그중 한 명이 중국에서 오래 살아 출입문 비밀번호를 사용하는 방법을 따로 가르쳐 줄 필요는 없었다. 나동 3층인 선주 씨의 방엔 무산에서 온 광일이와 그의 어머니, 여동생 유정이 들어갔다. 어머니와 여동생은 중국 칭다오에서 생활한 지 3년이 넘었고 광일이는 이번에 무산에서 나왔다고 했다. 몇 년 만에 만난 세 사람은 서로 낯설어하며 웃고 있었다. 이미 알고 있었는지 앞 기수 사람들이 문 옆

에서 주영이 나가기를 기다리고 있었다. 식사 설명은 안 해줘도 될 것 같았다

희미하게 노란 조가 섞인 밥, 황태 미역국, 멸치볶음, 동그랑땡 구이, 배추김치가 저녁이었다. 이곳에서 자주 먹는 음식들이지만 그들에겐 유니원의 첫 식사였다. 누군가는 또 북한에 두고 온 가족 생각에 숟가락이 무거웠을 것이고 누군가는 동그랑땡의 냄새가 역겨워 밥을 반쯤 남겼을 것이다.

저녁 식사를 마치자마자 물품창고로 갔는데 사감이 먼저 와 있었다. 이제 물건을 나누어주는 건 남아 있는 기수의 총무들과 할 테니 좀 쉬라고 했다. 그래도 되냐고 했더니, 이미 다 나눠놓은 걸 호수별로 지급만 하면 된다고, 일이 있으면 연락하겠다고 했다. 그래도 될 것 같아 창고에서 나오는데 전화벨이 울렸다. 낯선 번호라서 조금 망설였지만, 곧 전화를 받았다. 선주 씨였다. 그래도 기다리고 있었는데, 반가워서 한참 동안 통화를 했다. 끊고 나니 **코**의 전화가 두 통이나 와 있었다. 무슨 일로 전화를 했는지 알 것 같았다.

누군가 문을 두드렸다. 두 번, 아니 세 번인가. 방 안은 숙소 밖 가로등 불빛으로 어둡지 않았다.

"팀장님이 찾으셔. 전화도 안 된다고."

사감의 목소리, 벽에 걸린 시계는 8시 30분, 2시간 가까이 잔 것 같았다.

"피곤해서 무음으로 해두고… 전화 드릴게요."

우선 문을 열어야 할 것 같은데 어지러웠다. 물품창고에서 나올 때부터 열이 올라왔던 게 생각났다. 나 내려간다. 문을 열기도 전에 사감의 발자욱 소리가 멀어졌다. 세수를 다시 하고, 늦었지만 몸살약도 먹고, 겉옷을 챙겨 입고 나서다가 다시 돌아서 책상 위에 있던 천 가방을 들었다.

팀장은 운동복 차림이었다. 늘 왁스로 뒤로 넘겼던 머리도 감았는지 앞으로 흘러내렸다. 머리 하나만으로 사람이 달라 보였지만, 팀장은 주영이 달라 보인다는 듯 눈을 동그랗게 뜨고 물었다.

"전화는 왜 안받아?"

아, 예, 그냥. 얼버무렸는데 팀장도 더 묻지는 않았다.

"안전부 남 과장이 전화해달라던데. 할 말이 있는데 전화 안 받는다고."

팀장이 궁금하다는 듯 얼굴을 힐끔 들여다보고 사무실 안쪽 자신의 책상으로 갔다. 그 사람 성이 남이었구나. 별것도 아닌데 비밀이라고… 주영은 허탈한 느낌에 잠시 서 있었다. 팀장이 칸막이 위로 고개를 한 번 더 내밀어 재촉했다.

"그렇게 서 있지 말고 어서 전화해. 여기서 하든가."

주영은 잠시 그대로 서 있다 가방 안에서 **코**가 맡긴 봉투를 꺼내 들고 팀장에게로 갔다.

"이거 안전부에서 준 자료인데 수지라고, 지금은 대학생인데, 그애 집에 몰래 두라고⋯."

눈물이 쏟아졌다. 뭘 하려고 했는지, 지금 무얼 하고 있는지⋯ 무섭고 두려웠다. 팀장은 못 들은 듯 팔꿈치를 괴고 손가락 끝으로 이마를 받치고 있었다. 그리고 짧은 숨을 내쉬더니 얼굴도 돌리지 않고 말했다.

"무슨 소리를 지금⋯"

팀장이 신경질적으로 키보드를 두드렸다. 주영은 팀장의 책상 위에 봉투를 놓았다.

"혼자 온 아이입니다. 가족도 없고⋯"

팀장은 책상 위의 봉투를 흘깃 본 후 더 들을 필요가 없다는 듯 손을 들어 말을 막았다. 이미 할 말은 다한 것 같았다.

밤하늘이 맑았다. 주영은 잠시 걸음을 멈추었다. 별들은 날아오른 연처럼 아주 높은 곳에 있었다. 숙소 한 곳에서 누군가 노래를 불렀다. 그들이 좋아하는 '친구'였다. 아직은 우리나라 노래도 북한식으로 불렀다. 그 노래에 답이라도 하듯 마을에서 개가 짖었다.

이제 붉은색 공중전화 부스는 텅 비어 있다. 밤 9시까지 그들의 가쁜 목소리를 전달했던 전화기는 여전히 누군가의 말을 전하는 듯 작은 전등을 밝히고 누군가 하지 못한 말을 어디론가 전하고 있다. 그중 한 대는 누군가 차마 전화를 끊지 못한 듯 수화기가 선반 위에 있었다. 이곳에 온 많은 사람들이 친구 만나러 간다, 바람 쐬러 간다, 아니면 이 말마저 하지 않고 집을 떠난 사람들이었다. 각별했던 가족 그 누구에게도 하지 못하고, 목구멍 끝에서 삼킨, 하지 못한 그 말을 어떻게 할까. 뚫어져라 공중전화를 보고 있는 그들의 마음에 흐르는 눈물을 이제는 알 것 같았다. 다시는 돌아갈 수 없는 곳, 다시는 만나지 못할 사람들. 대한민국에 왔다는 열망이 뜨거울수록 죄책감도 깊어질 것이었다.

주영은 전화기 위에 놓여 있는 수화기를 들었다. 뚜우 뚜우… 말을 하라고 재촉하는 듯했다. 전화기를 귀에 대고 번호판을 들여다보았다. 몇 명의 사람들이 스쳐 갔다. **코**의 모습이 가장 먼저 지나갔다. 그 서류봉투는 유니원에 맡겼습니다. 마지막 문자를 보낸 후 휴대폰 전원을 껐다. 이제 어떤 마음도 남아 있지 않았다. 가장 오랫동안 떠오른 사람은 선주 씨였다. 아파트 배정받고 좋다 했더니 곧 열이 나고 사지가 너무 아파 병원에 입원했다고 했다. 새벽에 남한에 먼저 와 있던 사촌한테 전화했더니 별일 아니니까 진통제 있으면 먹고 기다리라고 했단다. 기다리면서도 야속하다고 생각했는데 사촌은 자기가 의사라도 되는 듯 유니원 나오면 대부분 이유 없이 이렇게 한 번씩 아프다고 했다고, 내일 퇴원한다고 했다. 퇴소하넌 나를 왜 그렇게 아프대요? 주영이 묻자 선주 씨는, 잘 모르겠다며, 다 잊었다는 듯이 웃었다. 순 엄살이라고 놀렸지만 그들이 왜 아픈지 알 것 같았다. 이식의 고통을 몸이 먼저 알고 있는 것이다.

새벽 5시, 출입 통제 시간이 지나자마자 숙소 밖으로 나온 사람들이 공중전화를 찾았다. 아마도 지난밤 한잠도 자지 못하고 뒤척이며 기다린 시간일 것이다. 밤새도록 손에 쥐고 있어 뜨거워진 카드를 들고 새벽부터 그들은 무슨 말을 할까. 어쩌면 강을 건너다 떠내려간 여동생의 소식을 전하며 엉엉 울었을 수도 있고 돌아가신 할머니의 소식을 전하는 사람들도 있을 것이다. 누군가는 전화카드만 들고 북한집 전화번호를 꾹꾹 눌렀을 수도 있을 것이다.

첫 버스는 6시였다. 검은 군복을 입은 경비대가 꽉 닫힌 철문을 열어주고 인사를 했다. 팀장에게는 그만둔다는 말을 했지만 어쩐지 아무에게도 말을 하지 않은 기분이었다. 아무에게도 말을 하고 싶지 않았다. 아무 말도 하지 않고 떠나온 사람들의 심정이 조금 이해가 되었다. 물속 깊은 세상에 갔다 온 기분이었다.

유니원 맞은편에서 첫차를 기다렸다. 이제 다시 유니원 안으로 들어갈 수 없다. 처음 이곳으로 올 때 탄 택시기사의 말처럼, 그곳은 아무나 들어갈 수 있는 곳이 아니기 때문이다. 다시는 갈 수 없는 곳을 가진 그들의 아픔이 조금씩 스며들었다. 선주, 수지, 기호, 명훈의 얼굴이 차례로 떠올랐다. 꼭 다시 돌아오고 싶었다.

호두과자

윤보 씨는 어머니에게 이야기한 것과는 달리 제삿날 밤이 아닌 그다음 날 새벽에 금당실을 떠났다. 술에 취해 형집에 쓰러져 자다 눈을 뜨자마자 나온 것이었다. 얇은 어둠이 한 꺼풀 정도 남아 있었다. 평소에는 음복으로 한두 잔 하는 정도였지만 그날은 제주를 다 마시고도 모자라 냉장고에 있던 소주까지 꺼내 와 마셨다. 처음엔 너무 많이 마신다며 만류하던 큰형도, 형 집 아니면 어디에서 마시겠냐고 실컷 마시라고 했다. 밤에 올라간다는 사람이 웬 술을 그렇게 마시냐는 말이 들렸지만 윤보 씨는 못 들은 척했다. 형이 술 깨면 운전대 잡으라고 할 테니 걱정 마시라고 어머니를 안심시켰다. 한참 마시다 보니 어머니는 보이지 않았다. 북한에서 양부의 딸과 손자가 왔다는 이야기는 하지 않았다. 목구멍을 타고 그 말이 올라올 때마다 술을 마셨다. 분명 쓸데없는 관심을 받게 될 것이었다. 그들이 가족인지 아닌지부터 헷갈렸다.

금당실에 갔다 온 다음에도 어머니가 준 전화번호 쪽지

를 펴본 적이 없었다. 그 쪽지가 생각나면 멍하게 베란다에 서 있다 들어왔다. 아내에게도 말하지 않았다. 40년 전 어머니의 양자가 될 때가 생각났다. 그때에도 양부에 대한 소문은 무성했다. 북에 끌려갔을 것이다, 6·25전쟁 중에 죽었을 것이다 등. 어머니는 그 어떤 소문에도 반응을 하지 않았다. 그저 아버지의 제사가 아니라 생일상을 차리면서 자신의 마음을 표시했다. 북에 아버지가 살아계신다는 사실은 머리에 돌을 이고 있는 기분이었다. 양자가 된 이후부터 아버지가 북한에서 내려오면 어떻게 할까 두려웠다. 아버지의 나이가 60, 70이 넘어가면서 그런 걱정에서 조금씩 벗어났다. 돌아가셨을 가능성이 많아졌다. 이제 80세가 넘은 어머니까지 돌아가시면 자신을 끌고 다닌 운명의 그림자가 조금씩 엷어질 것 같기도 했다. 그런데 주영이 유니원에 취직을 하더니, 이번에는 아버지의 딸과 그 아들이 찾아왔다고 했다. 핏줄로 따지자면 피 한 방울 섞이지 않고 양자로 들어온 자신보다 그 여자가 훨씬 이 집안의 적통인 셈이었다. 지금 그런 걸 따져 무슨 소용인가 싶다가도, 가끔씩 당황스러웠다. 북으로 간 양아버지의 그늘에서 벗어났다고 생각했는데 제대로 한 방 맞은 기분이었다.

금당실에서 올라온 며칠 뒤 어머니는 다시 전화를 했다. 잘 올라갔는지 전화해본다는 게, 마늘 캔다고 좀 바빴다고 하셨다. 그것 때문에 전화할 분이 아니란 걸 윤보 씨는 알고 있으면서도 그 여시 제가 먼저 전화드려야 했는데 깜빡 잊었다고만 했다.

"아무리 생각해도 우째 여기까지 오라고 하겠는가."

어머니는 정색이신 듯, 단단한 음성이었다.

"네?"

윤보 씨는 그래도 못 알아들은 척했다.

"교통이야 서울이 편하제. 서울 구경도 시켜주고."

어머니의 목소리가 전화기 밖으로 들렸다. 아내가 TV의 음량을 줄였다. 어머니의 목소리가 더 또렷하게 들렸다.

"그날 내려와서 그날 올라가게 할 수도 없고…, 서울에서 보는 게 낫겠제?"

"그러고 싶대요?"

더 이상 모른 척할 수 없었다. 윤보 씨의 마음이 무거워졌다. 눈썹 위에 지네 한 마리가 붙은 듯 인상을 찌푸린 아내가 자신을 쏘아보았다. 그 사람들을 부르기라도 하면 가만 안 두겠다는 눈빛이었다.

"꼭 말을 해야 아나?"

나무랄 때처럼 어머니의 목소리가 낮아졌다. 아내가 검지손가락 두 개로 X자를 그렸다. 절대 안 된다는 뜻이었다. 뭘 알지도 못하면서, 윤보 씨는 아내가 불만스러워 미간을 찌푸렸지만 자신이 생각해도 그럴 필요는 없을 것 같왔다.

"주영 에미가 수술을 했어요. 간단한 수술이긴 해도 손님 치르기엔…."

윤보 씨는 목소리를 낮추었다. 아내도, 어머니도 조심스러웠다.

"어디가 안 좋아서?"

예상대로 어머니가 황급하게 물었다.

"간단한 거예요. 배 아래 혹이 났나 봐요."

윤보 씨는 몇 년 전에 제거한 아내의 혹을 들먹였다. 주방 쪽에 있는 아내가 살짝 웃는 것 같았다.

"아이구 그 몸으로 손님을 치면 안 되지. 괜찮은 게냐, 에미는?"

어머니는 윤보 씨의 말을 곧이곧대로 들은 건지 아니면 단순한 핑계라는 걸 알면서도 모르는 척하는 건지, 아내 걱정부터 하셨다.

"며칠 쉬면 괜찮을 겁니다. 그런데 그 사람들은 어떡하지요."

윤보 씨는 어렵게 본론으로 들어갔다.

"금당실로 오라고 해야지. 그 아이 축구 테스트라는 것도 받아보고."

"축구 테스트요?"

"갸가 공을 차고 싶어 북한서 왔는데 공 찰 데가 없단다.

읍내 선생 말로는….”

“북한 애들이 공은 차면 얼마니 친다고. 기도 작을 낸데.”

윤보 씨는 어머니가 못마땅해 한마디 했다.

“키는 작아도 날래기만 하면 된다는데.”

어머니는 그 아이를 잘 아는 것처럼 말했다. 그는 어머니의 전화가 점점 불편해져 서둘러 전화를 끊었다.

어머니의 전화 후에도 먼저 연락을 할 생각은 없었는데 동기 모임에 갔다 온 후 생각이 달라졌다. 서울에 사는 중학교 동기는 다섯 명이었다. 세 명은 퇴직을 했고 한 명은 자영업, 한 명은 작년에 교감이 된 친구였다. 퇴직 전에는 시간 맞추기가 힘들었는데 퇴직하고 나니 약속 정하는 일이 수월했다. 이번에는 교감으로 있는 친구 학교의 개교기념일라 해서 평일 낮에 만나기로 했다. 아직 현직에 있는 교감인 친구가 형편이 조금 나았지만 자영업 하는 친구나 퇴직한 친구들의 삶은 비슷비슷해서 소주 한 잔이 달고 말한 마디가 따뜻했다. 아침을 식빵 한 조각으로 때운 뒤라 윤보 씨는 바쁘게 약속 장소인 삼겹살집으로 갔다. 교감인 친구는 갑자기 학교에 불려나가 좀 늦다고 했다.

친구는 삼겹살집을 나와 그 옆의 맥주 집으로 자리를 옮겼을 때 왔다. 북한에서 온 애가 한 명 있는데 갑자기 그 애에 대한 보고를 하라고 해서. 친구는 목이 탔는지 맥주를 단숨에 다 비웠다. 북한 애? 친구들이 동시에 물었다. 3월에 왔는데, 며칠 오더니 아예 학교를 안 오더라고. 전화도 안 받고. 친구는 맥주 값은 자기가 내겠다며 흑맥주 한 병과 맥주 세 병을 더 주문했다. 경찰로 퇴직한 친구가 교감의 잔에 술을 따르며 한마디 했다. 북한서 왔다고 밝히지도 않지? 아니, 전학 오는 날 양강도 혜산에서 왔다고 하더라고. 학교가 뒤집어졌지. 좀 놀라는 것 같아도 애들이랑 잘 어울렸는데, 수업 내용을 따라갈 수 있어야지. 교과 선생 말로는 초등학생보다 못하다는데. 며칠 뒤에는 계속 엎드려 자는 거야. 기초학력진단평가도 우리 학교에서 유일하게 미달이고. 그렇지 않겠나. 학교도 제대로 안 다닌 데다가 배우는 내용도 다를 거고. 윤보 씨가 한마디 했다. 맞다. 니 좀 아네. 그것만 해도 큰 문제인데 누가 빨갱이라고 했나 봐. 그다음부터는 아예 안 나오고. 걔 엄마가 교육청에 바로 민원 넣은 거야. 그 인간들이 고발 하나는 잘해요. 누군가 또 한마디 했다. 집 주고 정착금 주지. 학비 공짜지, 그렇게 해주는 데도 못 하면 할 수 없는 거 아냐. 자영업을 하는 친구도 한마디 했다. 윤보 씨는 괜히 얼굴이 붉어지는 것 같아 냉수를 달라고 했다. 다행히 이야기는 입원 중인 교감의 노모 안부를 물은 걸 시작으로 건강 문제로 넘어갔다. 경찰로 퇴직한 친구가 금당실 어머니의 안부를 물었다. 대단한 분이시지. 아무나 그렇게 살 수 없어. 윤보 씨는 못 들은 척 술을 마셨다.

자영업 하는 친구가 가게에 기뵈야 한다며 저녁 시간 선에 자리에서 일어났다. 윤보 씨도 일이 있다며 같이 일어났다. 친구는 지하철을 타겠다며 역 안으로 내려가고 그는 그대로 걸었다. 정착금도 주고 집도 주고 학비도 공짜라는데 왜 학교를 안 다녀! 한국에 그것도 없는 애들이 얼마나 많은데, 그는 양부의 손자가 옆에 있기라도 한 듯 돌아보다, 횡단보도를 건너고 있는 남학생을 따라 건넜다. 옛날 말이지, 학비가 없어서 공부 못하는 애들은 없지. 윤보 씨는 불쑥 떠오른 생각에 고개를 끄덕거렸다. 그는 그만 걸어야겠다는 생각과 어머니가 준 전화번호를 동시에 떠올렸다. 빵집 앞이었다.

심금향. 전화를 하기에는 시끄러운 것 같아 옆에 있는 빵집 건물의 계단으로 올라갔다. 서너 번 울리다 안 받으면 끊을 생각이었는데 두 번 만에 전화를 받았다. 여보세요. 전화를 받는 여자의 억양이 약간 달라 더 긴장이 됐다.

"권보드란 할머니의 아들입니다.

"아 그렇습매까? 기다리고 있었습매다."

여자는 스스럼없이 반색을 했다.

"어머니댁으로 모시고 오라고 해서….”

"서울에 안 간다고예?"

여자는 비명처럼 물었다. 사정이 생겨 어쩔 수가 없다고 하자 여자는 할머니는 그렇게 말하지 않았다고 실망을 감추지 않았다. 윤보 씨는 둘러댈 말을 찾지 못해 입안이 바싹 말랐다.

"어머니가 축구 테스트를 받게 해줬다고…."

윤보 씨는 더듬거리며 겨우 말했다. 어머니는 그 아이라고 여자의 아들을 지칭했지만 그는 그 말조차 하기가 어려웠다.

"예? 볼을 차게 해준단 말입니까?"

테스트라는 말을 설명해야 하나, 윤보 씨는 순간 난감했지만 일단 만나서 이야기하는 게 나을 것 같았다. 시끄러워서 전화를 오래 할 수도 없었다.

"그럼 언제쯤 내려갈까요? 제 차 타고 같이 가면 됩니다."

윤보 씨는 한쪽 귀를 손으로 막고 큰 소리를 했다. 어쩐지 점점 시끄러워지는 것 같았다.

"아무 때나 괜찮지만 그래도 주말이라야 안 되겠습니까?"

여자는 아직 자신의 퇴직 사실을 모르는 것 같았다. 하기사 알고 말고 할 것도 없긴 했다. 축구 테스트 받으려면 주말은 곤란할 것 같다고 하자 여자는 그건 생각도 못 했다며 우물쭈물했다. 윤보 씨는 마지막 주 월요일에 만나기로 하고 전화를 끊었다. 처음 만나는데 무슨 선물을 사야 할 것 같기도 하고, 이 사실을 알려야 할 것 같아 그는 그 자리에서 딸에게 전화를 했다.

경기도 중소도시인 A시에서 어머니 집까지 가려면 아침 일찍 출발해야 했다. 여자에게는 화장품 세트를, 아들에게 는 운동화를 선물로 샀다. 주영도 할머니 집에 가겠다며 따라나섰다. 북한에서 온 사람을 그렇게 만나도 되냐고 아 내가 걱정스럽게 말했다. 딸은 그 사람들이 한국 사람보다 더 착하다며, 아내를 가볍게 타박했다. 직장을 그만둔 딸 의 표정이 다른 때와 달리 밝아 보였다. 처음으로 하고 싶 은 일이 뭔지를 알았다며 시간이 걸리더라도 그 일을 찾 아보겠다고 하는 게, 몇 푼 받자고 여기저기 떠돌아다니는 것보다 나을 것 같기도 했다.

"저 사람들 같은데요."

주영은 터미널 입구 편의점 앞에 서 있는 남루한 모자를 가리켰다. 여자는 손가방을 들고 아들은 백팩을 매고 있었 다. 여자의 파마머리는 부석부석했고 아들은 운동을 하기 에는 왜소해보였다.

윤보 씨는 두 사람 옆으로 차를 붙였다. 북에서 온 학생 은 꾀죄죄하고 뺏뺏해 보이는 게 그 옛날 자신의 모습 같 았다. 두 사람에 대한 반가움이 갑자기, 뜨거운 바람처럼 치밀어 올라 윤보 씨는 당황스러웠다. 코를 훌쩍이고 걷기침을 한 후에야 겨우 진정이 됐다. 그는 느닷없는 반가움을 경계하면서 길가에 차를 세웠다.

여자와 아들이 차 가까이 걸어왔다. 윤보 씨는 차에서 내려 인사를 했다.

"심금향 씨죠. 제가 심윤보입니다"

여자가 허리를 숙이고 눈을 맞추었다.

"많이 기다리신 것 같은데, 어서 타세요."

주영이 차 뒷문을 열었다. 여자는 그 행동이 마음에 든다는 듯 그제야 활짝 웃었다. 그는 잠시 여자를 보고 있었다. 저 사람들도 저렇게 웃을 수 있구나, 눈길을 돌리고서야 자신이 한 생각이 떠올랐다.

윤보 씨는 갈 길이 멀다는 듯이 서둘러 차를 출발시켰다. 점심시간까지 금당실에 닿으려면 서둘러야 했다. 운전석 위의 거울로 여자의 아들을 살폈다. 아들은 무표정하게 창밖을 보고 있었다.

"집사람이 몸이 안 좋아서 딸아이랑 왔습니다."

윤보 씨는 고속도로에 올리기 전에 한 번 더 인사를 했다.

"괜찮습매다."

여자는 딱딱하게 대답하고 입을 다물었다. 그리고 몇 번의 잔기침뿐 아무 말이 없었다. 경기도를 빠져나올 때쯤 주영이 뒤를 돌아보며 물었다.

"유니원 몇 기시죠?"

"유니원을 아시나 보네."

여자가 의아하다는 듯이 물었다.

"조금… 넌 몇 기야?"

"169기입니다."

뒷좌석에 앉은 아들이 군인처럼 대답했다. 윤보 씨는 그게 뭐냐고 묻고 싶었지만 끼어들지 않았다.

"오신 지 6, 7년은 되신 것 같은데, 가족은 이렇게 두 분이세요?"

주영의 말을 듣고 보니 다른 식구가 있을 수도 있을 것 같았다.

"남편도 있어요. 오늘은 일이 좀 있어서…"

조금 당황한 듯 여자가 말을 조금 더듬었다.

"남한 사람인데 볼품은 없어도 나쁘진 않아요."

"어머니한테 들었습니다. 좋은 분을 만나셨다고…."

윤보 씨는 너무 듣기만 한 것 같아 한마디 했다. 말을 하고 보니 어머니한테 들은 게 아니라 지금 처음 들은 것 같기도 했다. 운전석 위의 거울에서 여자와 눈이 마주쳤다. 여자는 옆에 앉은 아들을 힐끔 쳐다보며, 아들을 이렇게 빨리 데리고 올 수 있었던 것도 남편의 덕이라고 했다. 아들은 표정을 들키고 싶지 않은지 창밖을 보고 있었다. 엄마의 말에 긍정도 부정도 하지 않았다.

평일 오전이라 그런지 차는 막히지 않았다. 조용해서 거울로 보니 여자는 졸고 있었다. 아들은 고개를 돌린 그 자세로 창밖을 보고 있었다. 서울에서 점점 멀어지는 걸 알고 있는 표정이었다. 휴게소를 알리는 이정표가 지나갔다.

"휴게실에 좀 들르죠. 화장실에도 가고."

윤보 씨의 말에 여자가 깨어났다. 아들의 눈빛도 반짝였지만 윤보 씨가 운전석 문을 열고 차에서 내릴 때까지 모자는 가만히 있었다.

"주영아. 모시고 가서 커피라도 한잔 사드려라."

윤보 씨는 주영에게 한마디 하고 급하게 화장실로 향했다. A시에서부터 화장실에 가고 싶었으니 걸음이 급했다. 소변기를 향해 바지 지퍼를 내리는데 옆 소변기에 누가 들어왔다. 여자의 아들이었다. 160센티 될까 말까, 오줌이 맑고 세차게 떨어졌다. 지퍼를 올리는 학생의 까무잡잡한 손등에 굵은 힘줄이 솟구쳤다.

"너 거기서 뭐 했니?"

윤보 씨는 툭툭 불거진 손등을 만지고 싶은 마음을 누르며 말했다.

"볼 좀 찼습니다."

학생은 부끄러운 듯이 살짝 웃었다. 낡은 운동화가 눈에 들어왔다.

"이름이 뭐냐?"

화장실을 나오면서 윤보 씨가 물었다.

"창줍니다."

억양이 이상했지만 못 알아들을 정도는 아니었다. 창주… 좋은 이름이라고 생각하며 옆모습을 바라보았다. 창주는 옆으로 눈길 한 번 주지 않고 왔던 길을 눈길에 발자국이 있는 것처럼 똑바로 걸어갔다. 보란 듯이 냄새를 풍기고 있는 맥반석 오징어 호떡 핫도그 쪽으로 눈길도 돌리지 않았다.

"잠깐만, 너 이런 데 와봤어?"

윤보 씨는 이름을 부르려다 말고 창주의 어깨를 잡으며 물었다. 말랑말랑한 어깨가 아니라 잘 여문 사과처럼 단단했다. 자신의 삶을 지키기 위해 노동을 한 흔적이 느껴졌다. 어쩐지 거리가 좁아진 느낌이었다.

"몇 번 들어와 봤습니다. 축구시합 하고 돌아갈 때."

창주가 말을 흐렸다.

"축구 잘하냐?"

어머니에게 들은 말이 생각나 물었다.

창주는 아무 말도 않고 얼굴을 붉힌 채 살짝 고개를 틀었다. 윤보 씨는 볼 차러 왔다는 사실이 처음으로 안타까웠다.

"휴게실에 오면 반드시 사 먹어야 할 게 있어."

윤보 씨는 등을 밀며 식당 쪽으로 향했다. 창주의 눈이 약간 긴장되는 것 같았다. 너무 겁을 준 것 같았다. 윤보 씨는 약간 미안한 마음에 손을 잡았다. 울퉁불퉁한 고구마 같은 손이었다.

창주의 손을 잡고 걷고 있는데 앞에서 주영이 불렀다.

"이거 드세요. 고모가 사주셨어요."

윤보 씨는 자신도 모르게 걸음을 딱 멈추었다. 고모라니? 윤보 씨의 눈이 그렇게 물었나 보았다. 주영이 인상을 찌푸리며 물었다.

"그럼 이모가?"

"고모지."

호두과자 봉투를 든 여자가 주영을 살짝 나무라는 투로 말했다.

"시댁 가는 것보다는 낫네."

여자가 호두과자를 먹으며 누가 들으라는 듯 중얼거렸다.

"시댁에도 갔다 오셨어요?"

주영이 놀랍다는 듯 호두과자를 먹다 말고 물었다.

"시어머니 되는 사람 생신날에 갔다 왔어요. 시동생, 시누이도 만나고. 북한이나 남한이나 시가는 다 힘들어요."

여자가 웃었다.

"창주도 갔어요?"

윤보 씨가 묻고 싶은 걸 주영이 물었다.

"아직 안 데리고 갔어요. 학교 문제로 머리가 아프기도 하고…. 진짜 교육 문제기 제일 어렵네요."

여자가 한숨을 푹 쉬었다.

"그 문제는 한국 사람도…."

윤보 씨는 전화가 울리자 그렇게 서두르지 않아도 되는데, 서둘러 전화를 받았다. 아직 여자와의 대화가 편하지 않았다.

"네, 휴게소인데, 2시간 뒤에 닿을 것 같습니다."

윤보 씨는 잠시 뒤에 전화기를 여자에게 건넸다.

"어머니신데, 받아보세요."

해설

분단, 이산(離散), 그리고 탈북자

김성경(북한대학원대학교 교수)

　일본 제국주의에서 벗어나면 끝날 것이라고 믿었던 조선의 독립과 한반도의 평화는 그리 쉽게 찾아오지 않았다. 열강들의 셈법에 의해 분할되어 통치된 것도 모자라 한국전쟁이라는 인류 역사상 가장 참혹한 동족 간의 전쟁이 발발했고, 이후 다시금 국제 정세에 따라 38선을 기준으로 냉전체제가 구축되었기 때문이다. 전쟁으로 목숨을 잃은 이들이 약 300만 명. 거기에 분단과 전쟁으로 헤어진 이산가족의 수 또한 천만 명이다. 게다가 남한에서는 이산가족이라는 이유로 무차별적 사상검증을 당하기도 했고, 북한에서는 남한에 가족이 있다는 이유로 잠재적 불순인자로 구분되어 사회정치적 탄압의 대상자가 된 바 있다. 한반도에 사는 대부분은 전쟁과 분단의 틈바구니에서 가족을 잃거나 헤어지는 고통, 그리고 뒤이은 정치적 탄압에서 자유로울 수 없었던 것이다.

금방이라도 끝날 것이라고 믿었던 분단은 70여 년이 지나 지금까지도 계속되고 있다. 흰 순긴 그어진 휴전선 앞에서 가족을 잃어버린 이들의 기다림은 이제는 너무 오래되어 기억마저도 가물거리게 되었다. 헤어진 고통에 소리치던 이들이 하나둘 세상을 떠나면서, 점차 가족을 다시 만나야 한다는 절박함 또한 흐릿해져 간다. 하긴 이곳에서 살아야만 했던 사람들은 분단의 고통 앞에서 헤어진 이들을, 분단의 상처를 망각하지 않고는 살 수 없었으리라.

　하지만 아무리 잊으려 해도 남북 모두, 그리고 한반도에 살고 있는 모든 이들은 분단이라는 커다란 돌덩이를 몸과 마음에 이고 산다. 분단이 만들어낸 갈등은 단순히 상대방을 적대하는 것에서 머물지 않고, 각 사회 내 갈등의 근원이 되고 분단을 내재화한 비틀어진 국가정체성은 세대를 넘어 전승되기까지 한다. 예컨대 지난 수년 동안 '종북'이라는 마녀사냥이 사회 곳곳에서 자행된 것도, 적국의 위협을 운운하며 정당화된 수많은 국가폭력의 사례들도, 체제경쟁이라는 이름으로 사회적 정의에 둔감했던 것도 사실 분단이 만들어낸 절름발이 한국사회의 일면이다.

　더 심각한 것은 분단은 외재적 조건에 머물지 않고, 이곳 사람들의 몸과 마음에 내재한다는 사실이다. 북한에 대한 뿌리 깊은 적대와 혐오는 그곳에 관련된 모든 것에 대한 이성적 판단을 마비시키기 일쑤이며, 그곳에서 온 사람들에 대한 불신과 거리감으로 가시화되기도 한다. 북한출신자 수가 3만여 명에 이른 지금, 이웃으로 한국사회에 편입된 북한출신자에 대한 편견과 배제의 시선은 이렇듯 분단이라는 구조적인 한계와 이를 배태한 마음과 긴밀한 연관성이 있다. 북한출신자들이 아무리 '동포'라고 외쳐도, 결국 이들은 적국에서 온 '빨갱이'라는 분단적 인식이 여전히 한국사회에 깊게 자리하고 있는 것이다.

사실 남한으로 이주해 온 북한출신자들은 분단의 피해자가 분명하다. 북에서 태어나, 가족과 삶의 터전을 뒤로하고 남한으로 이주한 이들은 분단이 만들어낸 신(新)이산가족이며, 이 때문에 항상 고통과 그리움에서 자유로울 수 없는 존재들이다. 분단된 남북에서 국경을 넘는다는 것은 기존의 이주라는 프레임으로 다 담아 낼 수 없는 강제와 금기를 내포하고 있다. 북한출신자들에게 한 번 넘은 국경을 다시 넘어 '고향'으로 돌아간다는 것은 사실상 불가능에 가까운 일이며, 이 때문에 이들의 이주는 돌아갈 수 없는 길을 떠나는 것과 다르지 않다. 즉 이들의 이주는 가족과의 이산을 의미하는 것이고, 문제는 이렇듯 헤어진 가족과의 재결합은 남북 분단 상황이 획기적으로 변화되지 않는 이상 불가능하다는 점이다.

21세기에도 여전히 자유로운 이동이 가능하지 않은 유일한 곳. 그럼에도 불구하고 그 국경을 넘어 이곳에 온 북한출신자들. 이들은 가족과의 이산을 각오하면서까지 남한을 선택했지만 그렇다고 이들의 삶이 온통 핑크빛으로만 물들어 있는 것 또한 아니다. 시시각각 찾아오는 외로움과 고립감은 그렇다고 치더라도, 끊임없이 자신을 증명해야만 이곳에서 받아들여질 수 있다는 강박이 이들을 괴롭힌다. 신자유주의적 논리로 모든 것이 작동하는 한국사회에서 이들에게 주어진 자유는 시장이 허용되는 범위에 불과한 데다, '북한' 출신자라는 멍에는 매 순간 이들을 옥죄어 온다. 이들에게는 자신의 삶을 서사화할 힘도, 그렇다고 이념과 체제가 아닌 자신들만의 주체적 삶의 장소를 만드는 것도 허용되지 않는다.

게다가 시장 가치가 최우선인 남한사회에서 북한출신자의 노동력은 그 자체로 경쟁력을 갖기 어렵다. 자본은 언제나 더 싸고 효율적인 노동력을 선호하고, 인류애, 정의, 평등 등의 선한 가치 따위는 이윤을 위해서라면 언제든 내팽개칠 수 있는 것이다. 사회주의적 노동문화에 익숙한 북한출신자는 남한사회의 경쟁적인 노동문화와 언제든지 대체될 수 있는 자신들의 처지를 비관하기 쉽고, 아무리 풍요로운 물질문명이 존재해도 자신들에게 허용된 것은 사실 제한적이라는 것을 알아채는 데 그리 오랜 시간이 걸리지 않는다.

이런 상황에서 북한출신자가 경쟁적인 남한사회에서 환

영받을 수 있는 사실상 유일한 방법은 반북의 증언자가 되는 것이다. 분단의 언어를 쏟아내며 자신의 고향을 더 큰 소리로 부정할 때 자신들에 대한 남한사회의 의심스런 눈초리에서 자유로울 수 있다. 게다가 별다른 기술이나 지식이 없는 대부분 북한출신자가 자본주의가 요구하는 강도 높은 육체노동을 피하고 경제적으로 살아남을 수 있는 가장 손쉬운 길은 반북의 표상으로 활동하는 것이다. 온통 관음증적 시선으로 가득한 방송에 나가 북한에 대한 부정적인 언설을 쏟아내는 것이나, 통일교육이라는 이름으로 행해지는 안보교육 강사로서 반북을 외치는 것, 보수적인 정치 단체의 활동가로 활동하는 것 등을 볼 때 북한출신자들에게 허용된 자리와 역할은 여전히 정치적이며 분단적임을 알 수 있다. 국가의 통제를 피해, 자유를 찾아 이곳에 온 북한출신자는 어쩌면 더 촘촘하게 작동되는 '국가', '분단', 그리고 '이념'의 통제망에 걸려들어 있는지도 모른다.

사실 1990년대 중반까지만 해도 북한출신자 대부분은 정치적 이유에서 남한을 선택하였으며, 그 수 또한 적었다. 한국전쟁 이래로 1999년까지 천 명이 넘지 않은 북한출신자가 남한으로 이주하였고, 이들은 남북 체제 경쟁의 징표로서 정치적으로 활용되는 경향이 강했다. '귀순용사'라는 기표가 말해주듯, 이들은 투항한 적군이었으며 그만큼 정치적으로 가치가 있었다. 서울 시내 한복판에서 귀순

용사 카퍼레이드와 군중 연설은 심심치 않게 열렸고, 이들이 증언하는 북한 정권이 만행은 언론과 교육 매체를 통해 전국에 유포되곤 했었다. 수가 적은 만큼 더 많은 스포트라이트를 받았으며, 국가도 나서 이들의 경제적 안위와 정착에 관심을 기울였다.

하지만 90년대 중반 북한이 고난의 행군이라고 불리는 최악의 경제난을 겪게 되면서 국경을 넘는 북한출신자의 수가 급증하였고, 이들의 이주 동기 또한 경제적 요인, 삶의 질, 교육 등 다양해지기에 이른다. 2000년대 중반에는 매년 이천여 명이 훌쩍 넘는 수의 북한출신자가 남한으로 이주해 왔고, 갑작스런 대규모의 이주 앞에서 우왕좌왕하던 정부는 관련 법을 개정하고 북한출신자를 담당하게 될 정부기관을 정비하기 시작한다. 이때부터 이들에게 새롭게 주어진 이름이 바로 '북한이탈주민'이다. 북한을 '이탈' 했기 때문에 남한에 받아들여진 이들이며, 정치적 이유로 국경을 넘은 것이 아닌 평범한 일반인의 이동, 즉 '주민'이 이들의 특성이다.

한반도와 부속도서를 대한민국의 영토로 명시한 헌법의 영토조항은 북한지역에 살고 있는 이 또한 대한민국의 국민으로 해석한다. 북한이탈주민이 대한민국의 국적을 취득할 수 있는 헌법적 근거는 북한 지역에 거주해 온 주민들은 한반도 이북 지역을 '불법'으로 점거하고 있는 북한

'괴뢰당'에 사실상 이동의 자유를 박탈당한 대한민국 국민이라는 해석에 바탕을 둔다. 그만큼 이들 스스로 북한 체제와는 관계가 없음을 증명해야 하고, 북한 '괴뢰당'의 폭력에 노출되었다는 것을 밝혀야만 한다. 자신을 증명해야만 하는 이 지난한 과정은 남한에 처음 발을 딛는 순간부터 시작된다. 지금은 북한이탈주민보호센터로 이름을 바꾼 합동심문센터에서의 3개월간의 조사과정에서 북한출신자는 끊임없이 자신의 삶을 설명하고, '이탈' 동기를 정당화해야 하며, 동시에 자신이 북한 '체제'를 적대시하고 있음을 증명해야만 한다.

그뿐만이 아니다. 이후 이들의 정착을 돕는다는 명목하에 하나원에서 3개월간 머물면서 정착 교육 과정을 거쳐야만 한다. 갑작스런 환경 변화에 도움을 주기 위해 고안된 국가기관임에도 불구하고, 그 기관이 단순히 '사회보장'만을 목적으로 하지 않는다는 것은 의미심장하다. 게다가 국가기관이 국민을 '통제'하고 '교육'한다는 것의 잠재적 위험성은 충분히 짐작가능하다. 이들에 대한 정보는 축적되어, 언제든지 국가가 원하는 방식으로 재가공될 위험성 또한 존재한다. 예컨대 세상을 떠들썩하게 했던 유우성 간첩조작사건이나 지속적으로 발생한 탈북자 간첩조작 사례 등을 보면 북한출신자의 정보는 정치적 목적하에 언제든 조작 가능하다는 것을 알 수 있다.

하나원의 교육을 마치고 지역사회에 편입된 이후에도 하나센터라는 지역사회복지 단체를 통해 북한출신자는 관리되고 있다. 게다가 지역사회에 도착하자마자 대부분의 정보는 신변보호관인 경찰로 이관되게 되고, 이들의 동태는 사실상 국가 정보의 대상이 된다. 사실 북한출신자에 대한 정부의 정책적 목적은 지원과 정착 아래 작동되고 있지만, 이 사회보장제도의 이면에서 작동하는 또 다른 목적은 이들 중 간첩을 솎아내는 것이고, 이들이 혹여나 북한과 교류를 계속하는지 감시하며, 정착 실패로 인한 반사회적인 행동을 방지하는 것이다. 즉, 북한출신자는 '북한'이라는 징표를 가진 아주 '특별한' 국민으로 관리 · 감독되고 있는 것이다.

이렇듯 북한출신자들의 남한살이는 힘겹다. 경제적 어려움뿐만 아니라 자신들을 둘러싼 분단 구조가 이들을 끊임없이 구별 짓고 배제하기에 더더욱 그러하다. 자유를 찾아 혹은 더 나은 삶을 찾아 남한까지 온 이들 대부분은 자신들이 꿈꿔 왔던 세상이 그리 쉽게 얻어질 수 없다는 사실을 깨닫게 된다. 남한사회에서 정착하는 것이 힘겨운 이들은 자신들이 왜 여기까지 왔는지에 대한 근본적인 회의를 품게 되기도 하고, 종종 지독한 향수병에 감정적 동요를 경험하기도 한다. 남겨 놓은 가족에 대한 죄책감과 그리움은 쉽게 가시지 않고, 의지할 곳 없다는 외로움에 몸서리치기 일쑤이다. 차별받는 남한에 사느니, 차라리 외국인 노동자로 사는 것이 낫다고 판단한 이들은 제3국으로 또 한 번의 이주를 결행하기도 한다. 또 다른 극단적인 몇몇은 다시금 국경을 넘어 북한으로 재입국을 시도하기까지 한다. 목숨을 걸고 건넌 국경을 다시금 건너기까지 이들은 얼마나 많은 고통과 눈물을 흘렸을까. 다른 곳으로 이주한다고 하더라도, 아니 다시금 고향으로 돌아간다고 하더라도 이들의 삶은 이미 이전과는 완전히 달라져 버릴 수밖에 없다. 아무리 분단을 교란한 자들이 감내해야만 하는 형벌이라고 할지라도 그 대가는 너무나 가혹하다. 이것이 다 서로를 혐오하고 적대함으로써 존재해 온 한반도의 분단체제 때문이다. 이들에게는 자유로운 이주도, 가족을 다시금 만날 권리도, 이념과 체제가 아닌 한 사람의 '인간'으로서의 권리도, 지금의 분단 체제에서는 가능하지 않다. 자 그렇다면 어떻게 해야 할 것인가. 북한 출신자에게 조금 더 자리를 내주는 것으로는 충분하지 않다. 좀 더 급진적인 사고의 전환과 전략 없이는 이들의 삶을 옥죄어 오는 분단이라는 그 근본적 구조에 생채기조차 내기 어렵다. 분단을 재생산하는 모든 장치, 담론, 구조에 반기를 들어야 한다. 왜 그들은 가족을 만날 수 없는지, 왜 그들은 고향에 갈 수 없는 것인지, 왜 그들은 자신들의 출신지 때문에 차별을 받는지, 어쩌면 너무나 명징

해서 질문조차 던지지 않았던 그 모든 고정관념에 질문을 던져야 한다. 분단 극복 없이는, 그들 삶의 궁극적 전환은 불가능하니까 말이다.

소설은 끝난 걸까.

병욱은 단둥역 대합실에 앉아 있고.
시인이 되고 싶다는 선주 씨는 이제 퇴원을 했다.
축구를 하고 싶은 창주는 휴게소에서 호두과자 한 개를
받아들었을 뿐이고 자유를 찾아온 수지는 자신 앞에 닥친
위험도 알지 못한다.

어쩌면 이제까지 쓴 것보다 더 긴 이야기가 필요할지도
모르지만 지금과 같은 분단 상황에서는. 그들이 어디에 있
든 무엇을 하든 불안과 갈등은 비슷할 거라고 생각했다.
물론 부족한 글에 대한 변명이지만.

가끔 북한에서 온 친구들을 만난다. 이젠 지하철 노선을
나보다 더 잘 알고 인터넷 검색을 자유롭게 하며 몸에 좋
은 음식을 익숙하게 골라 먹는다. 그래도 30분도 안되어

가족이 보고 싶다며 우는 건 처음 만났을 때와 똑같다. 북한에서 남하으로 온 이유는 다양하지만 남한에서이 고통은 비슷해보였다. 돌아갈 수도 없고 두고 온 가족을 다시 만날 수도 없다. 돌아보지 않는 것, 그리스 신화의 오르페우스조차 하지 못한 일이 아니었던가.

이 글이 꼴을 갖춘 건 소설 안에 실은 선주 씨의 글과 북한대학교 김성경교수님의 해설 때문일 것이다. 따뜻하게 원고를 만져준 산지니 식구들의 고마움도 잊지 않겠다. 끝으로 『생각하는 사람들』은 소설임을, 소설이란 허구, 상상력의 산물임을 잊지 말았으면 한다.

2018년 4월　정영선

생각하는 사람들

초판 1쇄 발행 2018년 5월 24일
개정판 1쇄 발행 2024년 6월 24일

지은이 정영선
펴낸이 강수걸
편집 강나래 이선화 오해은 이소영 이혜정 김성진
디자인 권문경 조은비
펴낸곳 산지니
등록 2005년 2월 7일 제333-3370002510020050000001호
주소 부산시 해운대구 수영강변대로 140 BCC 626호
전화 051-504-7070 | 팩스 051-507-7543
홈페이지 www.sanzinibook.com
전자우편 sanzini@sanzinibook.com
블로그 http://sanzinibook.tistory.com

©정영선
ISBN 979-11-6861-306-5 03810